# 世界推理短編傑作集 1

江戸川乱歩編



欧米では、世界の短編推理小説の傑作集を編纂する試みが、しばしば行われている。本書はそれらの傑作集の中から、編者の愛読する珠玉の名作を厳選して全五巻に収録し、併せて十九世紀半ばから第二次大戦後の一九五〇年代に至るまでの短編推理小説の歴史的展望を読者に提供する。百年に亘る短編の精髄は本格・サスペンス・ハードボイルドなど色とりどりの作品揃いでヴァラエティに富み、長編とはまた異なった滋味に溢れている。本巻には推理小説の祖といわれるポオから、ドイルを経て二十世紀初頭のフットレルまで、最初期の半世紀を俯瞰する。

# 世界推理短編傑作集 1

江戸川乱歩編

創元推理文庫

# GREAT SHORT STORIES OF DETECTION

volume 1

edited by

Rampo Edogawa

1960, 2018

# 序

江戸川乱歩

　ポオ以来百十余年間の世界短編推理小説のベスト十あるいは二十をえらぶことは、非常な難事業のようであるが、幸いに欧米の先人たちがそういうものをたびたび選んでいるので、それらを基準として、私自身の好みを加えるということならば、それほどの難事でもない。

　探偵小説の全歴史を通じての、世界の短編ベストについては、私は従来しばしば考えを発表している。たとえば『幻影城』の「英米短編ベスト集と「奇妙な味」」および同書巻末の「欧米短編推理小説ベスト集」の表、また、『続幻影城』の「英米短編推理小説吟味」などである。

　この集を選ぶについても、それらの稿に書いている私の考えに基づいたのであるから、読者のご参考のために、私の引用した西洋の各種のベスト表をここに再録し、そのあとに私自身の選んだベスト表二種を掲げ、この集がどういう基準によって選ばれたかを明らかにしたいと思う。

## 1　クイーン雑誌のベスト十二

左表はアメリカのEQMM誌が一九五〇年に、十二人の作家評論家に、推理小説はじまって以来の傑作十二編を投票させ、全体の最高点から十二位までを、高位順にならべたものである。

1　バーク「オッターモール氏の手」
2　ポオ「盗まれた手紙」
3　ドイル「赤毛組合」
4　バークリー「偶然の審判」
5　バー「放心家組合」
6　フットレル「十三号独房の問題」
7　チェスタトン「犬のお告げ」
8　ポースト「ナボテの葡萄園」
9　ハックスレー「ジョコンダの微笑」
10　ベイリー「黄色いなめくじ」
11　ベントリー「本物の陣羽織」
12　セイヤーズ「疑惑」

## 2　クイーン試案ベスト十

前記の投票より四年前一九四六年のEQMMに、クイーンが試案として掲げたベスト・テン。この表で第十位の「オッターモール氏の手」が、十二人投票で第一位に飛び上がっていることを注意すべきである。

1　ポオ「盗まれた手紙」
2　ドイル「赤毛組合」
3　チェスタトン「秘密の庭」
4　ポースト「ズームドルフ事件」
5　フリーマン「文字合わせ錠」
6　フットレル「十三号独房の問題」
7　バークリー「偶然の審判」
8　ダンセイニ「二壜のソース」
9　バー「放心家組合」
10　バーク「オッターモール氏の手」

## 3　十五種傑作集の高位十四

私はかつて十五種の英米の著名な傑作集に収められた作品を集計したことがあるが、左表はその中から三種以上の傑作集に採用されている作品十四編を高位順にならべたものである。ポオの「盗まれた手紙」だけが頻度六、バーからバークリーまでの三編が頻度四、コリンズ以下はすべて頻度三である。同頻度のものはだいたい発表年代順にならべた。

1　ポオ「盗まれた手紙」
2　バー「放心家組合」
3　ブラマ「ブルックベンド荘の悲劇」
4　バークリー「偶然の審判」
5　コリンズ「人を呪わば」
6　ドイル「赤毛組合」
7　モリスン「レントン館盗難事件」
8　オルツィ「ダブリン事件」
9　チェスタトン「奇妙な足音」
10　フットレル「十三号独房の問題」

11 ベントリー「無抵抗だった大佐」
12 ベイリー「小さな家」
13 アントニー・ウイン「キプロスの蜂」
14 ノックス「密室の行者」

## 4 私の二種のベスト・テン

（A）謎の構成に重きをおくもの（だいたい発表年代順）

1 ポオ「モルグ街の殺人」
2 ドイル「くちびるのねじれた男」
3 フリーマン「オスカー・ブロズキー事件」
4 モリスン「レントン館盗難事件」
5 ブラマ「ブルックベンド荘の悲劇」
6 ポースト「ズームドルフ事件」
7 チェスタトン「見えない男」
8 フットレル「十三号独房の問題」
9 ジェプスンとユーステス合作「茶の葉」

10　ノックス「密室の行者」

（B）奇妙な味に重きをおく場合（だいたい発表年代順）

1　ポオ「盗まれた手紙」
2　バー「放心家組合」
3　ドイル「赤毛組合」
4　チェスタトン「奇妙な足音」
5　ダンセイニ「二壜のソース」
6　ウォルポール「銀の仮面」
7　バーク「オッターモール氏の手」
8　クリスティ「夜鶯荘」
9　バークリー「偶然の審判」
10　ウールリッチ（アイリッシュ）「爪」

さて本書の編集方針としては、この私の二種のベスト・テンを中心に、十九世紀半ばから第二次大戦後までの、ほぼ一世紀間に現われた名作を、全五巻に収録することにしたのである。大部分の作家は英米両国に集中したが、それ以外の作家として、ロシアのチェーホフ、フランスのルブラン、ハンガリー生まれのグロラーがはいり、また内容からいうならば、トリッキイな本格作品と私のいう奇妙な味のもの以外にも、ユーモア探偵やハードボイルド派のものも含まれている。

　全五巻の内わけは、第一巻が一八四〇年代のポオから二十世紀初頭まで、第二巻が一九二〇年代の前半まで、第三巻が二〇年代の後半、第四巻は三〇年代の半ばまで、そして最終巻が第二次大戦後の一九五一年までの作品を収め、それぞれ発表年代順に配列してある。歴史的に見れば、第一巻は短編推理小説の創成期、二巻、三巻、四巻がいわゆる黄金時代、そして第五巻が現状というところであろうか。また第五巻の巻末には、「黄金の二十」と題するエラリー・クイーンの傑作短編集についての書誌を付けることにした。すぐれた短編集を二十えらんで、それにクイーンが簡潔な解説を加えているものだが、私の知るかぎりではもっとも要領よくまとめた論文であり、全五巻を通読した読者にとっては、適切な参考になるだろうと考えたからである。

# 目次

# 世界推理短編傑作集1

# 盗まれた手紙

エドガー・アラン・ポオ
丸谷才一 訳

The Purloined Letter　一八四四年

**エドガー・アラン・ポオ** Edgar Allan Poe (1809.1.19–1849.10.7)。アメリカの詩人、作家、編集者。探偵小説史は一八四一年に始まると云われるとおり、ポオの処女探偵小説「モルグ街の殺人」は、その年の四月〈グレアムズ・マガジン〉に発表されたのだが、彼はそれ以来一八四五年まで引きつづいて探偵小説を発表している。すなわち「マリー・ロジェの謎」、「黄金虫」、「「おまえが犯人だ」」そして「盗まれた手紙」とつづいているが、これに「暗号論」や「構成の原理」などの謎と論理に関係の深い随筆評論まで加えると、ほとんどポオの作家としての短い生涯の大部分を蔽っていると云ってよい。これはポオの探偵小説熱が一時的、突発的なものでなかったことを語るものだと思う。

智慧にとって、あまりに明敏すぎることほど憎むべきことはない　セネカ

一八＊＊年、秋、風の吹きすさぶ夜、暗くなって間もないころであった。ぼくは、パリのフォブール・サン・ジェルマン、デュノ街三三、四階《オウ・トロワジエーム》にある、ぼくの友人オーギュスト・デュパンの小さな書庫兼書斎で、デュパンといっしょに、瞑想と海泡石《ミアシャム》のパイプという二重の豪奢を楽しんでいた。ぼくたちは少なくとも一時間、深い沈黙をつづけていた。もし誰かが偶然ぼくたちの様子をみたならば、部屋の空気を重く圧している煙草の煙の渦にひたすら心奪われていると思ったかもしれぬ。しかし少なくともぼくは、さきほど二人で語りあった事柄について、あれこれと考えていたのである。その話題というのは、あのモルグ街の事件、およびマリー・ロジェ殺しの謎であった。それゆえ、アパルトマンの扉があいて旧知の警視総監G＊＊氏がはいって来たとき、まるで一種の暗合のような気がした位だったのである。

ぼくたちは心から彼を歓迎した。というのは、彼はひどく下らない人物なくせに、なかなか面白味のある男だからである。それに、ぼくたちが彼に会うのは数年ぶりのことだったのだ。デュパンはランプをともそうとして立ちあがった。それまでぼくたちは闇のなかに腰かけてい

たのである。しかしG＊＊が、ひどく困ったことになっている或る事件についてぼくたちに相談しようとして、と言うよりもむしろぼくの友人の意見を聞こうとして、やって来たのだと述べたとき、デュパンはランプをつけずに腰をおろした。

「考え事をするんだったら」と彼は、ランプの芯に火をつけるのをやめながら言った。「闇のなかのほうがいい」

「また、変なことを言うね」と警視総監は言った。彼には、自分の頭で理解できないことはなんでも「変な」で片付ける癖があって、すなわち彼は「変な」ことの大軍にとりかこまれて生きていたのである。

「その通り」とデュパンは言って、警視総監にパイプを渡し、安楽椅子を一つ彼のために押しやった。

「ところで、今度はどういう難事件です?」とぼくは訊ねた。「殺人事件はもう真っ平だな」

「違いますよ。そういうものじゃない。実を言いますとね、事件はひどく単純なものです。われわれの手でじゅうぶん処理できる。でも、デュパンが詳しい話を聞きたがるだろうな、と思ったものだから。何しろじつに変な話だから」

「単純にして変、というわけか」とデュパンは言った。

「まあそうだ。でも、そうとも言えないな。極めて単純な事件のくせに、全然わけが判らない。みんなすっかり途方に暮れているんだから」

「君たちを困らせているものの正体は、たぶん、その極端な単純さなんだろうよ」とデュパンは言った。

「馬鹿なことを言う！」と警視総監は、大声で笑いながらそれに答えた。

「たぶん簡単すぎる謎なんだろうな」とデュパンが言った。

「おやおや！　これは新説だ」

「自明すぎるのさ」

「ははは」と訪問者はひどく楽しそうに笑って、「ああ、デュパン、ぼくを笑い死させる気かい？」

「ところで、事件というのは結局どういうことなの？」とぼくが訊ねた。

「うん、いま話すよ」と警視総監は、煙草の煙を、ゆっくりと途切れさせずに、まるで瞑想に耽っているみたいにして吐き出してから、ようやく椅子に腰かけた。「要点だけ言いますよ。でも、その前に断っておかなくちゃならない。これは極秘の事件なんだ。誰かに話したなんてことが知れたら、たぶん、ぼくは免職になると思う」

「話をつづけろよ」とぼくが言った。

「さもなきゃ、よすんだな」とデュパンが言った。

「じゃあ、打明けよう。さる身分の高い方から、こっそり知らせがあったんだが、極めて重要な書類が王宮から盗まれた。誰が盗んだかは判っている。この点は疑問がない。何しろ盗む所を見られているんですからね。それに、まだ彼の手もとにあるってことも判っている」

「どうして判るんだい？」とデュパンが訊ねた。

「その点ははっきり推論できる」と警視総監は言った。「一つにはその書類の性質から、それからもう一つは、その書類が犯人の手を離れたら直ちに生ずるはずの或る結果がまだ生じていないことから。……つまり、彼が最後にはその書類をこういうふうに使おうと思っているにちがいない、ある使い方があるんだ」

「もっと、はっきり言えよ」とぼくが言った。

「じゃあ、言おう。その書類はだね、その書類の所有者にある権力を……その権力が極めて貴重な方面において与えるのさ」警視総監は外交官ふうの用語が好きだった。

「やっぱり、どうもよく判らないね」とデュパンは言った。

「判らないかい？　ふむ。もしその書類が、名前は言えないけれど或る第三者に暴露されると、さる高貴な方の名誉が問題になるんだ。そのことがあるから、書類の所有者は、名誉と平安が危険にさらされているさる有名な方に対して、有利な位置に立っているというわけだ」

「でも、有利な位置と言ったって」と、ぼくは口をはさんだ。「誰が盗んだか被害者は知っているということを、犯人のほうでも知っているわけだからな。いくら犯人がずうずうしくても……」

「盗んだのは大臣のＤ＊＊でね」とＧ＊＊は言った。「あいつなら、どんなことだって平気だ。人間にふさわしいことだろうと、ふさわしくないことだろうと。そのやり口がまた、大胆にしてかつ巧妙な盗み方でしてね。問題の書類――はっきり言ってしまえば手紙なんだが――を、被害者は王宮の婦人居間《ブドワール》に一人きりでいるとき受取った。ところがその貴婦人が、手紙を読んでいらっしゃるとき、とつぜんもう一人の高貴な方がはいって来た。その方にはとりわけ隠したいような手紙だったんですよ。あわてて抽斗《ひきだし》にしまおうとしたが駄目だった。仕方がないから、開けたまま、テーブルの上に置いた。でも、宛名が上に出て、中身は隠れていたから、その手紙は気がつかれないで済んだのです。ちょうどこのときD＊＊大臣がはいって来て、山猫のような鋭い眼ですぐに手紙をみつけてしまった。宛名の筆蹟には見覚えがあったし、それに貴婦人のあわて方を見ると、ははあと秘密に勘づいたわけです。いつものやり方で要談を急いで済ませると、彼は問題の手紙にすこし似ている手紙を取出し、それを開け、読むふりをしました。それから今度は、例の手紙とぴったりくっつけて、テーブルの上に置いた。そしてまた、十五分ばかり、公務についてしゃべったんです。最後に退出するときになると、自分のものじゃない手紙をテーブルから取上げた。本当の持主のほうはそれを見ていた。でも、大臣の行為を咎めるわけにはもちろんゆかない。何しろ、第三者がすぐそばにいるんですからね。大臣は出て行った。テーブルの上に自分の手紙を残して……なあに、なんでもない普通の手紙さ」

「つまりこれで」とデュパンはぼくに言った。「有利な立場を完璧にするものが、きちんと出来あがったわけだね。犯人が誰なのか被害者には判っている、ということを犯人は知っている……」

「そうなんだ」と警視総監は答えた。「それに、こうして手に入れられた権力が、この数カ月、政治的な目的のために、じつに大々的に用いられているんだ。被害者のほうとしては、手紙を取戻す必要を日ごとに痛感することになる。しかし、もちろん、大っぴらにやるわけにはゆかない。とうとう、悩みに悩んだあげく、その貴婦人はぼくに事を託されたというわけなんです」

「あなた以上の賢い探偵なんて望めないし、想像もできないだろうからな」とデュパンは、たちこめている煙の渦のなかから言った。

「お世辞がうまいね」と警視総監は答えて、「まあ、そういう意見もあり得るかもしれないけど」

「君の言うように、手紙がまだ大臣の所にあるというのは確かだよ」とぼくは言った。「彼に力を与えてくれるのは、手紙を持ってるということだからな。手紙を使ってしまえば、その力はなくなるわけだ」

「その通り」とG＊＊は言った。「ぼくはそう確信して捜査を進めたんです。まず最初の仕事は大臣官邸を徹底的に捜索することだった。この場合いちばん問題なのは、気づかれないように探さなくちゃならないということだ。こっちの計画を勘づかせたらどんな危険なことになるかもしれないって、ぼくは何よりもそのことを注意されていた」

「しかし、そういう捜索ならお手のもの《オ・フェ》じゃないか」とぼくは言った。「パリ警察は今まで、しょっちゅうやって来たはずだぜ」

「うん、そうなんだ。だからこそ、ぼくは絶望しなかった。それにあの大臣の習慣が、こっちにとってひどく有難いものでしてね。一晩じゅう家にいないことがしょっちゅうなんだから。召使も大勢じゃないし。召使たちが眠るのは主人の居間からずいぶん離れた所だ。それに奴らはたいていナポリ者だから、酔っぱらわせるには都合がいい。御承知のように、ぼくの持っている鍵を使えば、パリ中のどんな部屋だろうと、戸棚だろうと、開けることができる。三カ月間というもの、ぼくが自分じしん出かけて行ってD＊＊の官邸を捜索しなかった晩は一晩もないんです。夜の間じゅう、ずうっとと言っていい位ですよ。警察官としてのぼくの名誉に関することだし、それに打明けて言うと、報酬が莫大なんでね。だけど結局、捜索を断念したわけじゃないんだが、泥棒のほうがおれより頭がいいということを認める結果になってしまった。書類を隠せるような所は、家じゅう徹底的に探したんだがな」

「しかしどうだろう？」とぼくは言った。「手紙はたしかに大臣が持っていると、ぼくも思うけど、自分の邸《やしき》以外のどこかに隠してるんじゃないかしら？」

「それは、ありそうもないな」とデュパンが言った。「二つの特殊な条件、つまり宮廷の事情と、それから殊にD＊＊が巻込まれているという評判の陰謀事件から推して考えると、書類が手もとにあることが必要だろう。いざというときにはすぐ取出せるということが、所有していることと同じくらい重要なはずだ」

「取出してどうするわけ？」とぼくは訊ねた。

「破棄してしまうのさ」とデュパンは言った。

「なるほど。書類が邸にあるのは確実だな。大臣が身につけている可能性は、まあ考える必要が全然ないだろうから」

「そうだよ」と警視総監は言った。「その点に関してなら、二回も待ち伏せをかけたんだ。追剝みたいに見せかけてね。ぼくが立会って、厳密に調べてやった」

「そんなこと、しなくてもよかったのに」とデュパンは言った。「D＊＊だって馬鹿じゃないと思うよ。馬鹿でない限り、待ち伏せされることぐらい、当然予測がつくさ」

「馬鹿じゃあない」とG＊＊は言った。「そしたら、詩人ってことになるぜ。詩人と馬鹿とはほんの僅かの差だと思うな」

「まったくだ」とデュパンは、海泡石《ミアシャム》のパイプからゆっくりと、考え事に耽りながら煙を吐いてから言った。「下手糞《てたくそ》な詩を作った覚えは、ぼくにだってある」

「捜査のやり方をもっと詳しく説明してみたまえ」とぼくは言った。

「うん。たっぷり時間をかけましてね、あらゆる所を探した。ぼくはこういうことには多年の経験があるからな。建物全体を一部屋ずつ調べて行った。一部屋にまるまる一週間はかけて。まず、各室の家具を調べた。抽斗という抽斗はぜんぶ開けてみたんですよ。御承知とは思うけど、きちんと訓練を受けた警察官にとっては、秘密の抽斗なんてものはあり得ない。こういう捜査をやってて、いわゆる秘密の抽斗を見のがす奴がいたら馬鹿ですよ。明々白々なんだもの。あらゆる箪笥《キャビネット》は、容積がきちんと決っている。そしてわれわれの手には、正確な物差があるんだよ。一ライン（約一ミリ）の五十分の一だって見のがしやしない。箪笥《キャビネット》の次には椅子を調べました。クッションは、いつか使っているところを君に見られたことがある細い長い針で、いちいち検査した。テーブルは上板を外したんです」

「どうして、そんなことまで？」

「物を隠そうとして、テーブルとか、まあそういったものの上板を、外す奴がいるんですよ。

その上で脚に穴をあけ、穴のなかに隠してから、元通りに上板をのせる。寝台の柱にも、てっぺんや底に、おんなし手を使う」

「穴は、叩いてみれば音で判るんじゃない？」とぼくは訊ねた。

「とても、とても。隠した物のまわりにたっぷり綿を詰められたら、もう駄目ですよ。それにこの事件では、音を立てちゃいけないと言われている」

「でも、外せやしないだろう？　つまり、家具を一つ一つ——君の言うような隠し方ができるものを全部、壊してみるなんてことは。手紙の一通ぐらい、細いこよりにすれば、形も容積も大きな編棒とおんなし位のものになる。そうなってしまえば、たとえば椅子の脚の桟《さん》のなかにだってはいる。君は、椅子を全部、壊したわけじゃないでしょう？」

「もちろん、そんなことはしない。もう少し気のきいたことをしましたよ。官邸の椅子の桟は一つ残らず調べたし、家具と名のつくものの継目《つぎめ》はすべて、たいへん大きくなる拡大鏡で検査した。近頃なにかした跡があれば、すぐ気がついたろうよ。何しろ錐屑《きりくず》たった一つでも、林檎《りんご》のようにはっきり見えるんだから。膠《にかわ》づけの所がきちんとしていなかったり、継目が普通より開いていたりすれば、確実にみつけてしまう」

「鏡の、裏板とガラスの間も調べたろうね。それから、ベッドやベッド・クロース、カーテンや絨毯《じゅうたん》も」

「もちろんさ。こういうふうにして、家具類を全部、徹底的に調べ終ると、今度は家屋のほうに取掛った。総面積を区分けして、調べ落す個所がないように、一つ一つ番号をつけた。それから、前と同じように拡大鏡を使って、邸じゅう一平方インチごとに調べた。隣りの二軒の家もね」

「隣りの二軒もだって！」とぼくは叫んだ。「大変だったろう」

「うん。でも、報酬が莫大なものだから」

「邸内の地面も調べたわけかい？」

「三軒とも、地面は煉瓦で鋪装してあるから、そう大して手間取らなかった。煉瓦の間の苔《こけ》を調べたが、動かした形跡は見当らない」

「もちろん、D＊＊の書類や書庫の本のなかは見たろうね」

「当り前ですよ。包みも束も、一つ残らず開けた。本も全部、開けましたよ。刑事がときどきやるような、振ってみるだけのやり方じゃ駄目だというんで、一ページずつページを繰って。それから、あらゆる本の表紙の厚さも測った。精巧この上ない物差でね。そして拡大鏡を使って、ひどく疑り深い眼つきで検査したんです。もし最近、装釘をいじくりまわしているような気配があったら、見逃すはずはないと思いますね。製本屋から届いたばかりの五、六冊は、特に入念に、針で検査したんだし」

「絨毯の下の床板は？」

「もちろん調べたさ。絨毯をぜんぶ剝ぎ取って、床板を拡大鏡で見た」

「壁紙も？」

「うん」

「地下室は見たかい？」

「見た」

「じゃあ」とぼくは言った。「君は考え違いをしていたんだ。手紙は君が思っていたように、邸のなかにあるんじゃないのさ」

「どうも、そうじゃないかと思う」と警視総監は言って、「どうだい、デュパン、君はどうしたらいいと思う？」

「邸を徹底的に、もういちど捜索することだね」

「それだったら、ぜんぜん不必要だよ」とG＊＊は答えた。「手紙が官邸にないことは、ぼくが空気を吸っていることと同じくらい確実だ」

「じゃあ、ぼくにはもう忠告することはないよ」とデュパンは言った。「手紙の特徴は、もちろん、きちんと判ってるだろうね」

「判ってるとも！」と警視総監は言って、手帳を取出し、なくなった書類の内容とそれから特に外観を詳しく述べたものを朗読した。彼はこうして特徴を読み終ると、すぐに出て行ったのだけれども、この善良な紳士がこんなにまで意気銷沈《しょうちん》しているのを、ぼくはそれまで見たことがなかったのである。

約一カ月後、警視総監はまたやって来た。ぼくたちはそのときも、前のときとほとんど同じようなことをしていた。彼はパイプを受取り、椅子に腰かけ、ごくありきたりな会話に加わった。とうとう、ぼくが言い出した。

「ところでねえ、G＊＊、あの盗まれた手紙はどうした？　結局、大臣を出し抜くなんてことはできないと諦めたんだろう？」

「あの野郎、癪にさわる男だ――そうですよ。でも、デュパンの言う通り、もう一ぺん調べては見たんだがね。骨折り損でしたよ。まあ、たぶんそうだろうと思っていたんだけど」

「報酬はどのくらい貰えると、君は言ってたかしら？」とデュパンが訊ねた。

「うん、とても多額でね――気前のいい話なのさ――どの位かは、詳しく言いたくないけれど。でも、こう申上げることならできますよ、あの手紙を手に入れてくれた人にぼく個人から五万フランの小切手を進呈するのも辞さない、ということならね。実を言いますと、あの書類は日ごとに重要性を増しているのです。従って、報酬は最近、倍に引上げられた。もっとも、三倍の手当てが貰えるからと言っても、もうぼくにはこれ以上、打つ手がないんだけれど」

「なるほど」とデュパンは、海泡石《ミアシャム》のパイプを吹かしながらのろのろした口調で言って、「実は……ねえG＊＊……君はまだ全力を……尽していないと思うんだ。もう少し……何とかできるのにな」

「どういうふうに？」

「ねえ」とパイプをぷかぷかやりながら、「君は」（ぷかぷか）「この件で相談してるわけだね？」（ぷかぷかぷか）「アバニシーの話は知ってるかい？」

「知らないね。アバニシーなんぞ、くたばってしまえ！」

「ごもっとも！　アバニシーがくたばったって、知ったこっちゃないやね。でもね、昔むかし、一人のけちな金持がいましてね、このアバニシーから医学上の意見を只で聞き出そうとしたんです。彼はこう考えて、どこかで出会ったとき、なにげない会話のふりをして自分の病状をこの医者に相談した。架空の病人の病状みたいな話にしてね。
『この病人が仮りに』とその吝嗇漢《りんしょくかん》は言ったんだな。『これこれしかじかの病状だとしますと、さて先生、あなたならどうしろとおっしゃいますか?』
『どうしろ、ですって!』とアバニシーは言った。『もちろん、医者に相談しろとすすめますね』」

「いや」と警視総監は、いささか狼狽《ろうばい》しながら言った。「わたしは相談するつもりでいるんですよ。お金も払う。この件で助けてくれる人には、本当に五万フランお礼する気でいるんです」

「それなら」とデュパンは答えて抽斗を開け、小切手帳を取出し、「いま言った金額の小切手を、ぼくに書いてくれてもいいでしょう。署名してくれたら、手紙を渡すぜ」

　ぼくはびっくり仰天した。警視総監はまったく雷に打たれたみたいだった。しばらくのあいだ彼は口もきかず、身動きもせずに、口をあけたまま、信じられぬといった様子でぼくの友人を見ていた。まるで、眼球が眼窩からとび出したような目つき。それから、いくぶん気をとりなおしてペンを取上げ、ちょっとの間ぼんやりして、虚ろな視線を投げてから、とうとう小切手に五万フランと書込んで署名し、それをテーブル越しにデュパンに渡した。デュパンは小切手を入念に調べてから、財布にしまった。そして、鍵で書物机《エクリトワール》を開け、一通の手紙を出し、警視総監に渡した。警視総監はすっかり有頂天になってそれを鷲づかみにし、ふるえる手で開け、中身をすばやく一瞥《いちべつ》してから、よろめくように戸口へ向い、結局、挨拶もしないで部屋から、建物から飛び出して行った。デュパンが小切手に書きこむことを彼に請求してから以後、彼は一言も口をきかなかったのである。

　彼が行ってしまうと、ぼくの友人は説明をはじめた。

「パリの警察は」と彼は言った。「その道ではたいへん有能なんだよ。あいつらは辛抱づよいし、器用だし、ずるいし、それに、職掌がら必要なように見える知識はたっぷり持っている。だから、D＊＊の官邸をどういう具合に探索したかをG＊＊が聞かせてくれたとき、ぼくはあの男がじゅうぶん調べあげたということは信用しましたよ。でも、彼の労力のおよぶ限りではね」

「彼の労力のおよぶ限りで？」

「そうだよ」とデュパンは言った。「適用された方法は、その種のもののなかで最上のものだったし、それにまったく完全に遂行されたんだ。もし手紙があの連中の捜査範囲内にあったら、きっと発見されていたにちがいないね」

　ぼくは笑いだした。が、彼は大まじめで語っているようであった。

「つまり」と彼はつづけた。「方法はその種のもののなかじゃあましなものだったし、実施の仕方も上手《じょうず》だった。欠陥は、それが事件と犯人にぴったり当てはまっていないということだったのさ。たしかに極めて巧妙な方法だったけれど、それは警視総監のばあい、一種のプロクルステスの寝台[1]にほかならなかった。つまり、寝台に無理やり当てはめていたわけさ。そして彼は、扱っている事件を、あまり深く考えるかあまり浅く考えるかして、いつも失敗してしまう。この点では、あの男よりも利口な小学生が大勢いますよ。ぼくは八つになる小学生をひとり知っているけれど、この子は『丁半《ちょうはん》あそび』のときいつも勝つので評判だった。これは簡単な遊びでしてね、おはじきでするんだ。一人がたくさんのおはじきを手に握って、数が偶数《ちょう》か奇数《はん》か、相手に訊ねる。答が合っていれば、相手が一つ取る。間違っていればこっちが一つ取るわけさ。ぼくが言ったその子は、これでクラスじゅうのおはじきを手に入れてしまった。もちろんこの子には、当てる原理というようなものがあった。原理と言ったって、相手の賢さを観察し推し量《はか》ることなんだけどね。たとえば相手である大馬鹿が、握った手を突き出し、『丁か半か?』と訊ねるとするね。ぼくの言う小学生は『半』と答えて負けるかもしれない。でも二度目には勝つんだな。なぜかといえば、そのとき彼は心のなかでこうつぶやくからだ。『この馬鹿は最初のとき偶数《ちょう》のおはじきを持っていた。ところでこいつの利口さの程度は、二度目には奇数《はん》に変える位のところだろう。そこでおれは半と言おう』そして彼は半と言い、勝つわけなんだ。これよりもう少し上の馬鹿が相手のときは、こういうふうに考えるんだな。『こいつは、最初のときおれが半と言ったことを知ってるから、二度目には、まずあのさっきの馬鹿と同じように丁から半へという単純な変化をやりたくなるだろう。でも、これではあまり単純すぎる

1　プロクルステスはギリシア伝説に出てくるアッティカの盗賊。彼の手中におちいった旅人を鉄の寝台に縛りつけ、もし身長が長すぎれば手足を切り、短かすぎれば寝台に合うように引き伸した。

と思い直して、結局、前のとおり丁にしようと決心するだろう。だからおれは丁と言おう』そして彼は丁と言い、勝つわけなんだ。ところで、この小学生のこういう考え方は……仲間はただ『ついている』と言うだけだったけれど……分析してみれば一体なんだろう？」

「それはつまり」とぼくは言った。「推理者の側の知性と相手の知性を一致させる、ただそれだけの話さ」

「そうだ」とデュパンは言った。「ぼくはその子に訊いてみたんだよ。どういうふうにして、その、彼の成功の基盤である完全な一致を手に入れることができるのか、とね。そしたら、返事はこうだった。『誰かが、どのくらい賢いか、どのくらい馬鹿か、どのくらい善人か、どのくらい悪人か、とか、今こいつは何を考えているか、とかいったことを知りたいときには、自分の顔の表情をできるだけぴったりと相手の表情に似せるんです。そういうふうにして待ちながら、自分の心のなかに、表情にふさわしいどんな考え、どんな気持が湧いてくるかを見るのです』この小学生の返事は、ラ・ロシュフーコー、ラ・ブリュイエール、マキャヴェルリ、カンパネーラなどにあると言われている、あの贋《にせ》の深刻さの底に流れるものと、まったくおんなしだね」

「君の話をぼくが理解しているとすれば」とぼくは言った。「推理者の知性を相手の知性と一致させるかどうかは、相手の知性を推し量るときの正確さにかかっているわけだね」

「実用的な価値という点では、たしかにそうさ」とデュパンは言った。「警視総監とその一党があんなにしょっちゅう失敗するのは、まず知性の一致が欠如しているせいだし、更に言えば、自分が相手どっている知性に対する測定の間違い、と言うよりもむしろ測定の欠如のせいなんだ。あの連中は、自分じしんの頭のよさしか考えない。だから、隠してあるものを探すときだって、自分たちが隠すんだったらこういう具合にやるというような隠し方にしか注意しないことになる。彼らのこういうやり方は、多くのばあい正しいんですよ。あいつらの頭のよさは、そっくりそのまま大衆の頭のよさの代表なわけだからね。しかし、悪漢の利口さが連中の頭の働きとは性質が違うときには――もちろん裏をかかれるわけさ。こういうことは、相手の知力がこっちより上のばあいには必ず起るし、下の場合だってしょっちゅうな訳だ。あの連中が捜査に当って原理を変えるなんてことはないんだよ。せいぜい……ごく緊急のばあいとか、謝礼金がうんと高いときとかに、……原理はもとのままで、昔ながらの手口を大々的にやるだけさ。たとえばこのD＊＊事件で、行動原理をどれだけ改めてるかしら？　穴をあけたり、針でさぐったり、拡大鏡で調べたり、建物の表面をきちんと何平方インチかに分けて番号をつけたり――こういうことは全部、ある捜査原理、ないし一組の捜査原理を大がかりにしただけのものじゃないかしら？　警視総監が長い間、毎日まいにち仕事をしながら作りあげてきた、人間の頭脳についての考え方があって、それに基いてこの原理は出来あがっているわけさ。君も気がついたろう？　あの男の考え方によれば、人間は誰も彼も、手紙を隠すときには、よしんば椅子の脚に錐で穴をあけないにしても、凝った所《ルシエルシエ》にある穴とか隅っことか（つまり結局のところ、椅子の脚に錐であけた穴に隠すのとおんなし考え方なんだけれど）まあそういう所に隠すもの、ということになっているんだよ。それから、これも気がついたろうけど、こういう妙な隠し場所は普通の場合にだけ当てはまるし、普通の頭脳の持主しかこういう手は使わない。なぜかと言えば、ものを隠すときにはいつだって、こういう凝った《ルシエルシエ》やり方で処置するのがまず最初に考えることだし、従って相手にも考えられてしまう。だから、それを発見するにはべつに炯眼《けいがん》は必要じゃない。探し求める側に丹念さと忍耐と決意さえあればそれで充分だ。そしてこの三つのものは、重大事件のときには——つまり、報酬が莫大なときにはと言っても同じことなんだが——必ずついてくるものさ。さあ、これで判ったろう、ぼくの言った意味が。もし盗まれた手紙が警視総監の原理の範囲内のどこかに隠されていたら……換言すれば隠し方の原理が警視総監の原理のなかにあるものだったら……ほとんど問題にならないくらい簡単に発見されたろう、ということの意味がね。ところがあの公務員は徹底的に瞞されてしまった。彼の敗北の遠因は、『大臣は馬鹿である。なぜならば彼は詩人として名声を得ているから』という推論を下したことにある。あらゆる馬鹿は詩人である、というふうに警視総監は感じているんだな。そしてこのことから、逆に、あらゆる詩人は馬鹿であるというふうに推論したとき、彼は媒《ノン・デ》辞不周延《イストリビユーテイオ・メデイイ》のあやまちに陥ってしまったわけさ」

「でも、詩人というのは本当かい?」とぼくは訊ねた。「二人兄弟だと聞いたよ。どっちも文名があってね。大臣のほうは微分学に関する博学な著述があったはずだ。あれは数学者ですよ。詩人じゃない」

「それは君の間違いだ。ぼくはあの男をよく知ってるけど、両方なんです。詩人でしかも数学者だからこそ、彼は推理に長《た》けているのさ。単なる数学者だったら、推理なんかちっともできなくて、警視総監の思うままになったろう」

「君の説はぼくをびっくりさせる」とぼくは言った。「だって、世間の考え方と真向《まっこう》から対立する意見だものね。まさか、何世紀にもわたって親しまれてきた考え方を、否定しようとするんじゃないだろうね。数学的推理こそ、長いあいだ、特に優れた推理《パー・レクセランス》だとされているものなんだぜ」

「『世間のあらゆる通念、世間承認ずみのあらゆる慣例は、愚劣なものだと断言して間違いな《イリア・ア・パリエ・ク・トウト・イデ・ピュブリーク・トウト・コンヴァンシオン・ルシュ・エチュヌ・ソティーズ・》い。なぜなら、それは大衆むきのものだからである《カール・エ・ラ・コンヴニュ・オ・プリュ・グラン・ノンブル》』」とデュパンはシャンフォールの言葉を引用して答えた。「たしかに数学者たちは、君がいま言った通俗的な誤謬《ごびゅう》を世の中にひろめるため全力を尽してきたろうさ。でも、いくら真理としてひろめられていようと、やはり誤謬は誤謬だ。たとえばあの連中は、もう少しましなことに使ったほうがふさわしい位の巧みさで、『分析』という言葉を『代数学』に適用できるみたいにほのめかしてきた。この詐欺行為の元祖がフランス人さ。しかし、もし言葉というものに何がしかの重要性があるなら……つまり言葉が適用できるのはなんらかの価値を引きだす場合だけであるなら……『分析』はぜんぜん『代数学』を意味しやしない。ちょうどラテン語で『戸別訪問《アンビトウス》』が英語の『野心《アンビシヨン》』と、『几帳面《レリジオ》』が『宗教《レリジヨン》』と、『名士《ホミネス・ホネスティ》』が『偉人《オウナラブル・メン》』と、意味の上ではなんの関係もないようにね」

「ほう、君は今」とぼくは言った。「パリの代数学者たちと喧嘩をしているわけなんですね。大いにやりたまえ」

「純粋に論理的な形式以外の特殊な形式でおこなわれる推理には、適用性という点でも、価値という点でも、ぼくは反対だな。数学的研究から引き出される推理には、特に反対する。数学というのは形式と数量の科学だ。そして数学的推理なるものは、形式と数量についての観察に対して適用された論理……にすぎないんですからね。いわゆる純粋代数学の真理だって、それが抽象的真理ないし一般的真理だと考えるのは大間違いさ。こいつは言語道断な間違いでね、それなのに世間で広く受入れられているのを見ると、ぼくなんかすっかり驚いてしまう。数学の公理というのは、一般的な真理の公理じゃないんだよ。形式と数量の関係については真実であることが、まあ例えば倫理については非常に間違っている、なんてことはしょっちゅうあるぜ。倫理学では、部分の総和は全体であるということは、真実じゃないのが通例だ。それに化学の場合だって、数学的な公理は通用しないぜ。動機についての考察で、もう駄目になってしまう。なぜなら、たとえばそれぞれの価値をもつ二つの動機があった場合、その二つが結びつけられても、離れているときの価値の和とは必ずしも等しくないんだからな。数学の真理のなかで、形式と数量の関係の範囲内でのみ真理であるものは、このほかにも無数にありますよ。ところが数学者たちは、習慣になっているもんだから、こういう限界のある真理のことを、まるであくまでも普遍的な適用性のあるもののように論ずる。そして世間でもそれを真《ま》に受けるのさ。ブライアントが、あの該博な『神話学』のなかで、これとよく似た誤謬がどういうわけで生じるかを論じている。ブライアントは言うんだ。『われわれは誰ひとりとして異教徒の神話を信じない。しかるにわれわれは、たえずそのことを忘れ、神話を実在するものと見なして推論をおこなうのである』ところが数学者たちは異教徒なもんだから、この『異教徒の神話』を信じて推論をおこなうわけですよ。ついうっかり忘れているせいじゃなくて、むしろ、奇怪《きっかい》な頭の悪さのせい……だと思うな。要するにぼくはまだ出会ったことがないんだ。単なる数学者で、しかも等根以外のことで信用できる人とか、$x^2+px$ は絶対に無条件に $q$ に等しいという信念をひそかにいだいていない人とかに、ね。こういう紳士がたの一人をつかまえて、$x^2+px$ がたまたま $q$ でない場合もあり得ると思うと言ってやりたまえ。でも、君の言わんとするところを相手に呑込ませたら、できるだけすばやく、相手の手のとどかない所へ逃げなくちゃ。なぜかと言えば奴《やっこ》さん、きっと君をぶんなぐるだろうからね」

この最後の言葉にぼくが笑っていると、デュパンはつづけた。「だから、もしあの大臣が単なる数学者だったら、警視総監はこの小切手を切らなくてもすんだろう、とぼくは言いたいのさ。ところがあの大臣は詩人兼数学者だってことを、ぼくは知っている。そこで、周囲の事情を考慮に入れた上で、あの男の才能にぴったり合うような方法を採用したわけだ。それにぼくは、彼が廷臣であり大胆な陰謀家《アントリガン》であるってことも、知ってるしね。まさかそういう男が、警察のやる普通の手口を知らないはずはないだろう、とぼくは考えた。待ち伏せなんてことは予期していたに決っている。そして、事実その通りだったじゃないか。邸をこっそり捜査されることだって判っていたろう、とぼくは考えた。夜分しょっちゅう家をあけて留守にしたことを、警視総監は好都合だと言って喜んでいたけれど、なあに、あれは徹底的に捜査させるための詭《リユ》計《ーズ》ですよ。手紙が邸内にないという、G＊＊が最後にたどりついた確信に、それだけ早くゆきつかせることができる訳だからね。それからぼくはこういうことも感じた。つまり、今ぼくが君にかなり骨を折って説明した、隠してあるものを警察が探すときの一本調子な方針……この考えは全部、大臣の心にきっと訪れたにちがいない、とね。とすれば、大臣は普通の隠し場所なんてものを、きっと馬鹿にするだろう。官邸のなかのいちばん入組んだ人目につかない場所だって、警視総監の眼と探針と錐と拡大鏡にかかれば、ごくありふれた戸棚も同然だということに気がつかないほどあの男は馬鹿じゃない、とぼくは思ったのさ。彼はこの単純な真理に当然ゆきつくことになった、ということがぼくに判った。まあ、たとえ熟慮の末に選択したのじゃないにしてもね。君は覚えていないかしら？　最初のとき、この事件は極めて自明だからかえって手を焼くことになる、とぼくが言ったら、警視総監が大笑いしたことを」

「覚えてるとも。ひどく御機嫌だったじゃないか。ひきつけを起しやしないかと、心配した位だった」

「物質界には」とデュパンがつづけた。「非物質界とじつに厳密に似ているものがたくさんある。陰喩《いんゆ》や直喩《ちょくゆ》が文章を飾りたてるだけでなく、議論に力を与えるにも役立つという、あの修辞学の信条にも本当らしいところが出てくるのは、このせいなのさ。たとえばあの慣性《ヴィス・イナーシエ》の原理は物理学でも形而上学でも同じらしいんだ。物理学では、より大きな物体はより小さな物体より動かしにくい、そしてそれに伴う運動量《モーメンタム》はこの動かしにくさと比例するというのが真理だ。同様に形而上学では、より優れた知性の持主はより劣った知性の持主に比べて、いったん行動を起せば力強いし、恒久性があるし、勝算も大きいけれども、しかしその反面そう簡単には動きださないし、行動の最初の段階では何か当惑したみたいにためらいがちである、というのが真理なんだな。もう一つ例をあげようか。商店の看板では、どういうのがいちばん人目につくか、考えたことがあるかい？」

「一度も考えたことがないな」とぼくは言った。

「地図を使ってやるパズル遊びがあるね」と彼はつづけた。「町や河や州や帝国の名……要するに何でもいいから、ごちゃごちゃしている地図の上の名前を言って、相手に探させるわけだ。初心者は、いちばん細かな文字で書いてある名前を言って、相手を困らせようとするのが普通だけれど、上手になってくると、地図の端から端まで大きな字でひろがっているような言葉を選ぶ。こういう名前は、街の通りの看板やプラカードであまり大きな字を使っているものと同じように、極端に目立つせいでかえって見のがされてしまうわけだ。つまりこの場合、肉体的に見のがすということは、あの、あんまり判りきって明々白々なものだからかえって気づかずにすますという、精神的に不注意であることと、じつによく似てるんだな。もっともこういうことは、警視総監の理解力を上廻るか下廻るかしているようだね。大臣が世界中のあらゆる人間の眼をごまかす手段として、彼らの目と鼻のさきに手紙を置くなんてことは、警視総監にはぜんぜん思いつかなかったのさ。

「まず、D＊＊が大胆で勇敢で明敏で賢いということ。それから、もし彼がその手紙を役に立てて使う気でいるなら、いつでも手元に置くしかないという事実。そして第三に、いつも捜査範囲には隠されていないという警視総監の証言。これらのことを考えれば考えるほど、ぼくにはいよいよはっきり判って来たんですよ。大臣はこの手紙を隠すために、ぜんぜん隠さないという、じつに意味深長な、そしてじつに聡明な手段をとったのだ、とね。

「こういう考えで頭がいっぱいになると、ぼくは緑いろの眼鏡《めがね》を用意し、ある晴れた朝、ひょっこり訪ねて来たという様子で大臣の官邸を訪れた。D＊＊はちょうど在宅で、いつもの通り、欠伸《あくび》をしたり、ぶらぶら歩きまわったりして、倦怠《アンニュイ》にひどく悩まされているという振りをしていた。たぶんあの男こそ、この世でいちばん精力的な人間なのにね……でも、これは誰も見ていないときの話さ。

「こっちも負けないように、眼の弱いことをぶつぶつ愚痴をこぼして、眼鏡がいることを嘆いてやった。そして主人の話に耳を傾けているような振りをしながら、眼鏡の下からじろじろ部屋のなかを見廻した。

「彼のすぐそばにある大きな書きもの机には、特に注意を払った。その上には、いろんな手紙や書類がごたごたと、一つ二つの楽器や数冊の本といっしょに乗っかっていた。でも、長い時間かけて丁寧に調べた結果、ここには特に疑わしいものが何もないってことが判った。

「部屋のなかを見廻しているうちに、とうとう、ボール紙製の、透し細工をした安物の名刺差しに、ぼくの視線が行った。マントルピースの真中のすぐ下にある、小さな真鍮のノッブから、きたない水いろのリボンでぶらぶら吊してあるのだ。この名刺差しには三つか四つ仕切りがあるのだが、名刺が五、六枚に手紙がたった一通、差してある。手紙はひどく汚れて、皺《しわ》くちゃになっていた。真中のところで引きちぎれかけている。まるで、不用の手紙だと思って最初はやぶくつもりだったけれど、次の瞬間に気が変って止めにしたみたいな様子なんだ。ひどく目立つ、D＊＊の組合せ文字のついた大きな黒い封蠟が押してあって、表書はこまかな女の筆蹟で、大臣にあてたものだった。これが、名刺差しの上の仕切りに、ぞんざいに、人を馬鹿にしたような感じで入れてある。

「この手紙をちらっと見たとたん、これこそおれの探しているものだ、とぼくは決めてしまったね。たしかに、それはどう見たって、警視総監が読み上げてくれた詳しい説明とはまったく違うものだった。こっちのほうの封蠟は大きくて黒いし、D＊＊の組合せ文字がついている。あっちのほうの封蠟は小さくて赤いし、S＊＊公爵家の紋章がついている。こっちの宛名は大臣になっていて、こまかな女文字。あっちの表書はさるやんごとない方に宛ててあって、とても肉太な、しっかりした字で書いてある。両方に共通するのは大きさだけさ。しかし、こういう相違はあまり極端に根本的だし、手紙がこんなふうにきたならしく薄よごれていて引き裂かれている状態は、D＊＊の本性である几帳面なたちと非常に矛盾しているし、それからもう一つ、この手紙はつまらぬものだということを見る者に信じこませたい意図を暗示しすぎているし……それにこの手紙は、どんな訪問客の眼にもさらされるような、ひどく人目につきすぎる所にあって、ぼくが前に到達したあの結論にぴったり一致するし……だから、疑念をいだいてやって来た者にとっては、その疑念をますます濃くしてくれることになったのだ。

「ぼくは、できるだけ長くそこにいるようにして、大臣が関心を持ち、夢中になるにちがいない話題をとりあげ、彼を相手どって熱心に議論をつづけた。そしてその間、注意力は手紙のほうに釘づけというわけさ。こんなふうにして検討しながら、手紙の外観や、名刺差しのなかにどんな具合に入れてあるかってことを覚えてしまった。そして、とうとう最後に一つの発見をしたんだ。これは、たとえどんなに些細《ささい》な疑問があったとしても、すっかり解消してしまう位の大発見だったね。手紙の端をじっと見ると、必要以上に手ずれがしていることに気がついた。堅い紙を一度たたんで紙折り箆《べら》で押しをかけたやつを、最初に折ったときと同じ折目のところで裏返しに折ったときにできる、ささくれた感じの折目なのさ。こいつを発見すれば、もうそれで十分だった。手紙が手袋みたいに裏返しにされ、宛名を書き直し、封蠟を押し直したってことがはっきりした。ぼくは大臣に別れの挨拶を言って、すぐに立ち去った。テーブルの上に金《きん》の嗅ぎ煙草入れを残してね。

「翌朝ぼくは、嗅ぎ煙草入れを取りに行って、前日の議論を、ひどく熱心に、また始めたわけだ、そうこうしているうちに、ピストルかなんかのような大きな爆発の音が官邸の窓のすぐ下で聞え、つづいて、恐しい悲鳴と群衆の叫びがあった。D**は走って行って窓をあけ、外を見た。ぼくはその間に、名刺差しに近より、手紙を抜きとってポケットに納め、そのあとには模造品《ファクシミリ》（外見だけのものだよ）を入れた。なあに、家で丹念にこさえて置いたものさ。D**の組合せ文字なんざ、パンで作った封印で苦もなく真似ることができるもの。

「通りの騒ぎは、マスケット銃を持った男の狂気じみた行動が原因さ。女子供がいっぱいいるなかで、一発ぶっぱなしたんだ。でも、空砲だということが判ったので、狂人か酔っぱらいだろうということになって釈放されたけれど。その男が行ってしまうと、D**は窓の所から戻って来た。もちろんぼくも、目的のものを手に入れるとすぐ窓際へ行っていたんだけれどね。ぼくはそれから間もなく大臣と別れた。騒動男は、ぼくが傭《やと》ったのさ」

「しかし」とぼくは訊ねた。「手紙の代りに模造品《ファクシミリ》を置いてきたのは、どういうわけなの？　最初の訪問のとき、大っぴらに取って、帰ってくればよかったのに」

「D＊＊は」とデュパンは答えた。「向う見ずな、勇敢な男だ。それに官邸には、あの男に命を献げた召使もいる。もし君の言うような乱暴なことをやろうとしたら、大臣の御前を生きて退出することはできなかったろうね。それっきり、パリのみなさんはぼくの噂を耳にすることがなかったろう。もっとも、そういう考えとは別の目的もあったんだ。ぼくの政治上の贔屓《ひいき》のことは、君も知っているだろう。ぼくはこの事件では、問題の上流婦人の味方として行動している。大臣は彼女を、一年半の間というもの、自家薬籠中のものとしていた。そして今度は、彼女のほうがそうする番なのさ。だって、大臣は手紙がなくなったことに気がつかないから、あるつもりで、今まで通りの横車を押すだろうからね。こうして、たちまち政治的破滅に落ちこむことは目に見えている。それにあの男の没落は、見っともなくって、しかも急激だろうよ。『地獄へと下るは易し《ファキリス・デスケンスス・アウエルニ》』（ウエルギリウスの『アエネイス』第六巻第一二六行）と口で言うのは結構だが、でもね、カタラーニ[1]が声楽について、低音から高音へと歌うほうがその反対よりずっと易しい《イージィ》と言っているように、昇るほうが降りるのよりも遙かに気楽《イージィ》なんだよ。まあ、ぼくはこの件に関しては、落ちてゆく

1　一七八〇―一八四九。イタリーの有名な歌手。ポオのイギリス滞在中、ロンドンにいたことがある。

男になんの同情も……少なくとも憐れみの情などちっとも感じないけれど。彼はあの『恐し《モンストル》い怪物《ム・ホルレンドウム》』（ウエルギリウスの『アエネイス』第三巻第六五八行）、破廉恥《はれんち》な天才なのさ。ところで白状すれば、大臣が総監のいわゆる『さる身分の高い方』という女性に反抗されて、やむをえず、名刺差しのなかのあの手紙を開くとき、一体どういうことを考えるか——ぼくは詳しく知りたくってね」

「どうして？　何か変ったものでも入れて来たの？」

「うん……白紙のままにして置くのも気がひけたから……やはり失礼だろうよ、それは。D＊＊は昔ウィーンで、ぼくをひどい目にあわせたことがある。そのときぼくは上機嫌で、このことは忘れませんよ、と言ってやった。だから、いったい誰に出し抜かれたかを知りたいだろうと思ってね。せめて手がかりぐらいは与えてやらなくちゃ、かわいそうだもの。あの男は、ぼくの筆蹟はよく知っているんだ。ぼくは真白な紙の真中にこう書いて置いた。

こういう恐しい企みは《アン・デサン・シ・フユネスト》
ティエストにはふさわしい。アトレにふさわしくないとしても。《スイル・ネ・ディーニュ・ダトレ・エ・ディーニュ・ド・ティエスト》

クレビヨンの『アトレ』のなかの句だよ」

# 人を呪わば

ウィルキー・コリンズ
中村能三　訳

The Biter Bit　一八五八年

**ウィルキー・コリンズ** Wilkie Collins (1824.1.8-1889.9.23)。イギリスの文豪。ディケンズとの交遊は広く知られている。多数の作品があるが、特に『白衣の女』(一八六〇)と『月長石』(一八六八)の二大長編は、ポオからコナン・ドイルへと推理小説を橋渡しした歴史的位置を占める不滅の作品である。なかでも大作『月長石』はトリックと構成においてすぐれた推理小説であり、T・S・エリオットは、世界で最初の最大にして最良の推理小説と激賞している。本編「人を呪わば」はコリンズの短編推理小説の代表作で、その痛烈な風刺は百年たった今日でも、いきいきとして生命を失っていない。ヴァン・ダインはじめ各種のアンソロジーに採用されている。短編集 *The Queen of Hearts* (1859) の第六話。

捜査課シークストン首席警部より同課バルマー部長刑事へ

ロンドン　一八――年七月四日

バルマー部長刑事殿――ある重大な事件が起こって、きみの助力を願わねばならなくなった。当課でも、経験豊富な人物のあらゆる努力を必要とする事件だ。現在、きみが捜査にあたっている盗難事件は、本書面を持参する青年にひきついでいただきたい。事件の現在の情況を話し、金をぬすんだ人物をつきとめるため、きみが入手した資料を（もし、あるならば）与え、その事件をいかに処理するかは、当人にまかせてくれたまえ。今後、事件の責任はこの青年が負うべきで、もし妥当な解決をみたら、その手柄は当人が受けるものと考えていただきたい。

きみに伝えたいと思う命令は、以上のことだけである。

つぎに、きみと交代するこの新任の人物について、一言耳にいれておこう。名前は、マシュウ・シャーピン。一足飛《いっそく》びに当課の一員になる機会を与えられることになっている――ただし、本人にそれだけの力があればの話だが。どうした事情で、そんな特権を得たか、当然、きみは疑問に思うだろう。それについて小生に言えることは、きみも小生も、あまり大きな声で言わないほうがいいような、ある高貴な方面から、なみなみならぬ強い後援があるということだけだ。これまでさる弁護士事務所の書記をつとめていたのだが、見たところ陰険下劣であるとともに、自分のことを強くうぬぼれている。本人のことばによれば、自分の自由意志と選択によって、前職を辞し、当課にはいるのだと言っている。しかし、きみも小生同様、このことは信じないだろう。小生の考えでは、彼は主人の弁護士の依頼者の事件に関する個人的な情報をひそかにかぎだし、その急所をにぎっているため、事務所におけば、将来おもしろからぬ人物となるし、それかといって、首にして窮地においこめば、主人にとって危険な人物になるというわけだ。当課にはいるというこんな前代未聞《みもん》の機会を与えることは、ひらたく言えば、沈黙をまもらせる口止料に似たものだと思う。それがなんであろうと、マシュウ・シャーピン氏は、現在、きみが担当している事件をひきつぐことになったのだ。万一彼が解決に成功すれば、その醜悪《しゅうあく》な鼻先を、われわれの課につっこんでくることは必定《ひつじょう》だ。きみにこんなことを書くのは、本庁できみに関して苦情を申したてる種を、この新参者に与え、きみがみずから昇進の道をはばむことのないようにとの、小生の老婆心からにほかならない。

フランシス・シークストン

マシュウ・シャーピン氏よりシークストン首席警部へ

ロンドン　一八——年七月五日

拝啓——すでにバルマー部長刑事殿から必要な指示をいただきましたので、本庁の審査をうけるため、小生今後の行動について報告を作成し提出せよとのご命令に従います。
小生がこの書状をさしあげる目的、および、その内容を上司に送達されるまえに、貴官が検閲される目的は、小生の行動のいかなる段階においても、小生が必要とする場合（とは申しても、必要はないと存じますが）、未経験な小生に対して、助言を与えるためであると了承しております。小生が現在手がけております事件は、事情がすこぶる異状でありますため、犯人発見の目星がいくらかつくまで、盗難現場を離れることができず、貴官とは親しくご相談申しあげることもできかねる事情にあります。したがって、おそらくは口頭でお伝えするほうがよろしいとは思いますが、やむを得ず、詳細を書面でご報告申しあげるしだいであります。小生にして誤りなければ、われわれが現在おかれている立場は、かくのごときものであります。以上、この問題に関する小生の意見を述べましたが、これも最初から、われわれ相互がはっきり理解しあいたいからにほかなりません。

貴官の柔順なるしもべ　マシュウ・シャーピン

シークストン首席警部よりマシュウ・シャーピン氏へ

ロンドン　一八――年七月五日

拝復――きみはすでに時間とインクと紙を浪費しはじめている。小生の手紙をつけて、きみをバルマー部長刑事のもとに送ったとき、われわれはふたりとも、相互の立場を完全に理解していたはずだ。それをいまさら書面でくりかえす必要はぜんぜんない。今後は、きみのペンを現に手がけている仕事にだけ使うようにしていただきたい。

小生あて報告してもらいたいことが、三つある。第一に、きみがバルマー部長刑事から受けた指図を、文書にして送ること、これは、きみの記憶にもれたものがいっさいないこと、および、きみに委任された事件の情況については、きみがもれなく知っていることを、われわれに示すためである。第二に、今後どういう方法をとるつもりであるか、それを知らせること。第三に、毎日、そして、もし必要ならば毎時間ごとに、事件の進捗ぶりを細大もらさず報告すること。これはきみの義務である。小生の義務については必要な時期に、小生のほうよりおしらせすることにする。

草々

フランシス・シークストン

マシュウ・シャーピンよりシークストン首席警部へ

ロンドン　一八——年七月六日

拝復——貴官はすでに相当のご年輩であり、したがって、小生のような生命と能力の盛りにある人間にたいして、当然のことながら、いささか嫉妬《しっと》を感じておられます。このような事情のもとでは、貴官にたいして同情をもち、貴官の些細《ささい》な欠点にあまり苛酷《かこく》でないのが、小生の義務であると思います。したがいまして、貴官のお手紙の語調に憤慨することをやめ、小生生来の寛容を示し、貴官の無愛想なお言葉も、小生の記憶から消し去り――ようするに、シークストン首席警部殿、小生は貴官をゆるし、職務のことにとりかかります。

小生の第一の義務は、バルマー部長刑事殿から受けた指示の、完全な報告を作成することであります。以下、小生の意見をまじえた報告であります。

ソーホー区ラザフォード街十三番地に、一軒の文房具店があります。ヤットマン氏なる人物の経営であります。結婚してはおりますが、子供はありません。ヤットマン夫妻のほかのこの家の住居人は、三階の表側に部屋をかりている、ジェイと称する独身者、屋根裏部屋でねむる店員、奥の台所に起きふしする雑役の家政婦、これだけであります。ほかに、一週間に一度、午前中だけ、この家政婦のてつだいのため、日雇女《ひやとい》がかよってきます。これが、当然のことながら、屋内に自由に出入りできる人物の全部であります。

ヤットマン氏は長年この商売をやっていて、店も繁盛し、彼のような地位の人物としては、りっぱに一本立ちでやっていけるまでになっています。ところが、不運なことに、彼は投機によって財産をふやそうとしました。そして、一か八かの投資をしてみたのですが、運にめぐまれず、二年たらずまえには、またもとの貧乏人になってしまいました。財産を整理して、やっと助け出したのは、二百ポンドの金だけでした。

ヤットマン氏は、これまで慣れてきた多くの贅沢や安楽をすて、変わった境遇にたちむかいましたが、店からあがる収入から、いくらかでも貯蓄できるほどに倹約することは不可能だとわかりました。最近は商売も不振でした――安っぽい宣伝をする同業者が、かえって世間の信用をおとしたのです。したがって、前週まで、ヤットマン氏が所有していた財産といえば、整理して残ったその二百ポンドだけというありさまだったのであります。この金は、もっとも信用ある株式組織の銀行に預金されてありました。

八日前、ヤットマン氏と下宿人のジェイ氏のあいだで、現在あらゆる方面の事業不振の原因となっている商業上の障害が話題になったことがありました。ジェイ氏は（同氏は事故や、犯罪の短い記事や、その他一般のニューズ記事を新聞社に供給して生活している――つまり、世間でいう売文業者であります）ヤットマン氏に、自分はきょう商業区《シティ》に行って、株式組織の銀行について、おもしろからぬ風評を耳にしたと語りました。その噂は、すでにほかの筋からも、ヤットマン氏の耳に達していました。下宿人の口からそれを裏書きされると、このまえの損失の経験にこりていましたので――すぐに銀行に行って、預金をひきだすことにきめました。もう日も暮れようとするところだったので、ヤットマン氏が銀行にかけつけ、金をひきだしたのは、銀行がしまるぎりぎりの時刻でした。

彼は預金を次の金額の銀行券で受けとりました。五十ポンド紙幣《しへい》一枚、二十ポンド紙幣三枚、十ポンド紙幣六枚、五ポンド紙幣六枚。彼がこういう形で金をひきだしたのは、同じ地区の小商人に、かたい抵当をとって、すぐにも小口の貸付けができるようにと思ったからです。そうした小商人のうちには、その日の暮らしにも困るほどの者もいるのです。現在のところ、こうした種類の投資が、ヤットマン氏には、もっとも安全でもっとも有利だと思われたのです。

彼は、その金を封筒に入れ、胸のポケットにしまって帰ってきました。そして、帰ってくると、店員に命じて、ながいあいだ使わずにおいた、小さな、平たいブリキ製の金箱をさがさせました。それが紙幣を入れるには、ちょうど手ごろな大きさだった記憶があったからです。しばらく、その箱をさがしましたが、見つかりませんでした。ヤットマン氏は妻にむかって、心あたりはないかと大きな声でたずねました。この言葉は、そのとき、お茶をはこんでいた家政婦、および、劇場へ出かけようと階下におりようとしていたジェイ氏の耳にもきこえました。結局、金箱は店員が見つけました。ヤットマン氏は紙幣をそのなかにおさめ、南京錠をかけ、上着のポケットに入れました。箱はポケットから、ほんのすこしではありますが、じゅうぶん人の目につくくらいに出ていました。ヤットマン氏は、その夜はずっと二階にいました。訪問客もありませんでした。十一時になると、ベッドにはいりましたが、金箱は服といっしょに、ベッドのそばの椅子の上におきました。

翌朝、夫妻が目をさましてみると、その箱がなくなっていました。すぐに、この紙幣のイングランド銀行における支払いは停止されました。しかし、この金の行方《ゆくえ》は、いまもってわからないのであります。

ここまでは、事件の情況はすこぶる明瞭であります。窃盗《せっとう》はこの家に居住している何者かの手によって行なわれたにちがいないという結論は、まずあやまりないところであります。したがって、嫌疑は家政婦、店員、ジェイ氏にかかりました。はじめのふたりは、主人が金箱をさがしていたことは知っていましたが、なにを入れようと思っていたのかは知りません。いうまでもなく、それが金だろうとは想像していたでしょう。ふたりとも、(家政婦はお茶の道具を下げに行ったとき――店員は店をしめて、帳場の現金箱の鍵を主人に渡しに行ったとき) ヤットマン氏のポケットの金箱を見て、ポケットに入れてあるところを見ると、夜は寝室に持っていくつもりだと、当然、推論する機会はあったわけであります。

一方、ジェイ氏は、その日の午後、株式組織の銀行が話題になったとき、ヤットマン氏が銀行の一つに二百ポンドの預金を持っている話を聞いています。それからまた、ヤットマン氏がその金をひきだすつもりでいることも知っていますし、その後、階下におりようとするとき、金箱をさがしている声を聞いています。したがって、その金は家の中にあること、さがしている金箱は、それを入れるためのものだと推定したにちがいありません。しかしながら、ヤットマン氏が、夜のあいだ、それをどこにおいておくつもりなのか、その場所の見当をつけることは、ジェイ氏にはできなかったはずであります。箱が見つけだされるまえに、彼は出かけていますし、帰ってきたのは、ヤットマン氏が寝たあとだからであります。したがって、かりに彼が窃盗をはたらいたとすれば、まったくの当て推量で寝室にはいったと見なければなりません。

寝室といえば、家の中におけるその位置、および、夜間、その部屋には容易にはいる手段があることに注意する必要があります。

問題の部屋は、二階の奥にあります。ヤットマン夫人は、生来、火事にたいして神経過敏なので (このため、もしものばあい、ドアに鍵をかけておくと、部屋のなかで生きながら焼かれると心配しているのです) ヤットマン氏は、寝室のドアの鍵はかけない習慣なのであります。

夫妻は、熟睡するたちであることを、ふたりとも認めております。したがって、寝室を物色しようとする悪意ある人間がおかす危険は、ほとんどないといっていいくらいであります。ただ単にドアの取手をまわすだけで部屋にはいれますし、ふつうに注意して動けば、眠っている夫妻の目をさますおそれもないわけであります。この事実は重大な意味をもっております。このことは、金が内部のものによってぬすまれたというわれわれの確信を、さらに強めるものであります。なぜならば、このばあい、窃盗は、常習犯のようなすぐれた警戒と技術をもたない人物によっても行なわれるということを示しているからであります。

以上が、バルマー部長刑事殿が最初に呼ばれ、犯人を発見し、でき得れば、ぬすまれた金を取りもどすようにたのまれたとき、聞かされた情況であります。バルマー部長刑事殿は、できるだけの厳重な取り調べを行ないましたが、当然、嫌疑をかけられた人物にたいし、だれひとりとして、証拠の一片だにつかむことはできませんでした。盗難事件をしらされたときのその人たちの言動は、無実の人間の言動と、まったく変わったところはありませんでした。バルマー部長刑事殿は、最初から、この事件は、ひそかに調べ、秘密に観察しなければ解決できないと思いました。そこで部長刑事殿は、まず手はじめに、ヤットマン夫妻を説き、同居人の無実を完全に信じこんでいるふりをさせ、それから、家政婦の出入を尾行し、交友、習慣、秘密などを洗うことによって、戦闘を開始しました。

部長刑事殿、および彼の捜査に助力する有能な人たちの、三日三晩にわたる努力の結果は、家政婦に対する嫌疑には、なんら確実な理由がないことを確信させるにじゅうぶんでありました。

　次に、部長刑事殿は、店員についても、おなじ注意をはらいました。この店員のことを、本人には知れないように、内密に洗うのは、家政婦のばあいよりも困難かつ不確実なものでありましたが、それでも、その障害はついにのぞかれ、どうにか成果をあげました。そして、こんどのばあい、家政婦のときほどの確実さはないにしても、この店員と金箱盗難事件とは、なんらの関係もないと想像すべき、かなりな理由があるのであります。

　この捜査の必然的な結果としては嫌疑の範囲は、いまや下宿人のジェイ氏に限定されることになりました。

　小生が貴官の紹介状をバルマー部長刑事殿に提出しましたときは、彼はすでにこの青年のことで、いくらか調査にのりだしていました。その結果は、いままでのところ、かならずしも香《かん》ばしいとはいえないようであります。ジェイ氏の日常生活は、ふしだらであります。よく飲み屋に出入りし、多くの無頼《ぶらい》の徒《と》と親しく交際しているふしがあります。取引きしている小商人には、たいてい借金があります。前月分の部屋代を、まだヤットマン氏に払っておりません。昨夜は酒に酔って帰ってきたり、前週はプロボクサーと話をしているところを見たものがあります。ようするに、ジェイ氏は、安稿料で新聞に寄稿しているというので、ジャーナリストと自称はしておりますが、趣味の低い、俗悪な、悪習の身にしみた青年なのであります。彼については、いささかでも信用を増すような事実は、まだ発見されておりません。

　バルマー部長刑事殿から伝えられましたことは、細大もらさず、ここにご報告いたしました。

貴官においても、なんらの脱落は発見なさらないだろうと確信いたします。そして、小生にたいし、偏見をいだいておられるとはいえ、小生がここに作成いたしました報告ほど、明快な事実の報告は、いまだかつて貴官に提出されなかったことを、お認めくださると思います。小生の次なる義務は、この事件が小生の手にゆだねられました以上、今後の予定について申しあげることであります。

まず第一に、バルマー部長刑事殿が手ばなしたところから、この事件を扱うことが、明白に小生の仕事であります。部長刑事殿の権威に信頼し、家政婦および店員については、小生がいまさら手をつける必要はないと思ってさしつかえないと信じます。ふたりの人柄については、すでに明白になったと見なすべきであります。今後、内偵をすすめるべきことは、ジェイ氏が犯人であるか、あるいは無実であるかの問題であります。紛失した紙幣を断念するまえに、われわれは、でき得れば、ジェイ氏が紙幣について、なにか知っているかいないかをたしかめなければなりません。

以下のことは、ヤットマン夫妻のじゅうぶんな了解を得て、ジェイ氏が犯人であるかないかを発見するために、小生が選んだ計画であります。

本日、小生は部屋をさがしている青年のふりをして、ヤットマン家をおとずれることを提案しました。三階の奥の部屋が、貸間として小生に案内されることになっております。そして、小生は、今夜、しかるべき商店なり事務所に職をもとめるためロンドンに来た田舎者として、その部屋におちつくことになっております。

こうして、小生はジェイ氏の部屋の隣室に住むことになります。部屋をへだてる壁は、木摺《きずり》と漆喰《しっくい》だけであります。この壁のなげしの近くに、小さな孔《あな》をあければ、部屋にいるあいだのジェイ氏の行動を見たり、友人でもがたずねてきたら、どんな話がかわされるか、逐一《ちくいち》聞くことができます。ジェイ氏が部屋にいるときは、小生はかならず観察の部署についています。外出するときは、かならず尾行します。こうして見張りをしていれば、彼の秘密——万一、彼が紛失した紙幣に関して、なにかを知っていれば——を発見することを期待できると、はっきり信じております。

この監視計画を、貴官がどうお考えになるか、小生には申しあげられません。小生には、この計画は、大胆と直截《ちょくせつ》という、はかり知りがたい長所を兼ねそなえているように思われます。この信念を固持し、将来に関しては、すこぶる楽観的な気持をいだいて、この報告をおわりたいと存じます。

貴官の柔順なるしもべ　マシュウ・シャーピン

七月七日

同人より同人へ

拝啓——小生の前便にたいし、なんのご返事もたまわりませんので、小生にたいする偏見にもかかわらず、前便は、小生が予測したとおり、貴官に好印象を与えたものと想像いたしております。貴官の雄弁なる沈黙は是認《ぜにん》のしるしとして、小生も大いに満足し、この二十四時間における捜査の進捗を、つづいてご報告申しあげることにいたします。

小生は、すでにジェイ氏の隣室に、気持よく腰をおちつけております。そして、壁に孔を一つだけでなく、二つもあけ得たことを、しごくよろこんでおります。小生は生来ユーモアのセンスをもっていますので、いささか度をすごしたきらいはありますが、その二つの孔に、ふさわしい名をつけました。一方をのぞき孔、一方をパイプ孔と称しております。第一のものは、その名の示すとおりであります。第二の孔の名称は、孔にさしこんだ細いブリキのパイプ、つまり管によって名づけられたものでありまして、監視部署についているあいだ、その先が耳もとにくるように曲げてあります。こうして、のぞき孔からジェイ氏を見張っておりますあいだも、このパイプ孔によって、彼の部屋でとりかわされる言葉を一語ものがさず聞けるという仕掛けであります。

完全な率直さ——これは、小生が子供時代からもっている美徳であります——このため、小生が提案したのぞき孔に、パイプ孔をつけくわえるという独創的な計画は、ヤットマン夫人の発案であることを、話をすすめますまえに、一言触れざるを得ません。この婦人は——きわめて聡明で、教養に富み、その物腰は率直でありますが、しかも、きわだっております——小生といたしましては、いかに賞揚いたしましても、賞揚しすぎることのないほどの情熱と知性とをもって、小生のささやかな計画に参画してくれました。ヤットマン氏は金を盗まれてすっかり落胆し、小生にいかなる助力を与えることもできないありさまであります。あきらかに良人にたいし、きわめて深い愛情をよせているヤットマン夫人は、金を失ったことよりも、良人の悲しみのほうを強く感じていて、良人が、いまおちいっている、いたましい意気消沈の状態からふるい立たせようと努力しております。

「お金なんかね、シャーピンさん」と、彼女は、きのう、目に涙をためて、小生に申しました。「お金なんか、ひきしめて倹約し、心をゆるめず商売にはげんでいれば、また取りかえすことだってできますわ。泥棒を見つけたいと、わたくしがこんなに願っておりますのは、良人があんなにがっかりしているからなのです。わたくしがまちがっているのかもしれませんけど、あなたがうちにいらしたとたん、これは見つけだせるという気がしましたの。そして、お金をぬすんだ悪党が見つかるとすれば、それはあなたの手で見つかると信じていますわ」小生は、このうれしい賞賛の言葉を、それがささげられた真意をくんで受けました——自分は、早晩、かならず、この言葉に価いする人間であることを示すだろうと確信して。

では、話を仕事にもどしましょう。つまり、のぞき孔とパイプ孔のことであります。

小生は、なんのじゃまもなく、数時間、ジェイ氏を観察いたしました。ヤットマン夫人の話によると、ふだんはめったに在室しないのだそうでありますが、ジェイ氏は、きょうは終日、家にとじこもっておりました。まず、これからしてあやしい行動です。さらに報告しなければならないのは、彼はけさおそく起きたこと（これは若い男のばあい、つねにおもしろからぬ徴候であります）起きたあとも、あくびをしたり、頭がいたいとひとりぐちをこぼしたりして、朝食にひじょうにながい時間をつぶしたことであります。自堕落《じだらく》な人間のごたぶんにもれず、はほとんど箸《はし》をつけませんでした。次の行動は、パイプを吹かすことでした——きたない陶製《とうせい》のパイプで、紳士なら口にするのを恥ずかしく思うようなしろものです。煙草を一服すると、今度はペンとインクと紙を持ちだし、腰をおろし、うなりながら書きはじめました——そのうなり声が、紙幣をぬすんだ悔恨《かいこん》のうなり声か、目の前にある仕事がいやさのうなり声か、小生にはなんとも申しあげかねます。すこしばかり書くと（のぞき孔からは遠すぎて、肩越しにそれを判読する機会はありませんでした）、椅子の背によりかかり、流行歌をハミングでうたっていました。これが、共犯者と通信する秘密の信号であるかいなかは、まだわかりません。しばらくのあいだ、歌をうたったあげく、彼は立ちあがって、部屋の中を歩きまわり、ときどき足をとめては、机の上の紙に一句書きくわえはじめました。そのうちに、鍵をかけた戸棚の前に行き、それをあけました。すわこそとばかり、小生はじっと目を見はりました。戸棚から注意ぶかく、なにかを取りだすのが見えました——こちらをむきました——見ると、それは、なんとブランディの一パイントびんだったのであります。その酒をすこしばかり飲むと、この手におえない怠け者の無頼漢は、またベッドにもぐりこみ、五分の後には、ぐっすり眠ってしまいました。

すくなくとも、二時間は彼のいびきを聞いた後、小生はドアをノックする音で、のぞき孔に呼びもどされました。ジェイ氏はとびおきるなり、あやしいと思われるほど、すばやくドアを開けました。

ひどく汚れた顔をした、ひとりの小さな男の子がはいってきて、「原稿を待っていますよ」

と言うなり、床にははるかに届かない足をぶらさげ、椅子に腰をおろすと、たちまち眠ってしまいました。ジェイ氏は舌打ちすると、ぬれたタオルで鉢巻きし、原稿用紙にもどると、指のつづくかぎり、ペンの動くかぎり、書きまくりはじめました。ときどき立ちあがっては、タオルを水にひたし、またそれで鉢巻きをしながら、彼はこの仕事を三時間ちかくつづけました。やがて、書きあげた原稿用紙を折りたたむと、男の子を起こし、原稿を渡し、次のような注目すべき言葉を発しました。「おい、寝坊のチビ、起きろ――出発だ。社長にあったら、おれが取りに行ったらすぐ出せるように、金の用意をしておいてくれと言うんだぞ」男の子はにやりと笑うと、出ていきました。小生はこの「寝坊」のあとを尾行したい誘惑にかられましたが、考えなおして、ジェイ氏の行動を監視しているほうが安全だと思いました。

三十分ばかりすると、彼は帽子をかぶって出かけました。もちろん小生も帽子をとり、外に出ました。階段をおりていると、ヤットマン夫人があがってくるのに出会いました。夫人は小生らのまえもってのとりきめにより、ジェイ氏が出ていき、小生が彼の行く先をどこまでも尾行しているあいだ、ジェイ氏の部屋を捜査してくれることになっていたのであります。ジェイ氏は、まっすぐにもよりの居酒屋に行くと、昼食に羊肉料理を二皿注文しました。小生は隣りのボックスに席をとり、同じように羊肉料理を二皿注文しました。店にはいって一分とたたないうちに、むかいのテーブルにいた、ひどくあやしげな態度と風采をしたひとりの青年が、黒ビールのコップを手にしてジェイ氏の席に来ました。小生は新聞を読んでいるふりをし、職務上、全神経を集中し、耳をすましていました。

「さっきジャックが来て、きみのことをたずねていたぜ」と、その青年は言いました。

「なにか伝言をしていったかい」と、ジェイ氏がたずねました。

「うん」と、相手が言いました。「もし、きみに会ったら、今夜、特に会いたいことがあるとつたえてくれと言っていたよ。七時に、ラザフォードの、きみの家に顔を出すとさ」

「わかった。それまでには帰っているよ」

これを聞くと、あやしげな風采の青年は黒ビールを飲みほし、自分は急ぐからと言って別れをつげ（この男は共犯者とみて、まずまちがいはないと思います）、部屋を出て行きました。

六時二十五分三十秒に——こうした重大な事件では、時刻については、特に注意することがたいせつであります——ジェイ氏は食事をすまし、勘定を払いました。二十六分四十五秒には、小生も食事をすまし、勘定を払いました。それから十分後には、小生はラザフォード街の家にはいり、廊下でヤットマン夫人に会いました。夫人の顔には憂鬱《ゆううつ》と失望の表情が浮かんでおりまして、それを見た小生も、すっかり悲観しました。

「どうやら、ジェイ氏の部屋では、犯行のうらづけになるようなものが、ぜんぜん見つからなかったようですね」と、小生は言いました。

夫人は首をふって、ため息をつきました。やさしい、ものうそうな、不安にふるえるため息で、正直に申しますが、それを聞くと、小生の胸はみだれたのであります。その瞬間、小生は任務を忘れ、ヤットマン氏にたいする羨望でいっぱいになりました。

「絶望してはいけませんよ、奥さん」と、小生は、おだやかな、とりいるような調子で言いましたが、それは夫人の心をうったようでした。「ぼくは謎のような会話を聞いたのです――うしろぐらいところのありそうな約束があるのを知っています――それで、今夜はのぞき孔とパイプ孔とに、ひじょうな期待をかけているのです。驚いちゃいけませんよ。今夜こそ、われわれは、いよいよ、発見するかいなかのせとぎわまで来ていると思うのですよ」

こうして、小生の職務にたいする情熱的な献身は、愛情にうち勝ったのです。小生は夫人を見やり――ウィンクし――うなずき――そばを離れました。

監視部署についてみますと、ジェイ氏はパイプをくわえ、肱掛椅子《ひじかけ》に腰をおろして、羊肉料理をおもむろに消化させていました。テーブルにはコップが二つ、水差しが一つ、それに例のブランディの一パイントびんがおいてあります。時刻は七時ちかくでした。七時になると、「ジャック」と呼ばれた人物がはいってきました。

彼は興奮しているようでした――ひどく興奮しているようすだったと、よろこんで申しあげましょう。いまにも事はなるのだと思うと、そのうれしさが、頭から足の先まで、全身にしみわたりました（強い表現を用いるならば）。息をころして、例ののぞき孔から見ますと、訪問客は――この愉快な事件の『ジャック』なのです――テーブルにジェイ氏とむかいあい、小生のほうに顔をむけて、腰をかけています。ふたりの顔に浮かんだ表情のちがいは勘定にいれないとすると、ほかの点では、無頼のふたりはひじょうによく似ているので、兄弟であるという結論には、ひとめ見て達せられます。ジャックのほうが身ぎれいで、服装もりっぱでした。そのことは、最初から小生も認めます。これは、おそらく、小生の欠点の一つでありましょうが、小生は正義と公平をぎりぎりの限界までおしひろげるのです。小生はパリサイ人のような偽善の徒ではありません。悪徳であっても、それを埋めあわせるだけのものがあれば、公平に取り扱ってやるのです――さよう、いかなることがあっても、悪徳を公平に取り扱ってやるのです。

「どうしたんだい、ジャック」と、ジェイ氏が言いました。

「おれの顔を見てもわからないのかい」と、ジャックが言いました。「ぐずぐずしていちゃあぶないよ。中途はんぱな態度はやめて、一か八か、明後日、やってみようじゃないか」

「そんなに早くかい」と、ジェイ氏は、ひどく驚いたようすで言いました。「よかろう。きみさえよければ、おれのほうだっていいよ。だがね、ジャック、『もうひとり』のほうも、準備はできているのかい。たしかめてみたのかい」

そう言うとき、彼は微笑していました――不気味な微笑です――そして、『もうひとり』という言葉に、ことさら力をいれました。あきらかに、この事件には、第三の悪党、姓名不詳《ふしよう》の無法者が関係しているのです。

「あす、おれたちに会って、自分で判断するがいいさ。あすの朝、十一時にリージェント公園に来て、アヴニュー・ロードに曲がる角で待っていてくれ」

「じゃ行くよ」と、ジェイ氏は言いました。「ブランディを一ぱいどうだい。なんだって立ちあがるんだい。まさか帰るんじゃないだろうね」

「帰るんだよ」と、ジャックは言いました。「じつをいうと、おれは興奮しておちつかないので、どこにいても、五分とつづけてじっとすわっていることができないんだよ。きみには、こっけいに見えるかもしれないが、おれはいつも神経がぴりぴりしていてね、正直のところ、見つかりはしないかとびくびくものなんだよ。町で二度おれを見るやつがいると、こいつスパイじゃないかと思って――」

この言葉を聞くと、小生は足がくたくたとなりそうな気がしました。のぞき孔から離れなかったのは、精神力だけでした――精神力以外のなにものでもない、これは名誉にかけて申しあげておきます。

「ばかばかしい」と、ジェイ氏は、常習犯罪者のふてぶてしさをこめて叫びました。「きょうまで秘密を隠しおおせてきたのだ、おしまいまで、うまくやれないはずがあるか。まあ、ブランディでも一ぱいやってごらん、おれと同じように、安心した気持になるから」

それでも、ジャックはブランディをことわり、やはり帰ると言いました。

「ぶらぶら歩いていれば、気持がおちつくかもしれないからね」と、ジャックは言いました。

「忘れちゃいけないぜ――あすの朝――十一時に、リージェント公園のアヴニュー・ロード側だよ」

これだけの言葉を残して、彼は出ていきました。非情な兄弟は、はげしく笑い、またきたない陶製のパイプを吹かしはじめました。

小生はベッドのはしに腰をおろしましたが、形容でなく、興奮にからだがふるえました。ぬすんだ銀行券を現金にかえようとするこころみが、まだ行なわれていないことは、小生には明白にわかっていますし、バルマー部長刑事殿が、事件を小生の手にゆだねられるときは、同じ意見であったことを、ここに言いそえてさしつかえありますまい。小生がただいま書きました会話から、当然の勢いとして、いかなる結論がひき出せるでしょうか。あきらかに、一味の者は、あす会合して、ぬすんだ金の各自の分け前をとり、翌日、銀行券を現金化するのに、もっとも安全な方法を相談するにきまっております。ジェイ氏は、うたがいもなく、この仕事の主犯でありまして、おそらくいちばん重大な危険——つまり、五十ポンド銀行券を現金化する仕事——をおかすものと見られます。そこで、小生はなおも彼を尾行し、あす、リージェント公園に行き、そこでかわされる話を聞くことに、全力をつくします。その翌日、また会合する約束がきめられれば、もちろん、小生もその場にまいります。それは後の話にして、あすは、有能な人物二名の応援をただちに必要とします(悪党どもは、会合のあと、別行動をとると想定して)。これは二名の手下の悪党を尾行するためであります。ただし、ここで率直に申しあげておかねばなりませんが、万一悪党どもが、みんなそろってひきあげる場合には、おそらく、応援隊は予備にとっておくことになるだろうと思います。当然、小生は功名心に燃えていますので、できうるならば、盗賊を発見する手柄を、小生だけのものにしたい念願なのであります。

七月八日

二名の部下が、即刻到着いたしましたことを、感謝をこめてご報告申しあげます——たいして有能な連中とは思えませんが、さいわいにして、小生はたえず彼らを指図できる場所にいられるだろうと思います。

けさの最初の仕事は、当然、ふたりの見知らぬ人物が登場したことをヤットマン夫妻に説明し、ドジを踏まないようにすることでした。ヤットマン氏は(ここだけの話ですが、あわれむべき、気力のない男です)ただ、首をふって、ぶつぶつ言っただけでした。ヤットマン夫人は(なんと優秀な女性でしょうか)、いっさいのみこんだというような、魅力あふれる表情をしてみせました。

「まあ、シャーピンさん」と、夫人は言いました。「あんな連中が来るなんて、わたくし、残念ですよ。応援を頼むなんて、あなたが、自分から成功をあやぶみだしたようにみえますわ」

小生は、人知れず、夫人にウィンクし(夫人はなんの文句も言わず、小生がそんなことをするのを許してくれるのであります)、例のおどけた調子で、それはいささか誤解をしていると言ってやりました。

「あの連中を呼びよせたのはね、奥さん、ぼくが成功を確信しているからですよ。かならず金は取りかえしてごらんにいれます。それは、ぼく自身のためばかりでなく、ご主人のため――そして、あなたのためです」

小生は、最後の言葉に、すくなからず力をこめて言いました。夫人は、「まあ、シャーピンさん」と、また言うと――同時に、美しく頰をそめて――針仕事に視線をおとしました。ヤットマン氏さえ死んでくれれば、小生は、この女性とならば、世界の果てまでも行く気になりました。

小生はふたりの部下を先に出して、小生のほうから指令をするまで、リージェント公園のアヴニュー・ロードで待っているように申しました。そして、三十分後には、小生は、ジェイ氏から離れないように、同じ方角に向かって尾行しておりました。

ふたりの共犯者は、約束の時刻をたがえずに参りました。こんなことを書くのも赤面のいたりでありますが、申しあげないわけにもまいりません。じつは第三の悪党——小生報告中にあります、姓名不詳の無法者、あるいは、もしお望みなら、兄弟のあいだでかわされた会話の中の、謎の『もうひとり』と呼んでもかまいませんが——それは、なんと女性だったのであります。そして、さらにつごうのわるいことには、それが若い女性なのであります。そして、さらにいっそう悲しむべきことには、美しい女性なのであります！　この世の犯罪のあるところ、かならず女性が介在《かいざい》しているという信念が、しだいに強まるのにたいし、長年抵抗してまいりました。しかし、けさこの経験をしてからは、この悲しい結論には、もはや反対することができません。小生は女性をあきらめます——ヤットマン夫人は別ですが、女性をあきらめます。

『ジャック』と称する男が、その女性に腕をさしだしました。ジェイ氏は彼女の反対側にならびました。そして、三人は木立のあいだを、ゆっくりと歩いて行きました。小生はしかるべき間隔をおいて、三人を尾行しました。ふたりの部下は、これもしかるべき間隔をおいて、小生のあとからついて来ました。

はなはだ残念ながら、発見される危険があるので、彼らの話が聞けるほど近よるのは不可能でした。小生としては、彼らの身振りや動きから、三人ともひじょうに関心をもっている問題について、なみなみならぬ熱心さで話していることが推察できるのみでした。こんなふうに、たっぷり十五分は話しあった後、彼らは、とつぜん、きびすをかえすと、もと来た道をひき返してきました。こんな急場にあっても、小生は平静を失いませんでした。ふたりの部下には、そのままさりげなく歩いていって彼らのそばを通りすぎるように合図し、小生はすばやく一本の木のうしろに隠れました。彼らがそばを通るとき、『ジャック』がジェイ氏に次のようなことを言うのが聞えました。

「じゃ、あすの朝十時半ということにしよう。それから、馬車で来るのを忘れないでくれ。この界隈《かいわい》じゃ、馬車は拾えそうにないからね」

ジェイ氏はなにか言葉みじかに答えましたが、小生には聞きとれませんでした。彼らは落ちあった場所までひっかえし、そこでずうずうしくも丁重な握手をかわしたので、見ている小生は、まったく胸がわるくなるほどでした。それから、三人は別れました。小生はジェイ氏を尾行しました。ふたりの部下も、他のふたりにたいし、細心の注意をはらって尾行しました。

ジェイ氏はラザフォード街には帰らず、ストランドに参りました。そして、きたない、いかがわしい家の前でとまりました。ドアに書いてある文字によれば新聞社なのですが、小生の判断するところによれば、贓品故売《ぞうひんこばい》を業としている場所の、あらゆる外観をそなえておりました。

ほんのしばらく、その家の中にいたと思うと、ジェイ氏は指をチョッキのポケットに入れ、口笛をふきながら出てきました。小生ほど慎重でない男だったら、即座に逮捕しただろうと思います。ふたりの共犯者を捕える必要があること、さっきあすの朝あうことにきめられた約束をじゃましないのがたいせつだということを思い出したのです。のっぴきならぬ情況のもとにあって、このような冷静さを失わないことは、まだ刑事としての名声もない、若い駆けだしにあっては、なかなか得がたいことだと想像いたします。

ジェイ氏は、このいかがわしい外観の家から、煙草屋に行き、葉巻をくゆらせながら、雑誌を読みました。やがて煙草屋を出ると、ぶらぶらと居酒屋へ行き、そこで例の羊肉料理を食べました。小生も居酒屋までぶらぶら歩いていって、羊肉料理を食べました。彼は食べおわると、下宿に帰りました。小生も食べおわると、下宿にもどりました。そして、彼のいびきを聞くやいなや、小生も睡魔におそわれ、ベッドにはいりました。

翌朝はやく、ふたりの部下が報告にまいりました。

ふたりがあとをつけて行くと、『ジャック』と名のる男は、リージェント公園からほど遠くない、見たところ相当な構えの別荘風住宅の門の近くで、例の女性と別れたそうであります。彼はひとりきりになると、右へ曲がり、主として商店経営者が住んでいる、郊外住宅地といったような道を行きました。やがて、そうした家の一軒の通用門の前でとまり、自分の鍵であけてはいりました――戸をあけるとき、あたりを見まわし、道の反対がわをぶらぶらしている小生の部下を、疑わしそうに見つめていたそうであります。部下が報告したことはこれだけであります。小生は彼らを部屋にとめておいて、手のいるときに働いてもらうことにし、のぞき孔に行ってジェイ氏のようすをうかがいました。

彼は着がえに夢中で、もともとだらしのない風采から、その痕跡をすっかり取り去ろうと大わらわでした。これは小生の予期していたとおりのことでした。ジェイ氏のような風来坊でも、ぬすまれた銀行券を現金にかえるという危険をおかしに行くときは、ちゃんとした身なりをととのえるのがたいせつだということを知っているのです。十時五分すぎには、みすぼらしい帽子に最後のブラシをかけ、よごれた手袋をパンくずでこすりました。十時十分には通りにでて、もよりの駐車場へと行きました。小生と部下はそのあとをつけました。

彼は馬車にのりましたので、小生らも馬車にのりました。きのう、公園で彼ら三人を尾行したとき、落ち合う場所を聞くことはできなかったのですが、いくらも行かないうちに、例のアヴニュー・ロード口の方角に進んでいることがわかりました。

ジェイ氏がのっている馬車は、ゆっくりと公園へはいっていきました。われわれは、疑われないように、公園の外で馬車をとめました。そして、相手の馬車を徒歩で尾行しようと、小生は馬車をおりました。そのとたん、相手の馬車もとまり、ふたりの共犯者が木立の中から、近づいてくるのが見えました。彼らがのりこむと、馬車はすぐ引きかえしてきました。小生は自分の馬車へ駆けもどり、御者に、相手の馬車をやりすごし、それからまえのように尾行をつづけるよう命じました。

御者は小生の命令にしたがいましたが、へまなやり方をしたものですから、相手に感づかれてしまいました。三分間ばかり尾行したとき（もと来た道を引きかえしたのです）、相手との間隔がどのくらい離れているかと思って、小生は窓から顔を出して見ました。すると、相手の馬車の窓からも帽子が二つ突き出て、顔が二つ、小生のほうを見ているのが目にとまりました。

小生は冷汗をかいて、座席にもどりました。この表現はあまり上品ではありませんが、ほかの言葉では、この苦しい瞬間の小生の立場を描写することができません。

「見つかったよ」と、小生は部下にむかって、そっと言いました。ふたりは驚いて小生を見つめました。小生の感情は、たちまち、絶望のどん底から、憤怒《ふんぬ》の絶頂へとかわりました。

「御者がへまをしたからなんだ。きみたちひとりおりろ」と、小生は、威厳をこめて申しました――「おりて、やつの頭をぶんなぐれ」

小生の命令には従わず（この命令違反行為を本庁に報告せられんことを望みます）、彼らは窓から顔を出しました。そして、小生がひきもどそうとすると、また座席につきました。しかも、小生が憤懣《ふんまん》をぶちまけようとすると、ふたりともにやにや笑って言うのです。「外を見てごらんなさい」

小生は外を見ました。盗賊どもの馬車はとまっておりました。

どこだとお思いになりますか。

なんと教会の門前だったのです！

この発見が、世のつねの人間に、どのような効果を与えるか、小生にはわかりません。小生はもともと信仰あついたちでしたので、これを見ると、畏怖《いふ》にみたされました。小生も犯罪者の無法きわまる術策を、物の本でしばしば読んだことがあります。しかし、教会にはいって、尾行者をまこうとする三人の盗賊などといった話は、寡聞《かぶん》にして聞いたことがありません。このような厚顔無恥な瀆神《とくしん》的行為は、犯罪史上にも例を見ないものであると考えます。

小生は渋面をして、にやにやしている部下をおしとどめました。彼らの浅薄な心の中に、どんなことが浮かんでいるか、容易に推察できます。小生にしても、もし表面にあらわれた現象しか見る能力がなかったならば、ふたりの服装をととのえた男と、ひとりの女性が、週日の午前十一時前に教会へはいるところを見た時、部下たちがあきらかに到達したらしい軽率な結論にとびつかないともかぎりません。しかし事実は、単なる現象は、小生をあざむく力をもっておりません。小生は馬車をおり、部下をひとりつれて、教会へはいっていきました。もうひとりの部下は法衣室の出入口の見張りにやりました。生き馬の目を抜くことはできましょう——しかし、このマシュウ・シャーピンは、そんなわけにはいきません。

小生は、足音をしのばせて、回廊の階段をあがり、オルガンのある階へと曲がり、正面のカーテンのあいだからのぞきました。見ると、例の連中は三人とも会衆席にいるのです——さよう、いかに信じがたく思えようとも、ちゃんと下の会衆席に腰をおろしているのです！

小生がどうしようかと迷っているうちに、法衣室から、正式の法衣をきた牧師が、ひとりの役僧をしたがえて姿をあらわしました。小生の頭には、旋風がまきおこり、視力はかすみました。法衣室でおこなわれた盗難事件の暗い記憶がよみがえってきました。きらびやかに法衣をまとった牧師のために、小生は身ぶるいしました——役僧のためにさえ身ぶるいしました。

牧師は祭壇の手すりの内がわに立ちました。三人の無頼の徒が近づきました。牧師は聖書をひらいて、読みはじめました。どこを読んだのか——と、貴官はおたずねになるでしょう。

小生はいささかの躊躇《ちゅうちょ》もなくお答えいたします。結婚式のためのはじめのくだりでありますと。

部下は厚顔にも、小生の顔を見てから、自分の口にハンカチをおしこみました。小生は彼になど、一顧《いっこ》の注意をはらおうとはしませんでした。『ジャック』という男が花婿であり、ジェイなる男が父親の役をして、花嫁を花婿に引き渡すのを見届けると、小生は部下をしたがえて教会を出て、法衣室の入口を見張っていた部下といっしょになりました。小生のような立場にたったら、いささか意気消沈し、自分は、たいへんばかげた失策をしたのではないだろうかと考えはじめる者もいるでしょう。しかし、いかなる種類の、いかなる程度の不安も小生は感じませんでした。自分の判断をいささかもあやまっているとは思わなかったのであります。そして、すでに三時間を経過した今でさえ、さいわいなことに、小生の心はまえと同じようなおちつきと希望にみちているのであります。

部下と教会の外で合流するとすぐ、小生は、あのようなことが起こっても、やはり相手の馬車を尾行するつもりであることを言いきかせました。こんなことを決意した理由は、やがておわかりになると思います。ふたりの部下は小生の決意に驚きました。そして、ひとりが生意気にもこんなことを言うのです。

「失礼ですが、われわれが尾行するのは、いったい何者なのですか。金をぬすんだ男ですか、それとも、女房をぬすんだ男ですか」

もうひとりの下劣きわまる部下は、笑い声をあげて、相手をけしかけました。ふたりとも正式な懲戒《ちょうかい》にあたいします。そして、小生は本気になって信ずるのでありますが、ふたりともかならずや懲戒をうけるでありましょう。

結婚式が終わると、例の三人は馬車にのりこみ、ふたたび、われわれの馬車は（近くにとめてあると相手にさとられないよう、教会の角を曲がったところに、うまく隠しておいたのであります）彼らの馬車のあとをつけはじめました。

われわれは彼らのあとをつけて、サウス・ウェスタン鉄道の終着駅まで参りました。新婚夫婦はリッチモンド行きの切符を買いました——料金を半ソヴリン金貨で払いましたので、やつらを逮捕する喜びを小生からうばってしまいました。もし、銀行券を出していたら、小生は逮捕していたにちがいないのでありますが。ふたりはジェイ氏と別れるときに、「あて名を忘れちゃいけないぜ——バビロン・テラスの十四番地だよ。来週のあす、いっしょに飯をくおう」と言いました。ジェイ氏はこの招待を承諾し、ふざけた調子で、これからすぐ下宿に帰って、こんなさっぱりした服はぬぎ、あとはまた気楽で、きたない姿にもどるのだと言いました。そして、小生は、彼を無事帰宅するまで見届け、現在、気楽で、きたない姿（彼の無恥な表現を用いますならば）にもどっていると報告申しあげなければなりません。

ここで問題は一段落し、現在までで、小生が第一段階と呼ぶところのものは終わりました。

軽率な判断をくだす人々が、これまで小生がとってきた行動について、どんなことを言うか、小生にはよくわかっております。彼らは、小生が、徹頭徹尾《てっとうてつび》、じつにばかばかしい勘ちがいをしていたのだと主張するでしょう。また、小生が報告申しあげましたあやしげな会話は、駆落ち結婚をうまく運ぶについての、困難と危険を語ったのにすぎないというでしょう。そしてまた、彼の主張が正しいことの否定すべからざる証拠として、教会の場面をもちだすことでありましょう。それならそれでよろしい。この点までは、小生も反対いたしません。しかし、世情に通じた小生の聡明さの奥底から出る、一つの質問を呈します。この質問にたいしては、小生の不倶戴天《ふぐたいてん》の敵といえども、そう容易に答えうるものではなかろうと思います。

結婚の事実は認めるといたしましても、このことが、あの秘密の取引きに関係ある三人の人物の無実を証明する証拠となるでありましょうか。小生には、そうとは思えません。それどころか、ジェイ氏とその一味にたいする小生の疑いを強めるばかりであります。なぜならば、彼らが金をぬすんだ明白な動機をしめすからであります。リッチモンドで新婚旅行をすごそうという紳士には、金がいります。また、取引商人には借金だらけという紳士には、金がいります。これを犯罪の動機とするのは、むりなこじつけでありましょうか。蹂躪《じゅうりん》された道徳の名において、小生はそれを否定いたします。これらふたりの男は共謀して、すでにひとりの女性をぬすんでおります。それならば、ふたりが共謀して金箱をぬすまないと、どうしていえましょうか。小生は万古不易《ばんこふえき》の美徳の論理という立場をとっているのであります。そして、この立場から、小生を一インチでも動かそうとするような悪徳の詭弁《きべん》には、敢然として戦いをいどみます。

美徳といえば、小生がこの事件でとったこの見解を、ヤットマン夫妻にたいしてもとったことを申しそえておきます。この教養もあり、魅力ある婦人も、はじめのうちは、小生の論理の精密なつながりを理解できないようすでありました。すすんで告白いたしますが、夫人は首をふり、涙をながし、良人とともに、二百ポンドの金を失ったことについて、はやばやと嘆き悲しんでいるのです。しかし、小生のほうでも、すこし細かに説明し、夫人のほうでも、すこし注意して聞いてくれますと、結局は夫人の考えも変わりました。いまでは、小生の意見に同意し、ジェイ氏、あるいは『ジャック』氏、あるいは駆落ちした女性の嫌疑をすっかり晴らすかに思われる、秘密の結婚という思いもうけぬ事態にも、なんら意味はないと考えております。「ずうずうしいあばずれ」というのが、その女性のことを話すときに、夫人が用いた言葉であり、もっと重要なことは、ヤットマン夫人は、小生にたいする信頼をまだ失っていないこと、そして、ヤットマン氏も夫人にならい、今後の成果に希望を託するよう努力すると約束してくれたことであります。

いまや情況は、新しく展開いたしましたので、小生としては、本庁からの指令を待たざるを得なくなりました。小生は次なる策をもっている人間の平静さをもって、新しい指令を待っております。小生は、教会の門から停車場まで三人の一味を尾行したとき、そうする二つの動機をもっていました。第一に、やはり彼らが犯人であると信じ、職務上の問題として尾行したのであります。第二に、これは小生の個人的な投機の問題でありまして、駆落ち夫婦が人目をしのぶ場所をつきとめ、この情報を商品として、若い婦人の家族なり友人に売りつけようと思ったのであります。こうして、どちらにころぼうと、時間をむだにしなかったことにたいし、小生はすでにいまから得意に思っているしだいであります。もし本庁が小生の行動を是認せられますならば、今後の措置については腹案を持ちあわせております。もし本庁が是認してくださらないならば、小生は売物の情報をもって、リージェント公園の近くの上品な構えの別荘風住宅に参るでありましょう。いずれにいたしましても、この事件のおかげで、小生のポケットには金がはいり、なみなみならず抜けめのない人間として、小生の洞察力に一段と箔《はく》がつくのであります。

もう一言だけ申しそえておくことがあります。もし、ジェイ氏ならびにその一味は、あの金箱盗難事件には無関係であると主張する人がありますならば、小生はその人にむかって――たとい、それがシークストン首席警部殿であろうと――しからば、ソーホー区ラザフォード街において窃盗をはたらいたのは何者であるかと反問をいたします。

貴官の柔順なるしもべ　マシュウ・シャーピン

シークストン首席警部よりバルマー部長刑事へ

バーミンガム　七月九日

バルマー部長刑事殿――あのあほうの青二才、マシュウ・シャーピン君は、予期にたがわず、ラザフォード街事件でヘマなことをやってしまった。小生は用事があってこの町から離れられないので、きみに事件をあらためてやりなおしてもらいたく、かくは手紙を書く次第だ。シャーピンのやつが報告と称している、わけのわからぬ手紙を同封しておく。まあ読んでみたまえ。そして、この譫言《たわごと》の意味がどうにかわかったら、きみも小生と同じように、このうぬぼれ屋のあほう者は、ほんとの筋だけを残し、ほかはあらゆる筋で犯人を追っていたことがわかるだろう。ここまでくれば、きみなら五分間で真犯人を捕えることができる。すぐ解決して、こちらに報告願いたい。そして、シャーピン君には、おって通知があるまで、登庁にはおよばないと伝えておいてくれたまえ。

草々

フランシス・シークストン

バルマー部長刑事よりシークストン首席警部へ

ロンドン　七月十日

シークストン警部殿――お手紙、および同封のもの、無事落手いたしました。賢者は愚者からですら、つねに学ぶものということわざがあります。自分のばかさかげんを暴露したシャーピンのくどくどしい報告を読みおえましたとき、貴官がお考えになったとおり、小生には、ラザフォード街事件が、結末まではっきり見とおせました。三十分後には、小生はあの家に参りました。そして、最初に顔をあわせたのは、シャーピン氏その人でありました。

「ぼくの応援に来たのですか」と、彼は言いました。

「というわけでもないよ」と、小生は申しました。「おって通知があるまで、きみは登庁におよばないことになったことを伝えに来たんだよ」

「けっこうですよ」と彼は、自分の腕にたいする高慢の鼻をへしおられたようすも見せずに言いました。「あなたがぼくのことを嫉《ねた》むだろうとは思っていました。それは当然のことで、あなたを責めはしませんよ。さあ、どうぞおはいりになって、気楽にしてください。ぼくは、これからリージェント公園の近くに、自分だけの探偵の仕事がありますので、出かけますから、ハイチャ、部長刑事殿」

こんな言葉をのこして、彼は出ていきました――これは、小生にとっては、願ったりかなったりのことでした。

家政婦が玄関のドアをしめるが早いか、小生は、主人に内々で話したいことがあると伝えさせました。家政婦は店の奥の客間に案内しました。はいってみると、ヤットマン氏はひとりきりで新聞を読んでおりました。

「例の盗難事件のことで来たんですがね」と、小生は申しました。

彼は不機嫌そうに小生の言葉をさえぎりました――もともと、あわれな、弱々しい、女みたいな男なのですから。「ええ、ええ、わかってますよ。三階の壁に孔をあけた、あの腕っこきの男がまちがいをしでかし、私の金をぬすんだ悪党の手がかりが消えてしまったことを話しにいらしたんでしょう」

「そうです。私が来たのは、そのこともあります。でも、そのほかにまだ話があるのですよ」

「泥棒がわかったのですかな」と、彼はまえよりもっと不機嫌な調子で言いました。

「そうです。わかったつもりでいますよ」

彼は読んでいた新聞をおき、すこし心配そうな、びくびくした顔をしはじめました。

「まさか、うちの店員じゃないでしょうな。あの男のために、店員でないことを願いますよ」

「ちがいます。も一度当ててごらんなさい」と、小生は申しました。

「あの怠け者の自堕落な家政婦ですか」

「そりゃあの女は怠け者ですよ。それに自堕落女ですよ。最初に調べたとき、そのことはわかっていました。でも、泥棒じゃありませんよ」

「じゃ、いったいだれです?」と、主人は言いました。

「これから、ひじょうに不愉快な、思いがけないことを言いますから、失礼ですが、ひとつ心構えをしておいてください。それに、お怒りになるといけませんから、念のために言っておきますが、私はあなたより強いし、もし私に手出しをなさるようなことがあれば、私も、不本意ながら、純然たる自己防衛から、あなたを痛い目にあわせないともかぎりませんよ」

彼は顔を蒼白にし、椅子を私から三フィート離しました。

「だれがあなたの金をぬすんだか、聞かせてもらいたいと、あなたは言いましたね」と、小生はつづけました。「どうしても、それに返事をしろとおっしゃるなら――」

「どうしても返事をしていただきたいですな」と、彼は弱々しい声で言いました。「ぬすんだのは何者です」

「奥さんが盗んだんですよ」と、小生はおだやかに、しかし、それと同時にきっぱりと言いました。

彼は、まるで小生が短刀でも突きつけるように、椅子からとびあがり、拳固《げんこ》でテーブルをたたきましたが、あまりそれがはげしいので、板が割れるほどでした。

「まあ、おちついて」と、小生は言いました。「興奮なさっては、真相が説明できませんよ」

「うそだ、そんなことは」と、彼はまたもや拳でテーブルをたたいて言いました。「下等な、卑劣な、恥知らずなうそだ。なんであなたは――」

彼は言葉を切り、椅子にどっかりと倒れ、とほうにくれたようすであたりを見まわし、やがて、大声で泣きはじめました。

「冷静におかえりになったら」と、小生は言いました。「あなたも紳士なのですから、ただいまお使いになった言葉を、きっと取り消していただけると思います。それまでのところ、できますならば、私の説明を聞いてください。シャーピン君は、じつにだらしのない、ばかばかしい報告を、本庁の警部宛に送っています。そして、それには、自分のばかげた行動や言葉ばかりでなく、ヤットマン夫人の行為や言葉も書いているのです。たいていの場合、そんな報告は紙くず箱に捨てられるのですが、シャーピン君の報告では、たまたま、そこに書いてある譫言から、書いた本人のあほうは、はじめから終わりまで、まるで夢にも気づかなかった結論が引き出されるのです。この結論については、私はまったく確信があります。ですから、奥さんがあの青年の愚かしさとうぬぼれにつけこみ、わざとほかの見当ちがいな人物に嫌疑をかけるようにけしかけ、自分の罪が露見するのを防ごうとなさったことが真実でなかったら、私は今の職をやめますよ。このことは、確信をもって言いますが、もっとつっこんだ話があるのです。なぜ奥さんがあの金をぬすまれたか、その金で、あるいはその金の一部で、なにをなさったか、決定的な意見を申しあげようと思っているのですよ。奥さんに目をとめた人間は、だれでも、衣装のりっぱな好みと美しさに、心をうたれないものはありません――」

小生が最後の言葉を言っているうちに、主人はやっと口をきく気力をとりもどしたようすでした。そして、すぐに小生の言葉をさえぎりましたが、それはさながら、文房具屋の主人どころか、公爵ででもあったような調子でした。

「家内に下劣な中傷をあびせるつもりなら、もっとほかの方法をとったがいいようですな」と、彼は言いました。「この一年間の服飾店の勘定書は、げんにいま、私の領収書の綴じこみにあるんですからね」

「失礼ですが、そんなものはなんの証明にもならないのですよ。われわれのような仕事をしていると、毎日のようにぶちあたるのですが、服飾店というものには、あるずるい習慣がありましてね。既婚の婦人なら、そういう申し出をすると、服飾店に二通りの勘定書をつくらせることができるのです。一通は、良人が見て払う勘定書、一通は内々の勘定書で、余分の品物はみんなそれにつけてあり、細君がつごうのいいとき、分割して、こっそり払うのです。私どもの平常の経験によりますと、こうした分割払いの金は、たいていの場合、家計費から捻出《ねんしゅつ》されるようですね。あなたがたの場合、分割払いの金は、支払われていないのではないかと思いますね。店からは訴えるとおどかされる、あなたの財政状態が変わったのを知っている奥さんは、にっちもさっちもいかなくなった、そこで、その秘密の勘定を、あなたの金箱からお払いになったというわけですよ」

「そんなことは信じられん」と、彼は言いました。「あなたが口にする言葉は、一つ一つ、私と家内にたいするいまわしい侮辱ですぞ」

「あなたも男なら」と、小生は、時間と言葉を節約するために、彼の言葉をさえぎりました。

「さっきおっしゃった領収書を綴じこみからはずして、この足で、私といっしょに、奥さんの取引きの服飾店に行ったらどうですか」

彼はこれを聞くと、顔をまっかにして、すぐに領収書を取り出し、帽子をかぶりました。小生は紙入れから、紛失した銀行券の番号を記した表を取り出し、すぐにいっしょに家を出ました。

その服飾店につくと（予期したとおり、ウェスト・エンドのぜいたくな店でありました）、小生は重要な問題について、内々に会いたいと、店のマダムに申し入れました。マダムと小生とが、同じような微妙な問題を調べるために会ったのは、これがはじめてではなかったのであります。マダムは小生を見ると、すぐに主人を呼びにやりました。小生はヤットマン氏を紹介し、用件をのべました。

「厳重に個人的な問題でしょうな」と、主人がたずねました。小生はうなずきました。

「それに、ここだけのお話でございますわね」と、マダムが言いました。小生はふたたびうなずきました。

「部長刑事さんに帳簿をちょっとお見せするが、おまえのほうに異存はないかい」と、良人が言いました。

「あなたがいいとお思いになるなら、ちっともかまいませんわ」と、マダムが言いました。

このあいだ、気のどくなヤットマン氏は、われわれのていねいな相談とはまるで似合わしからぬ、驚きと心痛そのもののような顔をしていました。帳簿が持ってこられました――ヤットマン夫人の名が書いてあるページに一分間目をとおせば、小生がさきほど言った言葉が、一つとしてうそでないことが、じゅうぶんに、いやじゅうぶんすぎるほど証明されました。

一つの帳簿には、すでにヤットマン氏が払った、良人用の勘定が記入してありました。そして、もう一つの帳簿には、内証の勘定が記入してあって、これも支払いずみになっていました。支払いの日付けは、金箱が紛失した翌日になっております。この帳簿によりますと、内証の勘定は、百七十五ポンド何シリングかにのぼり、三年間にわたるものでした。分割金は一回も払いこまれていませんでした。最後の行の下に、次のような言葉が記入してありました。「督促《とくそく》三回め、六月二十三日」小生はこれを示し、マダムにむかって、これは「この六月」の意味かとたずねました。やはり、それは、この六月の意味で、マダムは督促状と同時に、法律的な手続きをとると言いそえたことを、深く後悔しておりました。

「お店では、いいお得意なら、三年間の掛売りはなさると思っていましたがね」と、小生は言いました。

マダムはヤットマン氏を見やり、小生の耳もとでささやきました――「ご主人のふところぐあいがわるくないときにはね」

マダムはそう言いながら、勘定書を指さしました。ヤットマン氏の財政が左前になった後の内容も、その前の年の勘定とかわらず、ヤットマン夫人の地位としては、法外なものでした。

ほかのことでは、節約していたかもしれませんが、こと衣装の問題となると、節約どころではなかったのです。

それから後は、形式的に現金出納簿を調べるだけの仕事しか残っていませんでした。金は銀行券で支払われ、その金額や番号は、小生の表と正確に一致しました。

それがすむと小生は、すぐにヤットマン氏を店からつれだすのがいちばんいいと思いました。彼は見るもあわれな状態でしたので、小生は馬車を呼び、家まで送っていきました。最初のうち、彼は子供みたいに泣きわめきましたが、まもなく、小生の慰めにおとなしくなりました――そして、彼の名誉のために、つけくわえておかなくてはなりませんが、彼は、馬車が家の前につくとき、さきほどの言葉について、ていねいに謝罪いたしました。そのお返しに、小生は、今後細君との仲をうまくやっていく方法について、助言をしてやろうと思いました。しかし、彼は小生にはほとんど注意もはらわず、離婚というようなことを、ひとりつぶやきながら、二階へあがっていきました。ヤットマン夫人がうまくこの難局を切りぬけるかどうか、おぼつかない気がいたします。おそらくは、ヒステリーをおこしてわめきたて、あわれな主人をおびえさせて、結局、許してもらうだろうと考えます。しかし、こんなことは、われわれの関知するところではありません。われわれの関するかぎり、事件はこれで終わりを告げました。そして、この報告も、それとともに結論に達したとみるべきでありましょう。

敬具
トマス・バルマー

追伸――申しそえておきますが、ラザフォード街を立ち去るとき、マシュウ・シャーピン氏が荷物をまとめに帰ってくるのに会いました。

「どうです」と、彼はすこぶる上機嫌で、両手をもみあわせながら言いました。「いま例の上品な構えの別荘風住宅に行ってきたんですがね、用件をきりだすやいなや、たちまち、ぼくをたたき出したんですよ。暴行の事実を目撃した証人がふたりいます。これがものになるなら、百ポンドになりますぜ」

「それはおめでとう」と、小生は言いました。

「ありがとう」と、彼は言いました。「犯人を見つけて、同じようにおめでとうと言ってあげられるのは、いつのことですかね」

「いつでもどうぞ」と、小生は申しました。「犯人はもう見つかったからね」

「思っていたとおりだ。仕事は、みんなぼくがお膳立てする、そこへあなたが割りこんできて、手柄はひとり占めにするんですね――もちろん、犯人はジェイ氏でしょう?」

「ちがうよ」

「じゃ、だれです?」

「ヤットマン夫人にきいてみたまえ」と、小生は言いました。「きみに話をしようと待っているよ」

「わかりましたよ。ぼくにしたって、あなたから聞くより、あんな美しい婦人から聞くほうが、よっぽど愉快ですからね」と彼は言って、大急ぎで家のなかへはいっていきました。

これはどうお思いになりますか、シークストン警部殿。シャーピン氏とかわりたいとお思いになりますか。小生はまっぴらごめんですよ！

七月十二日

シークストン首席警部よりマシュウ・シャーピン氏へ

拝啓——おって通知があるまで、登庁におよばぬこと、バルマー部長刑事より、すでにお聞きのことと思います。ここに小生の職権をもって、貴殿が捜査課の一員として勤務されることを、はっきりとおことわりします。この書状をもって、本庁からの正式な解雇《かいこ》通知にかわるものとお考え願います。

個人的におしらせしますが、解雇したとはいっても、貴殿の人格に暗影を投ずる意志はありません。ただ貴殿は、われわれの職業に適するほど利口でないことを意味するのみです。もし、万一当課に新規採用する必要があるときは、われわれはヤットマン夫人のほうを、比較にならぬほど適任と考えるでありましょう。

貴殿の柔順なるしもべ　フランシス・シークストン

前掲往復文書に関し、シークストン氏によって書きくわえられた覚書本官は、前掲往復文書の最後の一通について、なんら重要な説明を補足する立場にはない。マシュウ・シャーピン氏は、バルマー部長刑事と表であってから五分後、ラザフォード街のあの家を辞したことが判明している——態度は恐怖と驚愕の情をまざまざとみせて、左の頬には、女性の平手打ちによるものと思われる、あざやかな赤い斑点が残っていた。また、ヤットマン夫人のことに関し、はなはだしい悪罵《あくば》をついたのを、店員が聞いたし、街角を曲がるとき、執念ぶかく、拳をかためている姿を目撃されている。それ以後彼の消息はわからない。おそらく、地方警察へでも、あの貴重な勤務ぶりを売りこむ目的をもって、ロンドンを離れたものと推察される。

ヤットマン氏夫妻の興味ある家庭問題については、さらにそれ以上不明である。しかし、ヤットマン氏が服飾店から帰った日、主治医が、大急ぎで迎えられた事実が確認されている。それからまもなく、近所の薬局は、ヤットマン夫人のために、鎮静剤の処方を受けとっている。その翌日、同じ店で、ヤットマン氏が気つけ薬を買い、また、その後では巡回図書館にあらわれ、女の病人の慰めになるような、上流生活を描いた小説を借りうけている。これらの事情から推測すると、彼は離婚というおどしを、実行にうつすことは好ましいことではないと考えたらしい——すくなくとも、夫人の過敏な神経組織が現在の状態（これは仮説である）であるかぎりは。

# 安全マッチ

アントン・チェーホフ
池田健太郎 訳

Шведская спичка　一八八四年

**アントン・チェーホフ** Антон Павлович Чехов (1860.1.29–1904.7.15)。ロシアの戯曲家、小説家として今さら説明を要しない。チェーホフと推理小説の結びつきを意外に思われるむきも少なくないかもしれないが、チェーホフの青年時代はフランス文学が好んでロシアの知識階級に読まれた時代であり、この風潮にのって、チェーホフは当時のフランスの流行作家エミール・ガボリオを耽読した。したがって、純文学作品と目される小説『狩場の悲劇』（一八八四）なども推理小説的構成をとっているが、本編は純粋な推理小説と云えるほど、ユーモアと意外なトリックにとむ逸品である。

# 一

一八八五年十月六日の朝、Ｓ郡第二警察分署長の官房にきちんとした身なりの青年が出頭して、彼の主人である退役近衛騎兵少尉マルク・イワーヌィチ・クリャウゾフが殺されたと知らせた。事件を知らせる時、青年は青ざめて極度に興奮していた。手はぶるぶるふるえ、眼は恐怖でいっぱいだった。

「失礼ですが、あなたはどなたですか?」と分署長はきいた。

「プセコーフ、クリャウゾフの支配人です。農業技師、機械技師です」

プセコーフと一緒に事件の現場を訪れた分署長と立会人たちは、次のようなことを発見した。クリャウゾフの住んでいた離れのまわりには、大勢の人びとが群がっていた。事件の知らせが稲妻の早さでその界隈《かいわい》へ飛び、野次馬が折から祭日とあって近隣の村々から繰り出して来たのである。騒音と話し声が入り乱れていた。そこここに血の気のない泣きはらした顔があった。クリャウゾフの寝室の扉は閉まったままだった。内側から鍵がかかっていた。

「暴漢はきっと窓から忍び込んだのでしょう」とドアの検証の時にプセコーフが口を出した。

一同は、寝室の窓に面している庭へ廻った。窓は陰気くさく不吉な様子をしていた。色あせた緑色のカーテンがかかっていた。カーテンの片隅がちょっとまくれていて、そこから寝室のなかをのぞくことができた。

「誰か諸君のうちで窓のなかを見た人がありますか?」と分署長がたずねた。

「とんでもございません、署長様」退役下士官と言った顔つきの、小柄な白髪頭の老人である庭師のエフレームがこう言った。「見るどころじゃございませんので、膝ががしらがくがくふるえまして!」

「ああ、マルク・イワーヌィチ、マルク・イワーヌィチ!」窓をのぞき込みながら、署長が溜息をついた。「君は満足な死にざまをしないぞとあんなに言っておいたのに! あんなに言っておいたのに、聞いちゃくれなかった! 放蕩《ほうとう》からいいことのある道理がないじゃないか!」

「エフレームのお蔭なんです」とプセコーフが言った。「この爺さんがいなかったら、私たちはまだそうとは知らずにいたでしょう。この爺さんがいちばんはじめに、ここの様子が変だと気づいたのです。今朝、私のところへ来てこう言うのです。——『どうしてうちの旦那さまはこんなに長いこと起きて来られないんでしょう? 丸一週間、寝室から出ておいでにならない!』こう言われてみて、私ははっとしました。……ある考えが、とたんに閃いた。……そういえば、主人は先週の土曜日から姿を見せない、今日はもう日曜日です! 七日——こいつは冗談じゃない!」

「そう、可哀そうに……」署長はもう一度、溜息をついた。「利口な、教育のある、気のいい男だったのに。われわれの仲間じゃ、いわば第一級の人物だった。ただ放蕩者だった、いや、故人に天国を! 私は前から何か起りそうな気がしていた! おい、ステパン」と署長は立会人の一人に向って言った。「すぐに分署へ帰って、アンドリューシカを郡署長のところへやって、報告させてくれ給え！　マルク・イワーヌィチが殺されたと言え！　ついでに駐在巡査のところへ廻ってくれ、――あいつは何をのんびりしてるんだ？　すぐにここへ来させてくれ！　それから出来るだけ早く予審判事のニコライ・エルモライチのところへ行って、来てもらいたいと言ってくれ！　待て、手紙を書こう」

署長は離れのまわりに監視人を配置し、予審判事に手紙を書くと、支配人のところへお茶を飲みに行った。十分ほどすると、彼は床几《しょうぎ》に腰かけて、注意ぶかく砂糖をかじりながら、炭火のように熱いお茶を飲んでいた。

「まったくの話……」と彼はプセコーフに言った。「まったくの話……貴族で、金持で……プーシキンの言ったように、神の寵児《ちょうじ》じゃあったが、その結果はどうだっただろう？　どうもありゃしない！　飲んだくれて、放蕩して、……これこの通り！……殺されちまった」

二時間後に、予審判事が馬車で駈けつけた。ニコライ・エルモラーエヴィチ・チュビコフは（予審判事はこう呼ばれている）、六十歳ばかりの、長身でがっしりした男で、もう二十五年この道で活躍している。郡じゅうに、誠実な、聡明な、エネルギッシュな、仕事熱心な男として聞こえている。彼と一緒に事件の現場へ、彼の常任の道づれであり助手兼書記のデューコフスキイが来た。これは二十五、六歳の長身の青年である。

「ほんとですか、あなた？」プセコーフの部屋へ入って、素早く一同の手を握りながら、チュビコフが口を切った。「ほんとですか？　マルク・イワーヌィチが？　殺された？　いや、そんなはずがない！　そんな、はずが！」

「それが現に……」と言って、署長が溜息をついた。

「ああ何てことだ！　だって私は先週の金曜日に市場のタラバーンコフのところで会ったんだ！　私はあの男と、ウォッカをやったんですよ！」

「それが現に……」署長はもう一度、溜息をついた。

一同は溜息をついたり、おぞけをふるったり、お茶を一杯ずつ飲んだりしてから、離れへ行った。

「どいた、どいた！」と駐在巡査が群衆に向って怒鳴った。

離れへ入ると、予審判事はまず寝室のドアの検証に取りかかった。ドアは黄色いペンキで塗った松材で、どこにも傷あとはなかった。何らかの手がかりになりそうな特別の徴候は見あたらなかった。ドアの破壊に取りかかった。

「諸君、余計な群衆を追っ払って下さい！」長い間、どんどんめりめりいってから、ドアが斧とのみに降参した時、予審判事がこう言った。「予審の便宜のためにそう頼みたい。……巡査、誰も入れちゃいかんぞ！」

チュビコフと助手と署長は、ドアを開けて、ためらいがちに一人ずつ寝室へ入った。彼らの眼には、次のような光景が映った。たった一つだけの窓のそばに、とても大きな羽ぶとんののった大型の木の寝台があった。しわだらけの羽ぶとんのうえには、これもしわだらけの、もみくちゃの毛布がのっていた。更紗《さらさ》のカバーをかけた枕が、同じようにしわだらけになって、床にころがっていた。寝台の前の小テーブルの上には、銀時計と二十五コペイカ銀貨が一枚のっていた。そこにはまた、硫黄《いおう》マッチがのっていた。寝台と小テーブルと一脚だけの椅子の他には、寝室には家具が一つもなかった。署長は寝台の下をのぞいて、二十本ばかりの空びんと、古い麦わら帽子と、ウォッカの小びんを一本見つけた。小テーブルの下には、ほこりまみれの長靴が片足、ころがっていた。部屋をひとあたり眺めると、予審判事は眉をひそめて真赤な顔をした。

「悪党め！」と彼は、両手のこぶしを握り締めながらつぶやいた。

「で、マルク・イワーヌィチはどこにいるのです？」とデュコーフスキイが小声でたずねた。

「余計な口を出さんでくれ給え！」とチュビコフが乱暴な口調で言った。「それより床をよく見給え！　これは私の扱ったうちで二度目の事件ですよ、エヴグラフ・クージミチ」と彼は署長に向って声を落として言った。「一八七〇年に、私はちょうどこれと同じ事件を扱いました。あなたもたぶん覚えておいででしょう。……商人ポルトレートフの殺人事件です。あれもこんなふうだった。悪党どもは殺してから、死体を窓からかつぎ出した。……」

チュビコフは窓辺へ歩み寄ると、カーテンを横へ引き寄せて、注意ぶかく窓を押した。窓は開いた。

「開くところをみると、鍵がかかっていなかったわけだ。……ふーむ！……窓じきいのうえに跡がある。わかりますか？　これは膝の跡です。……誰かがここから這い出した。……窓をよく調べなけりゃならん」

「床には何の異常も認められません」とデュコーフスキイが言った。「血痕も、かき傷も。ただ安全マッチの燃えさしが一本、見つかっただけです。これがそれです！　私の覚えている限りでは、マルク・イワーヌィチは煙草を吸いませんでした。あの人はふだん硫黄マッチを使っていて、安全マッチは決して使いませんでした。このマッチ棒は、証拠物件になるかも知れません……」

「ああ……黙っていてくれ給え！」予審判事は片手をふった。「自分のマッチを持って忍び込む！　そうせっかちになられちゃたまらんよ！　マッチなんか探すよりは、寝台でも調べてくれたほうがいい！」

寝台を調べながら、デュコーフスキイはこう報告した。——

「血痕も、その他なんのしみもありません。……新しい裂け目もありません。枕のうえに、歯の痕《あと》があります。毛布には、ビールの匂いと味のする液体がこぼれています。……寝床の一般的な外見は、ここで格闘が起ったと考えてよいと思われます」

「格闘のあったことぐらいは、君に言われないでもわかっている！　君にきいているのは格闘のことじゃない。格闘を探すよりは……」

「長靴が片足ここにあります、もう片足は見あたりません」

「それがどうだと言うんだ？」

「あの人は、長靴をぬいでいる時に絞められたわけです。もう一方の靴をぬぐ暇のないうちに……」

「くだらんことを！……君はどうして絞め殺されたと知っているんだ？」

「枕に歯のあとがあります。それに枕がひどくしわだらけになって、寝台から一メートル半も投げ飛ばされています」

「よく喋るね、ほら吹き君！　それより庭へ出てみよう。君はここをほじくり返しているより、庭を調べたほうがいいんだ。……それぐらいは君の手を借りずにできるさ」

庭へ出ると、予審判事はまずはじめに草を調べはじめた。窓の下の草は、踏みにじられていた。窓の下の壁ぎわのいらくさの茂みも、同じように踏みにじられていた。デュコーフスキイは、そこで首尾よく何本かの折れた枝と綿ぎれを見つけた。いらくさの頭のうえには、暗青色の毛織物の細い毛が見つかった。

「あの男が最後に着ていた服はどんな色でしたか？」とデュコーフスキイがプセコーフにたずねた。

「黄色っぽい、ズックの」

「なるほど。とすると、暴漢が青い服を着ていたわけだ」

何本かのいらくさの頭がつみ取られて、念入りに紙に包まれた。その時、郡警察署長アルツイバーシェフ＝スヴィスタコーフスキイと、ドクトルのチュチューエフが到着した。郡署長はあいさつをすますと、早速、自分の好奇心を満たしにかかった。一方ドクトルは、眼の落ちくぼんだ、鼻の長い、顎のとがった、長身の、非常に痩せた男だったが、あいさつひとつせず何もきかずに切株に腰をおろすと、ほっと溜息をついて、こうつぶやいた。――

「セルビアがまた騒ぎ出したわい！　何がほしいのかさっぱりわからん！　ああ、オーストリアめ、オーストリアめ！　こいつはきさまの問題だぞ！」

外側からの窓の調査は、何ひとつ手がかりをもたらさなかった。草と窓のそばの茂みの調査は、予審にとってたくさんの有益な手がかりを与えた。例えばデュコーフスキイは、草のうえに、汚点から成る長い黒ずんだすじが窓から庭の奥へ向って数メートル伸びているのをたどることができた。このすじは、ライラックの茂みの一つの下で、暗褐色の大きな斑点となって終っていた。その茂みの下から、寝室で発見された長靴の片足が見つかった。

「これは古い血だ！」とデュコーフスキイは斑点を調べながら言った。

ドクトルは《血》という言葉を聞くと立ちあがって、物憂げにゆっくりと血痕のほうを見た。

「そう、血だよ」と彼はつぶやいた。

「血があるとすると、絞め殺されたんじゃないわけだな！」とチュビコフが、意地悪そうにデュコーフスキイの顔を見て言った。

「寝室で絞め殺してから、ここで生き返らないように、何か鋭利なもので一撃を加えたんです。茂みの下の血痕は、下手人たちがあの人を庭から運び出す方法を探しているあいだ、被害者がかなり長いことそこに横たわっていたことを示しています」

「じゃ、この長靴は？」

「この長靴は、あの人が寝ようとして長靴をぬいでいた時に殺されたという私の考えを、いっそう確実にしています。被害者は一方の長靴をぬいだのですが、もう一方、つまり、これは、ようやく半分しかぬいでいなかった。半分ぬげかかった長靴が、ゆすぶられたり下ろされたりしているうちに、自然にぬげてしまった……」

「たいした推理力だな！」チュビコフがにたりと笑った。「ああ言えばこう言う手だな！　いつになったら君はその屁理屈をこね廻すのをやめるんだい？　屁理屈をこね廻すよりは、分析用に血のついた草でも少し取ったほうがよかろう！」

現場の検証と図面取りが終ると、一行は調書を作成して朝食をとるために、支配人のところへ行った。朝食をとりながら、一同は話に夢中になった。

「時計、現金、その他……すべて手つかずだ」とチュビコフが口を切った。「物取りのための殺人でないことは、二二んが四のように明らかです」

「知識階級の人間の仕業ですね」とデュコーフスキイが口を出した。

「どういうわけでそう結論するのかね？」

「私の論拠はあの安全マッチです。安全マッチの使用はまだこの界隈の農民は知りません。あのマッチを使用するのは地主だけ、それも全部じゃありません。ついでに言えば、下手人は一人じゃなくて、少なくとも三人います。二人がおさえていて、残りの一人が絞めた。クリャウゾフは力の強い人でしたから、下手人たちはそれを知っていたはずです」

「しかしもし眠っていたとすれば、せっかくの力も何にもならないじゃないか？」

「下手人たちは彼が長靴をぬいでいるところに来合せたのです。長靴をぬいでいるということは、まだ寝ていない証拠です」

「やめ給え！　それよりしっかり腹ごしらえをし給え！」

「わしの考えを申しますと、旦那様」と庭番のエフレームがサモワールをテーブルに置きながら言った。「こんな大それたことをしたのは、あのニコラーシカの他にはありませんので」

「大いにありうることだ」とプセコーフが言った。

「そのニコラーシカというのは何者ですか？」

「あの方の侍僕《じぼく》でございます、旦那様」とエフレームが答えた。「あいつでなくて、誰がこんなことを！　強盗なんでございます、旦那様！　手に負えない飲んだくれで、放蕩者でございます！　いつもあいつが旦那様にウォッカをお持ちして、旦那様を寝台にお乗せしていましたんで……。あいつでなくて、誰がこんなことを？　そればかりか、思い切って申し上げますが、あいつはいつか居酒屋で、悪党め、旦那様をぶち殺してやるんだと自慢しておりました。それもこれもあのアクーリカのことから起ったことなんで、女のことから。……あいつには以前、兵隊の女房の情婦《いろ》がありました。……旦那様はその女がお気に入って、おそばへお引きになった。で、あいつは……知れたこと、かっとなった。……あいつはいま台所で飲んだくれてひっくり返っている。涙を流して、……旦那様がお気の毒だと心にもない嘘をほざいていやがる……」

「実際の話、アクーリカのことでかっとなることもあろうさ」とプセコーフが言った。「兵隊の女房で、農婦なんですが、……マルク・イワーヌィチがあの女をナナ（ゾラの同名の小説の女主人公）と呼んだのもむりはありません。あの女にはどこかナナを思わせる……魅惑的なところがあります……」

「私も見たことがある。……知ってますよ……」と予審判事が、赤いハンカチで鼻をかみながら言った。

デュコーフスキイは赤くなって眼を伏せた。分署長は指で皿をこつこつ叩きはじめた。郡署長は咳ばらいをして、なぜか書類カバンのなかをかき廻した。ただひとりドクトルだけは、アクーリカやナナの話から何の感銘も受けないらしかった。予審判事はニコラーシカを連れて来るように命じた。ニコラーシカは、長いあばただらけの鼻の、胸の落ち窪んだ背のひょろ長い青年で、主人のお下りの背広を着ていたが、プセコーフの部屋へ入って来ると、予審判事に向って低く頭を下げた。眠そうな、泣きはらした顔をしていた。しかも酒に酔っていて、立っているのもやっとだった。

「主人はどこにいる?」とチュビコフは彼にきいた。

「殺されました、旦那様」

こう言うと、ニコラーシカは眼をしばたたいて、泣き出した。

「殺されたのは知っている。で、今どこにいるんだ? 死骸はどこかと言うんだ?」

「窓から運び出して、庭に埋めたという噂でございます」

「ふーむ!……予審の結果がもう台所まで知れているのか……けしからん。で、主人が殺された夜、お前はどこにいたのかね? つまり土曜日に?」

ニコラーシカは頭をあげて首を伸ばすと、考え込んだ。

「わかりません、旦那様」と彼は言った。「酔っていましたので、覚えがありません」

「Alibi《アリバイ》!」とデュコーフスキイが、薄笑いを浮かべて両手をすりあわせながらささやいた。

「なるほど。じゃ、どうして主人の窓の下に血の痕があるんだろう?」

ニコラーシカは、反《そ》っくり返って考えはじめた。

「さっさと考えろ!」と郡署長が言った。

「ただ今。あの血は何でもございません、旦那様。私がにわとりを切りましたので。私はいつものようにごく普通に切りましたが、にわとりが急に手を振り切って、駈け出したのでございます。……そのために血がついたのでございます」

エフレームは、実際にニコラーシカが毎晩ところ構わずにわとりを切ると証言したが、切り損なったにわとりが庭を駈け廻ったのを見た者はひとりもいなかった。そうは言っても、それを無条件に否定するわけにもいかなかった。

「Alibi《アリバイ》」と言って、デュコーフスキイがにやりと笑った。「それに何という馬鹿げたalibi《アリバイ》だ!」

「お前はアクーリカといい仲になっていたんだろう?」

「申し訳ありません」

「それを主人がお前から取ったんだな?」

「とんでもございません。私からアクーリカを取ったのは、こちらのプセコーフ様、つまりイワン・ミハイルィチで、旦那様はこのイワン・ミハイルィチからお取りになりました。これがほんとのことでございます」

プセコーフはどぎまぎして、左の眼をこすりはじめた。

デュコーフスキイは、そうした彼をじっと見つめて困惑を読み取ると、ぎくっと身ぶるいした。彼は支配人が――それまで注意しなかったのだが――青いズボンをはいているのに気づいた。そのズボンが、いらくさのうえで見つけた青い毛を思い起させた。一方、チュビコフはチュビコフで、疑わしそうにちらりとプセコーフを見た。

「退《さが》ってよし！」と予審判事はニコラーシカに言った。「今度はあなたに一つ質問するのを許して頂きたい、プセコーフさん。あなたは勿論、土曜から日曜にかけて、ここにいらしたのですね？」

「ええ、十時に私はマルク・イワーヌィチと夜食をとりました」

「で、それからは？」

プセコーフはどぎまぎして、テーブルから立ちあがった。

「それから……それから……いや、覚えがありませんな」と彼はつぶやくように言った。「あの時、私はしたたかに飲んでいましてね。……どこで、いつ眠ったか、まるで覚えがない。……何だってあなたはそんなにじろじろ私を見るんです？　まるで私が殺《や》ったみたいに！」

「あなたはどこで眼をさましたのです？」

「台所の暖炉のうえで眼をさましました。……みんなが証言してくれます。どうして暖炉のうえになんかいたのか、わからない……」

「興奮しないで下さいよ。……アクーリカをあなたはご存じですか？」

「何も特別なことはありませんよ。……」

「あの女はあなたからクリャウゾフに乗り換えたのですか？」

「そうです。……エフレーム、もう少しきのこを持って来い！　お茶はいかがですか、エヴグラフ・クージミチ？」

重苦しい不気味な沈黙が五分ほどつづいた。デュコーフスキイは黙ったまま、プセコーフの青ざめた顔から刺すような眼をはなさずにいた。沈黙を破ったのは、予審判事だった。

「母屋へ行って」と彼は言った。「故人の姉さんのマリヤ・イワーノヴナと話をする必要がありますな。何か手がかりをもらえるかも知れない」

チュビコフと助手は朝食の礼を述べて、母屋へ行った。クリャウゾフの姉のマリヤ・イワーノヴナは、四十五歳の老嬢《オールド・ミス》だが、おりから父祖伝来の丈の高い厨子《ずし》の前で祈りをあげていた。客の手にした書類カバンと徽章《きしよう》のついた帽子を見るなり、彼女はさっと青ざめた。

「何よりもまず、せっかくのお祈りのお気持を乱して何とも申し訳ありません」と足を引いてお辞儀をしながら、婦人に対していんぎんなチュビコフが口を切った。

「お願いがあってお訪ねしたのです。勿論もうお聞き及びのことと存じますが……あなたの弟さんがどうも殺害されたらしい疑いがあります。何事も神様の御心でして……。死は皇帝も農民も、なんぴとも避けられません。つきましては、何かの手がかりなりお考えなりをお聞かせ下さって、私どもにご助力下さいませんでしょうか……」

「ああ、どうかあたくしにはおききにならないで下さいまし！」とマリヤ・イワーノヴナは、いっそう青ざめて両手で顔をおおいながら言った。「あたくしは何もお話しできません！　何も！　お願いです！　あたくしは何も……。あたくしなどに何がお話しできましょう？　ああ、申せませんわ、……弟のことなどひと言も！　死んだって、お話しできません！」

　マリヤ・イワーノヴナは泣きだして、次の間へ入ってしまった。予審判事と助手は顔を見合わせると、肩をすくめて退却した。

「くそ婆ァめ！」母屋を出ながら、デュコーフスキイが悪態をついた。「何か知ってるくせに隠しているようですね。小間使の顔にも何かあった……今にみやがれ、悪魔め！　化けの皮をひんむいてやる！」

　その夜チュビコフと助手は、青白い月に照らされながら、家路についた。ふたりは無蓋馬車に乗って、その日一日の戦果を思い起していた。疲れ切って、お互いに黙りこくっていた。チュビコフは概して途中で話すのを好まなかったが、おしゃべり屋のデュコーフスキイまでが、老人の気に入るように口をとざしていた。しかしそろそろ道も終りに近づくと、助手は我慢できずに口を切った。――

「ニコラーシカが事件に関係のあることは」と彼は言った。「Non dubitandum est《うたがいのよちがない》ですね。あれがどんな男かは、顔つきからもわかります。……Alibi《アリバイ》は全面的に黒と出ています。と同時に、彼がこの事件の主犯でないことも疑いありません。彼は愚劣な手先に過ぎません。そうでしょう？　一方また、あのおとなしいプセコーフも、何か一役買っている。青いズボン、困惑、殺人後の恐怖から暖炉のうえで寝たこと、alibi《アリバイ》、アクーリカのこと」

「好きなだけしゃべるがいい。君の考えだと、アクーリカを知っていた者、すなわち殺人犯人ということになるじゃないか？　ええ、おい、せっかち君！　君は哺乳びんなら吸えるが、事件を解《と》くことはできないな！　君だってアクーリカの尻を追い廻していたじゃないか、――ということは君もこの事件に関係があるわけだね？」

「お宅にだって、アクーリカがひと月台所に住み込んでいたじゃありませんか、でも……私は何も言やしません。あの土曜の夜、私はあなたとトランプをやって、あなたを見ていました、でなけりゃあなたにも言いがかりをつけたでしょうよ。しかし先生、問題は女にあるんじゃない。問題は、卑劣な、いやらしい、醜悪《しゅうあく》な感情にあるのです。……おとなしい青年にとっては、自分が勝たなかったのが気に入らなかった。つまり自尊心ですね。……復讐をしたくなった。それから……あの男のぶ厚い唇は、好色について雄弁に語っています。彼がアクーリカをナナと比べた時、彼の唇がぴちゃぴちゃ鳴ったのを覚えておいでですか？　あの恥知らずが情欲の炎に燃えているのは、疑いのない事実です！　その結果が、辱《はずかし》められた自尊心と満たされざる情欲。殺人を行うには、これだけあれば十分です。今やふたりまでが私たちの手中にある。では三人目は誰でしょう？　ニコラーシカとプセコーフが押さえ込んでいた。で、誰が息の根をとめたのでしょう？　プセコーフは気が小さくて、恥ずかしがり屋で、概して臆病です。ニコラーシカは枕で窒息させるなんてことはできない。あの連中は、斧か斧の背を用いるものです。……で、誰か三番目の者が窒息させた、ですが、それは何者でしょう？」

デュコーフスキイは帽子を眼深かに引き下げて考えはじめた。そのまま彼は、馬車が予審判事の家へ着くまで黙っていた。

「ああそうか！」と彼は、家へ入って外套《がいとう》をぬぎながら言った。「ああそうか、ねえ、ニコライ・エルモライチ！　どうして今まで思いつかなかったか、ふしぎなぐらいですよ。ご存じですか、三番目が誰か？」

「よしてくれ給え！　ほらもう夜食の仕度ができている！　早くテーブルにつき給え！」

予審判事とデュコーフスキイは夜食の席についた。デュコーフスキイは自分のコップにウォッカを注ぐと、立ちあがって体を伸ばし、眼を輝かしながら言った。――

「いいですか、悪党のプセコーフとぐるになって窒息させた第三の人は、それは女だったのです！　そうなんです！　私の言っているのは、被害者の姉さんのマリヤ・イワーノヴナですよ！」

チュビコフは思わずウォッカにむせて、デュコーフスキイの顔をまじまじと見すえた。

「君は……どうもないのかい？　君の頭は……どうもないのかい？　痛まないのかい？」

「私は健康です。私が気が狂っているとおっしゃるならそれも結構ですけれど、じゃあなたはわれわれが訪ねて行った時の彼女の狼狽《ろうばい》ぶりをどうご説明になるのです？　証言をしたがらないのをどうご説明になるのです？　それはまあつまらないことだとしましょう、――それはそれで結構です！　結構ですとも！――しかしじゃあ、あのふたりの関係を思い起してごらんなさい！　あの女は自分の弟を憎んでいました！　あの女は旧信者なのに、彼は放蕩者で無神論者です……。ここに憎悪が巣食うわけです！　噂によると、彼はあの女に、自分こそは悪魔の使いだと思い込ませることに成功したそうです。彼女の前で降神術をやって見せたそうですよ！」

「で、それがどうだと言うんだ？」

「おわかりになりませんか？　旧信者である彼女が、狂信的な信仰のために殺害したのです！　彼女は害悪を、放蕩者を殺しただけではない、世界を反キリストから解放した、――そこにこそ自分の奉仕が、自分の宗教的な功績があるとそう思っているのです！　ああ、あなたはこうした老嬢が、旧信者がどういうものかご存じないのですか！　ドストエーフスキイでも読んでごらんなさい！　レスコーフ（一八三一―九五。ロシアの作家）や、ペチェールスキイ（一八一八―八三。ロシアの作家。メーリニコフの筆名）はどう書いているでしょう！……あの女は、切ろうがきざもうが依然としてあの女です！　あの女が窒息させたのです！　ああ、残忍な女だ！　われわれが入って行った時、あの女が厨子のそばに立っていたのは、われわれの眼をあざむくためじゃないでしょうか？　一つここに立ってお祈りでもあげていよう、そうすれば私が静かな気持でいて、あの連中を待っていなかったと思うだろう、そう考えていたんですよ。これはあらゆる新米の犯人のやり口です。ねえ、ニコライ・エルモライチ！　先生！　この事件を僕にまかせて下さい！　私にひとりで結着をつけさせて下さい！　先生！　僕が口火を切ったのですから、僕が最後までやります！」

　チュビコフは頭をふって、顔をしかめた。

「私たちはどんな難事件でも自分で解決をつけることができるのさ」と彼は言った。「君の仕事は余計な口を出さないことだ。君は口授された時にちゃんと筆記すればいい――これが君の仕事だ！」

デュコーフスキイはかっとなって、ばたんとドアを閉めて出て行った。

「才子だわい、畜生め！」書記の後姿を見送りながら、チュビコフがつぶやいた。「なかなか大した才子だ！　ただどうもせっかちだ。あいつのために市場で煙草入れでも買ってプレゼントせにゃなるまい……」

あくる日の朝、予審判事のところへクリャウゾフカ村から、羊飼いのダニールカと呼ばれる頭の大きな若者が連れて来られて、非常に興味のある証言をした。

「わたしは酔っ払っていて」と彼は言った。「真夜中まで名付け親のおばさんのところにいました。家へ帰る途中、酔っ払って川へ水浴びに入りました。水浴びしながら……ふと見ると！　土手のうえを人がふたり、何か黒いものを運んで行きます。『おーい！』とわたしは怒鳴った。と、ふたりはびっくりして、一目散にマカールの野菜畑のほうへ逃げて行きました。あのとき引きずっていたのが旦那でなかったら、わたしはいくらひっぱたかれたって構やしません！」

その日の夕方ちかく、プセコーフとニコラーシカは逮捕されて、郡役所のある町へ護送された。町でふたりは牢獄へ入れられた。

## 二

十二日たった。

朝だった。予審判事のニコライ・エルモライチは、自室の緑色のテーブルの前に坐って、《クリャウゾフ》事件の書類をめくっていた。デュコーフスキイは、檻に入れられた狼のように、部屋を隅から隅へそわそわ歩いていた。

「あなたはニコラーシカとプセコーフの有罪を認めていらっしゃる」と彼は、神経質に自分の若々しい顎ひげをむしりながら言った。「だったらなぜ、マリヤ・イワーノヴナの有罪を認めようとはなさらないのです？　証拠が不十分だとでもおっしゃるのですか？」

「私は認めないとは言わないよ。認めちゃいるんだが、どうも信じられないのだ。……きめ手になる証拠がない、何もかも一種の哲学なんだ。……狂信だとか何だとか……」

「じゃあなたは、斧だとか、血のついたシーツだとかが必ずいるんですね！……実際、法律家というのは！　じゃ僕が証明しますよ！　あなたは事件の心理的な面をなおざりにするのをおやめになるべきです！　あのマリヤ・イワーノヴナはシベリアへ行くべきだ！　僕が証明しますよ！　哲学だけで不十分なら、僕にはある種の物的証拠もあります。……それは僕の哲学がどんなに正しいかを証明するでしょう！　ただ僕を出かけさせて下さい」

「何のために？」

「安全マッチのためですよ。……お忘れですか？　僕は忘れちゃいません！　誰が被害者の部屋であれをすったのか、知ろうというのです！　あれをすったのは、ニコラーシカでもプセコーフでもない、あのふたりの家宅捜査の時にはマッチは出て来ませんでした。そうじゃなくて、三人目の人物、つまりマリヤ・イワーノヴナです。それを僕は証明してみせます！……ただ郡内を廻って調査させて下さい……」

「まあ、いいから坐り給え。……まず訊問をしよう」

デュコーフスキイは小テーブルの前に腰を下ろして、長い鼻を書類に突込んだ。

「ニコライ・チェチェホーフを連れて来い！」と予審判事が怒鳴った。

ニコラーシカが連れて来られた。真青な顔をして、木の皮のように痩せていた。彼はぶるぶるふるえていた。

「チェチェホーフ！」とチュビコフがはじめた。「一八七九年に、お前は窃盗《せっとう》の件で第一区裁判所で裁判を受けて、禁錮《きんこ》に処せられた。一八八二年には、二度目の窃盗で裁判を受けて、二度目に投獄された。……われわれには何もかもわかっているのだぞ。……」

ニコラーシカの顔には驚きの色が浮かんだ。予審判事の博識が彼を驚かしたのである。しかしその驚きはすぐに、極度の悲しみの表情に変った。彼は嗚咽《おえつ》をはじめ、顔を洗いに行って平静な気持になりたいからと許しを求めた。彼は連れ去られた。

「プセコーフを連れて来い！」と予審判事が命令した。

プセコーフが連れて来られた。青年はここ数日のあいだに激しく面変《おも》りしていた。痩せて、青白くなって、頬が落ち窪んでいた。眼には無感覚の色が読まれた。

「掛け給え、プセコーフ」とチュビコフが言った。「今日こそは君が分別をもって、これまでのように嘘をつかないことを私は望んでいます。この数日間、君は、あれだけたくさんの君に不利な証拠があるにもかかわらず、クリャウゾフの殺害に関係したことを否定して来た。これは賢明なことではない。自白は罪を軽くします。今日私が君とお話しするのが、最後です。今日白状なさらんと、明日では遅すぎるのです。さあ、洗いざらい話して下さい……」

「私は何も存じません。……あなたのおっしゃる証拠も、心あたりがありません」とプセコーフはささやくように言った。

「いくら言っても無駄ですな！　じゃ、私のほうから事件のてんまつをお話ししましょう。土曜日の晩、君はクリャウゾフの寝室に坐って、彼と一緒にウォッカやビールを飲んでいた」デュコーフスキイはプセコーフの顔にひたと見入って、この独白の間じゅう視線をはなさなかった。「給仕はニコラーシカだった。十二時すぎにマルク・イワーヌィチは、床《とこ》につきたいという希望をあなたに表明した。彼は常づね十二時すぎに就寝していたのです。彼が長靴をぬぎながら、君に家事の指図をしていた時、君とニコライはある合図によって酒に酔った主人に飛びかかって、彼を寝台のうえへ押し倒した。君たちふたりのうちのひとりが彼の足の上に乗り、もうひとりが頭の上に乗った。その時、玄関の間《ま》から、あらかじめ君とのあいだにこの犯罪事件に加わる約束になっていた、君にとってはおなじみの黒衣の婦人が入って来た。その婦人は枕を取りあげると、彼を窒息させにかかった。格闘の最中に、ろうそくが消えた。婦人はポケットから安全マッチの箱を取り出して、ろうそくに火をつけた。こうじゃありませんか？　私は君の顔色から、自分の言ったことが正しいものと考えます。ところでその先……。彼を窒息させて、彼が呼吸をやめたのを確かめると、君とニコライは彼を窓から運び出して、いらくさの茂みのそばへ置いた。彼が息を吹き返すのを恐れて、君たちは何か鋭利なもので彼に一撃を加えた。それから彼を運んで行って、今度はライラックの茂みの下にしばらく置いた。そこで一息入れて考えてから、君たちは彼を運んで行った。……まず編垣を越えた。……それから道を進んだ。……その先は土手だ。土手のあたりでどこかの農夫が君たちを驚かした。や、君、どうしたのです？」

プセコーフは、布のように青ざめて立ちあがると、ふらふら歩きだした。

「息がつまりそうです！」と彼は言った。「結構です……ご勝手に……。ただここから出て行かせて……下さい」

プセコーフが連れて行かれた。

「とうとう自白した！」とチュビコフは気持よさそうに伸びをした。「白状した！　それにしても、私の手並みはどうだね！　うまく浴びせかけたものだろう……」

「黒衣の婦人のことも否認しませんでしたよ！」デュコーフスキイは笑い出した。「でも僕は、あの安全マッチのことが恐ろしく気がかりなんです！　これ以上、我慢できない！　さよなら！　僕、行って来ます！」

デュコーフスキイは帽子をかぶって、出て行った。チュビコフはアクーリカを訊問しはじめた。アクーリカは何も知らないと申し立てた。……

「あたしはあなたと暮らしただけで、他のだれとも暮らしませんわ！」と彼女は言った。

夕方の五時すぎに、デュコーフスキイが戻って来た。彼はこれまで一度も見たことのないほど興奮していた。外套のボタンをはずすことができないほど、手がぶるぶるふるえていた。頬は燃えていた。何か新事実を握って戻って来たのは明らかだった。

「Veni《きた》, vidi《みた》, vici《かった》！」と彼は、チュビコフの部屋へ飛び込むなり、肘掛椅子にどっと坐って言った。「誓って言いますが、僕は自分の天才を信じはじめましたよ。まあ聞いて下さい、ええ畜生！　聞いて、びっくりなさい、ご老体！　滑稽《こっけい》でもあり悲しくもあります！　あなたの手中にはすでに三人の容疑者がある……そうじゃありませんか！　ところが僕は四人目を見つけた。正確に言えば四人目の女を見つけた、というのはそれがまさしく女性だからです！　それもどんな女性でしょう！　その女の肩にちょっと触れることができたら、僕は十年の生命を投げ出してもいいぐらいの婦人です！　しかし……まあお聞きなさい……。僕はクリャウゾフカ村へ行って、あの村のまわりで螺旋を描きはじめた。途中、店という店、居酒屋という居酒屋へ寄って、いたるところで安全マッチがあるかどうかきいてみたのです。いたるところで《ない》と言われました。こうして僕は今まで馬車を乗り廻していたのです。二十回、僕は希望を失って、二十回、僕は希望を取り戻した。一ん日《ち》じゅううろうろしたあげく、僕はやっと一時間前に求めるものにぶつかった。ここから三キロのところでです。十箱入りの包みを出してくれたのです。ところが、そのうち一箱だけが欠けている。……間髪を入れず、『この一箱を買ったのは誰だ？』ときく。これこれこういう女だという答え。……『その女《ひと》が気に入って……シュッとやった』そうなのです。ねえ先生！　ニコライ・エルモライチ！　神学校を追い出されて、ガボリオ（一八三二―七三。フランスの探偵小説家。当時ロシア訳が出た）しか読んだことのない人間も、時によると人智の及ばないことをするもんですね！　今日という日から僕は自分を尊敬しはじめますよ！……ウフフ……さあ、出かけましょう！」

「どこへ？」

「彼女のところへ、その四人目の女のところへ。……事は急を要します、さもないと……さもないと、僕は辛抱しきれずに燃えちまいます！　彼女が何者かご存じですか？　おわかりにならんでしょう！　わが分署長エヴグラフ・クージミチ老人の若き妻、オリガ・ペトローヴナ――これがその女です！　彼女がそのマッチ箱を買ったのです！」

「君は……お前は……君は……気がふれたな？」

「おあいにくさま！　まず第一に、彼女は煙草を吸う。第二に、彼女はクリャウゾフに首ったけだった。ところが、彼はアクーリカのために彼女の恋をはねつけた。復讐ですよ。今、思い出したんですが、ある日僕は彼と彼女を台所の衝立《ついたて》の蔭で見かけたことがあります。彼女がしきりに愛を誓っているのに、彼のほうでは彼女の巻煙草を吸っては、あいての顔に煙を吹きかけていましたっけ。しかしまあ、出かけましょう。……早く、さもないともう暗くなりかけています。……出かけましょう！」

「私はね、まだどっかの青二才の言葉を信じて夜なかに潔白な良家のご婦人の邪魔をするほど、気がふれていないよ！」

「潔白な、良家の……。そんなことを言うようじゃ、あなたはぼろっ切れで、予審判事じゃありません！　僕は今まで一度だってあなたに悪態をついたことはありませんが、今はあなたのほうで悪態をつけと言うようなものです！　ええ、ぼろ切れめ！　部屋着め！　さあ、先生、ニコライ・エルモライチ！　お願いです！」

予審判事は手を振って、唾をはいた。

「お願いです！　僕のためじゃない、裁判の公正のためにお願いするのです！　後生です！　一生に一度でいい、僕の願いを聞いて下さい！」

デュコーフスキイはひざまずいた。

「ニコライ・エルモライチ！　さあ、どうかおみこしをあげて下さい！　僕にもしあの婦人のことで思い違いがあったら、僕を卑劣漢とでも悪党とでも呼んで下さい！　だって大事件じゃありませんか！　大事件なんだ！　いや事件じゃない、小説だ！　ロシアじゅうに名声がとどろくのです！　わかって下さい、とんまのご老体！」

予審判事は顔をしかめて、思い切り悪そうに帽子へ手を伸ばした。

「ちぇっ、この小僧め！」と彼は言った。「じゃ行こう」

予審判事の無蓋馬車が分署長の住いの昇降口へ乗りつけた時、もうあたりは暗かった。

「えい、何という豚になり下ったものだ！」とチュビコフは、ベルの紐を引きながら言った。

「人の邪魔をするなんて！」

「何でもありゃしませんよ。……びくびくすることはない……馬車のバネがはぜちまったと言いましょう」

チュビコフとデュコーフスキイを敷居のうえで出迎えたのは、年の頃二十三、四、うるしのように黒い眉と、脂ぎった真赤な唇をした、長身の太った婦人だった。これがオリガ・ペトローヴナだった。

「まあ……ようこそ！」と彼女は、満面に笑《え》みを浮かべながら言った。「ちょうど夜食にお間にあいですわ。エヴグラフ・クージミチは今るすですの。……神父さんのお宅へ行っております。……でもあの人がいなくても構いませんわ。……どうぞお掛けになって！　予審のお帰りですの？……」

「ええ。……馬車のバネがはぜましてね」客間へ入って肘掛椅子に腰を下ろしながら、チュビコフが口を切った。

「ひと思いに……仰天させておやりなさい！」とデュコーフスキイが彼にささやいた。「仰天させて！」

「スプリングが……その……そう……。それで、お寄りしたのです」

「仰天させておやりなさいと言うのに！　ぐずぐずしていたら、見破られちまいますよ！」

「じゃ君のいいようにしてくれ、私は勘弁してくれ！」とチュビコフは、立ちあがって窓ぎわへ行きながらつぶやいた。「私にはできない！　君が煮はじめたかゆだ、君に片づけてもらおう！」

「そうなんです、スプリングが……」分署長夫人に近づいて、長い自分の鼻にしわを寄せながらデュコーフスキイがはじめた。「われわれがお寄りしたのは、その……ええええ……夜食を頂くためでも、エヴグラフ・クージミチをお訪ねするためでもありません。われわれが伺ったのは、奥さん、あなたが殺害なさったマルク・イワーヌィチが今どこにいるかおききするためなのです！」

「何ですって？　どこのマルク・イワーヌィチです？」と分署長夫人はあまえ声で言いかけたが、彼女の大柄な顔は、突然、一瞬の間に、紅を刷《は》いたように赤く染まった。「わたし……存じませんわ」

「法律の名においてお訊ねしているのです！　クリャウゾフはどこにいるのです？　われわれには何もかもわかっていますよ！」

「誰からお聞きになりましたの？」と分署長夫人は、デュコーフスキイの視線をこらえ切れずに小声できいた。

「あの人の居場所を教えて下さい！」

「でも、どこからお聞きになったのです？　誰が話したのです？」

「われわれには何もかもわかっているのです！　僕は法律の名において要求します！」

分署長夫人の狼狽を見て元気づいた予審判事は、彼女に近づいてこう言った。——

「教えて下さい、そうすれば退散します。さもないと私たちは……」

「あの人があなた方に何の用事があるのです?」

「馬鹿な質問はおやめなさい、奥さん！　われわれは教えて下さいとお願いしているのです！　あなたはふるえておられる、どぎまぎしておられる。……そうです、彼は殺されたのです、お望みなら言いますが、あなたに殺されたのです！　共犯者があなたを売ったのです！」

分署長夫人は真青になった。

「じゃ参りましょう」と彼女は、両手をもみしだきながら小声で言った。「あの人はうちの湯殿に隠されています。ただ、後生ですから、主人にだけはおっしゃらないで下さいまし！　お願いです！　主人は堪え切れないでしょうから」

分署長夫人は壁から大きな鍵をはずして、客を台所と玄関を通って裏庭へ連れて行った。外は暗かった。霧雨が降っていた。分署長夫人は先に立って進んだ。チュビコフとデュコーフスキイは、その後ろから、野生の大麻や足の下でぴちゃぴちゃ言う汚水の匂いを吸いながら、丈の高い草のなかを歩いて行った。裏庭は広かった。やがて汚水が終って、足の下に耕された地面が感じられた。暗闇のなかに木立の影があらわれ、木立のあいだに、曲った煙突のある小さな小屋が見えて来た。

「これが湯殿です」と分署長夫人が言った。「でも、お願いですから、誰にも言わないで下さい！」

湯殿へ近づいた時、チュビコフとデュコーフスキイは、戸口にとても大きな南京錠がかかっているのを見た。

「ろうそくとマッチを用意し給え！」と予審判事は助手にささやいた。

分署長夫人は鍵をはずして、客を湯殿へ入れた。デュコーフスキイはマッチをすって、脱衣場を照らした。脱衣場のまんなかには、テーブルがあった。テーブルのうえには、小さなずんぐりしたサモワールと並んで、冷めたシチューの入ったスープ鉢と、何かのソースの残っている皿があった。

「奥へ行こう！」

奥の部屋へ、風呂場へ入った。そこにもテーブルがあった。テーブルのうえには、腿肉《ももにく》をのせた大皿と、ウォッカのびんと、小皿と、ナイフと、フォークがあった。

「しかしどこなんです……あれは？　殺された男はどこにいるのです？」と予審判事がきいた。

「あの人はいちばんうえの棚のうえにいます！」と分署長夫人は、いっそう青ざめてぶるぶるふるえながら、ささやくように言った。

デュコーフスキイはろうそくを手に持って、上の棚へ這いあがった。そこで彼は、大きな羽ぶとんのうえに身じろぎもせずに横たわっている長い人間の体を見つけた。その体は軽いいびきを洩らしていた。……

「畜生、人をかつぎやがって！」とデュコーフスキイが叫んだ。「これはあいつじゃない！ここに寝てるのは、どっかの生きたでくの棒だ。おい、君は何者だ、こん畜生？」

その人間の体は、ひゅうと言って息を吸い込むと、動きはじめた。デュコーフスキイは肘《ひじ》でつついた。体は両手を差しあげて伸びをすると、頭を持ちあげた。

「誰だ、あがって来たのは？」と嗄《しやが》れた、重苦しい低音《バス》がたずねた。「何の用だ？」

デュコーフスキイは見知らぬ男の顔へろうそくを近づけて、思わずアッと叫んだ。赤紫色の鼻や、もつれたぼうぼうの頭髪や、片方がぴんとはねあがって、厚かましく天井を見あげている真黒な口ひげなどに、彼は騎兵少尉クリャウゾフの面影を認めたのである。

「あなたは……マルク……イワーヌイチ?! そんな馬鹿な！」

予審判事は上をふり仰いで、息の根が止まりそうになった。……

「ああ、僕だよ……。で、君はデュコーフスキイか！ 何だってまたこんなところに用事があるんです？ あっちの下にいるのは誰だ？ やあ、予審判事！ どうした風の吹き廻しだ？」

クリャウゾフは下へ走り下りて、チュビコフを抱きしめた。オリガ・ペトローヴナは扉のかげに駈け込んだ。

「どっから嗅ぎつけたんだい？ さあ、一杯やろう！ トラ・タ・チ・ト・トム……さあやろう！ しかし誰が君たちをここへ案内したんだ？ 僕がここにいることを、どこから聞き込んだんだ？ しかし、まあいい！ 飲もう！」

クリャウゾフはランプをともして、三つのコップにウォッカを注いだ。

「しかし私には君がわからないなあ」と予審判事は、両手をひらいて見せて言った。「これは君なのか、それとも君じゃないのか？」

「もうたくさんだ。……またお説教か？ おやめなさい！ おい若造のデュコーフスキイ、コップをほせよ！ 諸君、今夜は飲みあか……何をじろじろ見ているんだ？ 飲んでくれ給え！」

「やっぱり私にはわからん」と機械的にウォッカを飲みほしながら、予審判事が言った。「どうして君はこんなところに？」

「ここが居心地がいいとしたら、どうして僕がここにいちゃいけないんだね？」

クリャウゾフはウォッカを飲みほして、ハムをつまんだ。

「ごらんの通り、僕は分署長夫人のところに住んでいるのさ。家の精みたいに、深山幽谷《しんざんゆうこく》にね。さあ飲めよ！　僕はね、君、彼女が可哀そうになって来た！　哀れをもよおしてね、それでこの使わなくなった湯殿に、世捨人よろしく暮らしている。……居ついているんだ。来週にはここから出るつもりでいる……あきて来たからね。……」

「わからないなあ！」とデュコーフスキイが言った。

「何が一体わからないんだ？」

「わからないんです！　じゃどうしてあなたの長靴が片足、庭に落ちていたのです？」

「どんな長靴だ？」

「われわれは片足を寝室で、もう片足を庭で見つけたんです」

「何のためにそんなことを知る必要があるんだ？　君の知ったことじゃないよ。……それより飲めよ、畜生！　人を起しやがったんだ、だから飲めよ！　あの長靴には、君、面白い話があるんだ。僕はオリガのところへ来たくなかったんだ。気分が悪くてね、そう、酔っ払っていた。……そこへあの女が窓の下へ来て、悪態をつき始めた。……農婦のようにね……その辺の……。僕は酔っ払っていたので、いきなり彼女めがけて長靴を片足、投げつけた。……は、は……っべこべ言うなってわけさ。あの女は窓から這いあがって来て、ランプをつけるなり、酔っ払っていた僕をなぐりはじめた。ぶちのめしておいて、ここへ引きずって来て、閉じ込めちまった。で、今じゃここで暮らしている。……愛とウォッカと前菜《ザクスカ》さ！　おい、どこへ行くんだ？　チュビコフ、どこへ行くんだ？」

予審判事はぺっと唾を吐いて、湯殿から出て行った。その後ろから、デュコーフスキイが頭を垂れて出て行った。ふたりは押し黙ったまま無蓋馬車に乗って走り出した。この時ほど途中がわびしく長く思われたことは、かつて一度もなかった。ふたりは黙りこくっていた。チュビコフは途中ずっと憎悪にふるえていたし、デュコーフスキイは外套の襟に顔を隠していた。まるで闇とそぼ降る雨に自分の顔にあらわれた恥ずかしさを読み取られるのを恐れている様子だった。

家へ帰りつくと、予審判事の部屋にドクトルのチュチューエフが来ていた。ドクトルは机の前に坐って、深い吐息をつきながら、「ニーワ」誌のページをめくっていた。

「この世のなかにゃ、何があるかわからんものですな！」と彼は、悲しげな微笑を浮かべた予審判事を迎えながら言った。「またもやオーストリアが！……グラドストーンもいくぶん……」

チュビコフは机の下へ帽子を投げ捨てて、ぶるぶるふるえはじめた。

「悪魔の骸骨め！　また人の仕事に割り込みやがって！　千遍も万遍も、おれはきさまに言ったはずだ、知ったかぶりをしておれの仕事に割り込んじゃいかんと！　知ったかぶりが何になる！　きさまにゃ」とチュビコフは、こぶしをふるわせながら、デュコーフスキイに向って言った。「きさまにゃ……ええ、永久に忘れないぞ！」

「しかし……安全マッチが！　僕だってまさかあんなことに！」

「ええ、そのマッチ棒におしつぶされちまえ！　とっとと出て行け、おれをいらだたせんでくれ、さもないと、ひどい目にあわせるぞ！　二度とここへ足を踏み入れるな！」

デュコーフスキイはほっと溜息をつくと、帽子を取って出て行った。

「酒でも飲みに行こう！」と彼は門を出ながら決心して、しおしおと居酒屋へ向って歩き出した。

一方、分署長夫人は、湯殿から家へ帰って、客間に夫の姿を見つけた。

「何だって予審判事が来たんだね？」と夫がきいた。

「クリャウゾフが見つかったって言いに来ましたの。あなた、あの人、よその奥さんのところにいたんですって！」

「ああ、マルク・イワーヌィチ、マルク・イワーヌィチ！」分署長は眼をあげて、ふっと溜息をついた。「放蕩からいいことのある道理はないと、あんなに言っておいたのに！　あんなに言っておいたのに、――聞き入れないもんだから！」

# 赤毛組合

アーサー・コナン・ドイル
深町眞理子 訳

The Adventure of The Red-Headed League　一八九一年

ポオが探偵小説の始祖であるが、ほんとうにこのジャンルを確立したのは**アーサー・コナン・ドイル** Arthur Conan Doyle（1859.5.22-1930.7.7）であることは云うまでもない。私の持っている十五種の世界短編探偵小説傑作集に選ばれているシャーロック・ホームズ短編を拾い出してみると、「赤毛組合」が最も多くの玄人から支持されており、私も同感である。やはり最傑作の呼び声が高い「まだらの紐」の怖がらせは、本編のウィットとユーモアに及ばないからである。

昨年秋のある日、友人シャーロック・ホームズ氏を訪ねたところ、彼はひとりの客と熱心に話しこんでいた。どっしりとして幅のある体格の、年配の赤ら顔の男で、燃えるように赤い髪をしている。邪魔をしたことを詫びて、そのままひきさがろうとすると、いきなりホームズが私を部屋にひっぱりこみ、後ろでドアをしめてしまった。

「またとないところへきてくれたよ、ワトスン君」と、親しみのこもった口調で言う。

「いま忙しいんじゃないのか?」

「たしかに忙しい。おおいに忙しい」

「だったら、隣室ででも待たせてもらうよ」

「遠慮しなくてもいい。ウィルスンさん、この紳士はね、ぼくの相棒かつ協力者で、これまで手がけてきた事件のうちでも、いちばんうまく解決に持っていけた事件の多くに手を貸してくれています。あなたの持ってこられたこの件でも、きっとおおいに役だってくれると信じているんですがね」

がっしりと肉づきのよいその紳士は、なかば椅子から腰を浮かせると、ぴょこんと頭をさげながら、小さな、腫《は》れぼったい目で、いくぶん胡散《うさん》くさそうに私を一瞥《いちべつ》した。

「そこの長椅子にかけたまえ」ホームズが言って、自分も肘かけ椅子にもどると、両手の指先を山形につきあわせた。なにかを慎重に判断しようとするときの、いつもの癖である。「ねえワトスン、きみも、日常生活の単調なくりかえしやしきたりからはずれた、奇抜で風変わりな出来事を愛するという点では、ぼくにひけをとらないはずだ。そういうものへの好みがあればこそ、これまでぼくのささやかな冒険を熱心に書きとめてきてくれたんだろうし、さらにそれを——あえて言えば——ほんのちょっと飾りたてることもしてくれたんだと思う」

「なにしろきみの扱う事件は、ぼくにとってはとびきりおもしろいものばかりだからね」私は答えた。

「ついこないだぼくの言ったこと、覚えているだろう——例のメアリー・サザランド嬢の持ちこんできたごく単純な事件、あれにとりかかる直前のことだ。物事に一風変わった効果とか、異常な組み合わせなどをもとめるならば、実生活そのものにこそ、もとめるべきである。それはいつの場合も、どんな想像力の働きよりも奔放《ほんぽう》なんだから、とね」

「はばかりながらぼくとしては、そのお説には疑義を呈しておいたつもりだが」

「そうだったね、ドクター。しかしだ、それでもきみは、結局はぼくの主張に同調せざるを得ないのさ。さもないと、ぼくがきみの前につぎからつぎへと事実を積みあげて、ついにはその重みできみの論理を破綻させ、こっちが正しいと認めさせることになるからだよ。ところで、ここにおいでのジェイベズ・ウィルスンさんだが、けさ、こうしてわざわざ訪ねてみえて、ある話を始められた。これが、まったくもって奇っ怪至極な話で、こんなのはここしばらく聞いたためしがない。これまでにも何度か言ってきたことだが、世のなかでなにより不思議な、なにより異常な出来事というのは、往々にして、大がかりな犯罪というより、むしろ小さな、しかも場合によっては、はたしてほんとうに犯罪が行なわれたのかどうかも疑わしい、そんな犯罪に結びついていることが多い。いまうかがったかぎりでは、今回のこの件が犯罪の事例にあたるかどうかはまだわからないが、事件の経過そのものが、かつてぼくの耳にしたなかでも、もっとも奇妙なものであることはまちがいない。まことにお手数ですが、ウィルスンさん、いまのお話をもう一度はじめから聞かせていただけませんか。友人のワトスン博士は、はじめのほうを聞いていませんし、それだけでなくぼくとしても、お話がひときわ異様な性質のものであるだけに、ぜひともあなたの口からあらゆる点を仔細にうかがっておきたいと思うわけです。いつもですと、事件の経過についてほんのちょっとしたことをうかがうだけで、記憶しているかつての似たような多数の事件とひきくらべて、だいたいの目安がつくものなのですが、この件に関しては、すべての事実がぼくの知るかぎりにおいて、すこぶる珍しいものだと言わざるを得ないのですよ」

そう言われて、恰幅のよい依頼人はちょっと得意そうに胸を張り、かさばった厚手の上着の内ポケットから、薄汚れて皺《しわ》くちゃになった新聞をとりだした。それを膝の上にひろげ、頭を前につきだすような姿勢で、広告欄に目を走らせている男のようすを、私はかたわらでじっくりとながめ、いつもの友人の流儀に倣って、男の身なりや外見から、なにか読みとれるものがないかどうか、探してみようとした。

とはいえ、こうして観察したかぎりでは、たいした収穫はなかった。どこから見ても、ごく平凡な、どこにでもいそうなイギリスの商人である。肥りぎみで、もったいぶった、鈍重な感じの人物。少々膝のふくらんだ、グレイのシェパードチェックのズボンに、あまり清潔とは言いかねる黒のフロックコートを、ボタンを留めずに着ている。くすんだ色あいのチョッキのポケットからは、太いアルバート型の時計鎖をたらし、それには飾りのつもりか、四角い孔《あな》のあいた小さな金属片をぶらさげている。すりきれたシルクハットと、皺の寄ったビロードの襟つきの、色褪せた茶色の外套《がいとう》とが、かたわらの椅子に置いてある。どこからどうながめてみても、とりたててなんの特徴もない男で、目につくのはただその燃えたつ赤毛と、顔に浮かんだいかにも悔しげな、不満そうな表情ばかり。

私がなにをしているか、シャーロック・ホームズはその慧眼《けいがん》でめざとく見てとり、こちらの問いかけるようなまなざしにこたえて、かすかにほほえみつつ、かぶりをふってみせた。「いや、だめだね――わかるのはごく明白な事実だけだ。たとえば、かつて肉体労働をしておられたこととか、嗅ぎ煙草をたしなまれること、フリーメーソンに所属しておられること、中国への渡航歴があること、あとは、近ごろ相当量の書き物をしておられること、それぐらいかな」

ジェイベズ・ウィルスン氏は、ぎくっとして椅子から腰を浮かせ、人差し指で新聞の紙面をおさえたまま、目ではまじまじと私の相棒を見つめた。

「いったい全体、なんでそんなことまでわかるんですか、ホームズさん！　たとえばの話、むかしわたしが肉体労働をしてたなんてことが、どうしてわかったんです？　いや、おっしゃるとおり、そのこと自体はたしかに事実です。ある船に大工として乗り組んだことで、わたしは世のなかへの第一歩を踏みだしたんですから」

「あなたの手が物語っているのですよ、ウィルスンさん。右手が左手よりひとまわり大きい。つまり、右手を使う仕事が長かったので、そのぶん、筋肉がより発達しているのです」

「なるほど。じゃあ嗅ぎ煙草のことは？　フリーメーソンのことは？」

「なぜわかったのかをここでいちいち説明しては、あなたの知性を軽んずることになるでしょう。とりわけ、所属されている組織の厳格な規定にそむいて、それ、そのように、曲がり尺とコンパスの記章を胸につけておいでなのですから」

「あっ、いかん、このことは忘れていた。しかしそれにしても、書き物のことは？」

「右の袖口が五インチほどの幅で、ひどくてかてか光っていますし、逆に左袖の、デスクに肘をついたときにこすれる箇所には、すべりをよくする当て布がついている。こうした点を見れば、ほかに考えようはないでしょう」

「では、中国のことは？」

「右の手首のすぐ上に、魚の入れ墨をされていますが、そういうのは、中国でなきゃできないものです。これでもぼくは、入れ墨について少々研究したことがありましてね、その分野の文献に寄稿したこともあります。そんなふうに、魚の鱗《うろこ》を繊細なピンクのぼかしに染めあげる技法は、まさしく中国独特のものですよ。それに加えて、あなたのその時計鎖にさがった中国のコイン。これだけ証拠があれば、問題はなおさら簡単になります」

ジェイベズ・ウィルスン氏は大声で笑った。「なんだ、そんなことだったのか！　そうとわかるまでは、なにか妙な手品でも使ったのかと思ってた。けど、聞いてみると、ぜんぜん驚くようなことじゃないんですな」

「ねえワトスン」と、ホームズが言った。「近ごろぼくは、なまじ説明なんかするのはまちがってるって、そうさとりだしたところなんだ。諺《ことわざ》にも言うじゃないか――〝なべて未知なる《オムネー・イグノートゥ》ものこそ偉大なれ《ム・プロー・マグニフィコー》〟って。なのにぼくはばか正直が過ぎて、おかげでせっかくのささやかな評判も、いずれうたかたの露と消えることになるだろう。それでウィルスンさん、問題の広告はまだ見つかりませんか？」

「いや、ようやく見つかったところです」ウィルスン氏は答えて、太く赤い指で広告欄のなかほどをさしてみせた。「これです。これがすべての始まりだったんです。ひとつ読んでみてください」

私はさしだされた新聞を受け取り、読みあげた。文面は以下のとおり――

赤毛組合の組合員同志へ――アメリカ合衆国ペンシルヴァニア州レバノン市の故イジーキア・ホプキンズ氏の遺志にのっとり、当組合に欠員が一名生じたことを報告する。組合員は、純然たる名目上の奉仕にたいして、週給四ポンドを受け取る資格を与えられる。心身健全にして、年齢二十一歳以上の赤毛の男子は、ことごとくわが組合の一員たる資格を有する。われと思わん同志は、月曜日の午前十一時、フリート街ポープス・コート七番地なる当組合事務所ダンカン・ロスまで、本人がじきじき出願されたし。

「いったい全体、これはどういうことなんだろう」私が思わず声をあげたのは、この奇妙な告知を二度くりかえして読んでからのことだった。

ホームズはくっくと笑うと、機嫌のよいときにきまってそうするように、椅子にかけたまま小刻みに体を揺すった。「いささか変わっていることは確かだな。さてと、それではウィルスンさん、あらためて最初からお話をうかがいましょうか——あなた自身のことから、ご家族のこと、この広告があなたの身にもたらした影響、なんでもです。それはそうとドクター、きみはとりあえずこの新聞の名と日付けとをメモしておいてくれないか」

「《モーニング・クロニクル》、一八九〇年四月二十七日付けだ。ちょうど二カ月前だね」

「結構。ではウィルスンさん、どうぞ」

「ええと、シャーロック・ホームズさん、さっきもお話ししかけていたとおり」と、ジェイベズ・ウィルスンはひたいを拭って話しだした。「わたしはシティーに近いコーバーグ・スクエアで、小さな質屋を営《いとな》んどります。たいして手びろくやっているわけでもなく、まして近年はそれも思わしくなくて、食べてゆくのがやっとといった状況です。かつては店員をふたりかかえる余裕もあったんですが、いまではひとりだけで、そのひとり分の給料だって、わたし自身がほかに働き口でも見つけなければ、まかないきれなかったかもしれない。ですが、その本人が、給料は半額でもいい、商売を覚えるためだから、そう言って、きてくれてるようなわけでして」

「名はなんというんです？——そのよくできた青年の名は？」ホームズがたずねた。

「名はヴィンセント・スポールディング、青年というほど若くもありません。年齢が見きわめにくいタイプなんです。ですが店員としては、あれ以上に気のきくのはいませんですね、ホームズさん。あれならいくらでもいい職について、うちで払ってる給料の二倍も稼げるんじゃないかと思うんですが、まあとにかく、本人がそれで満足してるんだし、こっちからわざわざよけいな知恵をつけてやることもありませんからね」

「いや、まったくです！　してみるとあなたは、相場の半額の給料できてくれる店員を見つけて、すこぶる運がよかったわけだ。きょうび、ひとを雇うのに、そんな得がたい経験はめったにできるものじゃない。思うに、そういう店員の存在自体、あなたのこの新聞広告に負けないくらい珍しいんじゃありませんか？」

「いや、あいつにもそれなりに欠点はありますよ」ウィルスン氏は言った。「あんなに写真を撮ることに熱中する男ってのも、ちょっと例がありませんや。やたらにぱちぱち写しまくるばかりで、そんな時間があったらなにか有意義な勉強でもすればいいと思うようなときでも、穴にもぐる兎よろしく、寸暇を盗んで地下室へ降りちゃ、そこで現像に打ちこんでる。まあそれが最大の欠点と言えば言えますが、全体として見れば、よくできた働き者です。けっして悪いやつじゃありません」

「まだお宅にいるんでしょうね？」

「おります。その店員と、あとは十四になる小女《こおんな》がいて、これに簡単な料理や掃除をやらせとります。この三人だけですね、うちにいるのは。わたしは家内に先だたれまして、以来、家族というものは持ったことがない。いまは三人でひっそり暮らしとります。まあたいした贅沢はできませんが、日々、雨露をしのいで、つけを払ってゆくくらいのことはできますので。

その安穏な暮らしがおかしくなったもとというのが、じつはこの広告なんです。いまお見せした、まさにこの新聞、これをスポールディングが手にして、店の帳場にいたわたしのところへやってきたのが、ちょうど八週間前のきょうでした。で、言うんです――

『ねえウィルスンの旦那、あたしの髪が赤かったらなあって、つくづくそう思いますよ』

『なぜそう思うんだね?』わたしはたずねる。

『なぜって、これで見ると、また赤毛組合に欠員がひとり生じたっていうじゃないですか。この組合にはいれれば、だれでもちょっとした金持ちになれるんです。それに、聞いたところによると、組合じゃ欠員を埋める人数にいつも不足していて、管財委員たちが金の使い途《みち》に困ってるくらいなんだとか。この髪の色を変えることさえできりゃ、結構な儲け口があたしを待ってるっていうのにねえ』

『なんだって? そりゃまたどういうことなんだ』わたしはたずねましたよ。おわかりでしょうがホームズさん、わたしはもともとかなりの出無精でして、それに商売柄、お客がうちへきてくれるのを待つだけで、こっちから外へ出かけていくことはない。だから、ときによっちゃ何週間も、うちから一歩も出ずに過ごすことすらあるくらいで、おのずと世間の事情にはうとくなる。それで、ニュースとなると、つい耳をそばだてるわけですよ。

『じゃあ、赤毛組合のうわさを聞いたこともないんですか?』スポールディングは目を円《まる》くして訊きかえします。

『ない』

『おやおや、そいつは驚きだ。旦那こそ、この欠員に応募する資格がおおありなんですがね』

『応募すると、なにかいいことでもあるのか?』訊いてみましたよ。

『いや、年にせいぜい二百ポンドぐらいのものですがね。しかし、仕事は楽だし、本職の片手間にやれる程度のものですから』

というわけで、お察しのとおり、これはわたしには耳寄りな話でした。なんせ、ここ数年、商売のほうがはかばかしくなくて、ここで余分に二百ポンドも稼げるとなれば、おおいに心が動くわけです。

『その話、詳しく聞かせてくれないか』わたしは頼みました。

『お安いご用です』そう言ってスポールディングが見せてくれたのが、この広告でした。『ごらんのとおり、組合に欠員がひとり生じたと書いてある。委細を問いあわせたければ、ここに連絡先も載っていますしね。あたしの知るかぎりでは、アメリカの百万長者でイジーキア・ホプキンズというひとが、この組合を設立したらしい。なんでも、ずいぶん変わり者だったようで、自分が赤毛だったところから、世のなかの赤毛の男性みんなに、なみなみならぬ共感をいだいていた。そこで、亡くなったときに、巨額の遺産を管財人に信託し、その利子を、自分とおなじ色の髪をした男性に、簡単な職を提供するために用いる、との遺言を遺したんだとか。うわさに聞くかぎりじゃ、支給される金はたっぷり、仕事はちょっぴり、といった感じだそうですよ』

『しかし、そういうことなら、応募してくる赤毛の男はわんさといるだろう』

『いや、それが思ったほど多くはないんです』スポールディングは答えました。『つまりね、実際に応募できるのは、ロンドン在住の、それも成人男性にかぎられる。このアメリカ人、若いころ、ロンドンを振り出しに身を立てたんで、むかしなじみのこの街に、なんとか恩返しをしたいんだそうで。それともうひとつ、おなじ赤毛でも、薄い赤とか、逆に暗い赤とか、とにかく純粋の、明るい、燃えたつように真っ赤な髪でなければ、応募しても無駄だという話も聞きます。とにかくね、ウィルスンの旦那、旦那がもし応募する気になれば、それこそどんぴしゃりなんです。といっても、たかだか二百ポンドばかりのために、旦那がわざわざお出かけになるほどの値打ちはない、そう言ってしまえば、それまでですが』

そんなわけでです、ねえお二方、ごらんのとおりわたしの髪は、正真正銘、本物の濃い赤ですから、かりにこの点で競争することにでもなれば、まあだれにも負けないという自信はあります。ヴィンセント・スポールディングは、どうもこの組合のことについてはかなり詳しいようなので、あるいは役に立つかと思い、きょうはもう店じまいにしよう、いっしょにきてくれと頼みました。休みがとれるので、やっこさんも大乗り気でしたよ。というわけで、店は臨時休業にし、ふたりしてその広告に載っている住所に出かけていったわけです。

いや、まあ、あんな光景は二度と見たくありませんよ、ホームズさん。北から南から、東から西から、ありとあらゆる赤みがかった髪の持ち主が、広告に応じてぞろぞろとシティーに集まってきている。フリート街は赤毛の男たちでぎっしり埋まってるし、ポープス・コートはまた、一面にオレンジ売りの屋台車そこのけ。それにしても、たったひとつの広告に、これほどの人数が市内全体から集まってくるなんて、思いもよらなかったですよ。赤毛もそれぞれ色あいがちがっててね――藁の色、レモン色、オレンジ色、煉瓦色、アイリッシュセッターの毛色から、レバーみたいな赤褐色、はては粘土色にいたるまで。でもね、スポールディングが言うように、本物の燃えるように鮮やかな赤というのは、そうたくさんはいなかった。はじめはわたし、あまりに大勢の連中が順番を待ってるのに恐れをなして、そのままひきかえしかけたんですが、スポールディングがうんと言わない。どういうふうにやってのけたのか、そのへんこっちには見当もつきませんが、とにかくあいつ、人込みのなかで押したり引いたりこづいたり、どうにか道を切りひらいて、事務所に通ずる階段の下までたどりついた。階段には、二重の流れができとりましたよ――期待に燃えてあがっていくのと、失望して降りてくるのと。それでもわたしたちはどうにかその列に割りこんで、しばらくすると、ついに事務所のなかまではいりこんでしまった」

「なるほど、すこぶるおもしろい体験をなさったわけだ」ホームズがそう言ったのは、依頼人が一息入れて、嗅ぎ煙草をたっぷりひとつまみ嗅ぎ、記憶を新たにしたときだった。「どうかつづけてください――お話はじつに興味ぶかい」

「事務所のなかには、木の椅子が二脚ばかりと、樅材《もみざい》のテーブルのほかにはなにもなく、そのテーブルにむかってすわっているのが、わたしよりももっと赤い髪をした小柄な男でした。応募者が進みでると、男はそのひとりひとりと二言三言、言葉をかわし、それからやおらその相手になにやかや難癖をつけて、失格にしてしまう。ここで補充人員として採用されるのは、なまやさしいことではなさそうでした。ところが、わたしたちの番がくると、男はにわかに態度を変えて、ほかの応募者のときよりもずっと愛想よくわたしを迎え、内緒の話ができるように、わたしたちの後ろでドアもしめてしまいました。

『こちらはジェイベズ・ウィルスンさんです。組合の欠員募集に応募したいと望んでおいでです』口添えしてくれたのは、いっしょにきたスポールディングでした。

『これはこれは、ぴったりですな、このかたなら』小男が答えます。『必要な条件はすべてそなえておいでのようだ。これほどみごとな赤毛は、わたしもまだ見た覚えがない』一歩さがって、小首をかしげ、しげしげとわたしを見つめてくるので、こちらもいささかきまりわるくなったほどでしたよ。と、ふいに男が進みでるなり、わたしの手を握りしめ、温かい口調で、おめでとう、合格ですよ、と声をかけてきたじゃありませんか。

『これ以上ためらうのは、あなたにたいして失礼というものだ』そう言います。『しかし、念には念を入れろということもあるから』言うなり男は両手でわたしの髪をわしづかみにし、こちらが痛さに悲鳴をあげるまで、強くひっぱりました。『ほう、涙がにじんでいますな』そう言って、男は手をゆるめます。『これなら問題ないでしょう。それにしても、用心はしないとね――過去に二度、かつらでだまされてるし、一度は染めた髪にやられてますから。靴直しが糸に塗る蠟を使った例さえあった、そう言ったら、さだめしあんたも人間の浅ましさにうんざりするでしょう』それから男は窓ぎわへ行くと、声をはりあげて、欠員はもう埋まったと叫びました。下ではいっせいに不満のうめきがあがりましたが、それでも、集まった連中はやがてぞろぞろと四方へ散ってゆき、赤毛の男で残ったのは、わたしと、そのマネージャーだけになりました。

『ダンカン・ロスといいます』と、男は名乗りました。『じつはわたし自身、かの気《け》高《だか》い慈善家の遺された基金から、年金を受け取っている受給者でしてね。ところであんた、妻帯はされていますかな？　ご家族はおありで？』

いや、家族はいない、とわたしは答えました。

とたんに相手が浮かない顔になりましてね。

『おやおや、それは困った』と、なにやら深刻そうに言います。『非常にまずいですな、そいつは！　そううかがって、がっかりしましたよ。というのも、わが基金は、赤毛の人間の福祉をはかるだけでなく、おなじ赤毛をふやし、子孫の繁栄をはかることをも目的としているからなんで。あんたが独身者であるとは、なんとも不運なことです』

そう聞いて、わたしも浮かない顔になりましたよ、ホームズさん。やっぱり不合格なのかと思って、がっかりしたわけです。ところが、しばらく考えたすえにその男は、まあよかろう、と言いだしました。

『これがほかのひとの場合なら、その欠陥は致命的なものなんですがね。しかし、あんたのようにみごとな髪の持ち主が相手なら、ちと規則を曲げるのもやむをえますまい。で、いつからこの新しい任務についていていただけますかな?』

『それがですね、じつはちと厄介なんです。というのは、べつに商売があるもんでして』わたしは答えました。

『いや、そのことなら心配いりませんよ、ウィルスンの旦那!』口をはさんだのは、ヴィンセント・スポールディングでした。『店ならあたしにまかせてください。ちゃんと仕切ってみせますから』

『勤務時間はどれくらいです?』わたしはたずねました。

『十時から二時までです』

ところでホームズさん、質屋の店が忙しいのは、たいがいは夕方以降で、それもとくに給料日前の木曜と金曜が立てこみます。ですから、昼のうちに一稼ぎできるというのは、わたしには願ってもないことなんで。それに、店員のスポールディングがよくできた男で、なにが出来《しゅったい》しようとまかせておける、これもひとつの安心材料でした。

『ならば、こちらに否やはありません』わたしは答えました。『それで、給金のほうは?』

『週に四ポンドです』

『で、仕事というのは?』

『まったく名ばかりのものです』

『名ばかりといっても、そこのところをもうすこし詳しく』

『さよう、勤務時間ちゅうは、事務所を離れてもらっては困る。すくなくとも、この建物からは出ないようにする。万一これに違反したときは、あんたの地位は、以後永久に奪われることになる。この点は、きわめてはっきりと遺言に規定されていましてな。時間ちゅうに一歩でも事務所を離れること、これはとりもなおさずその条件を満たさないことになる』

『日にたった四時間のことでしょう？　それくらいの時間、なにもわざわざ外出しようとは思いませんや』わたしは言いました。

『言い訳はいっさい通用しませんぞ』ダンカン・ロス氏が言います。『たとえ病気だろうと、大事な用事だろうと、ほかのなんだろうと、だめなものはだめです。規則どおり事務所にいるか、でなくば職を失うか、そのどっちかです』

『それで、仕事の内容は？』

『『大英百科事典』を筆写することです。そこの戸棚に、その第一巻がはいっています。インクとペン、それに吸い取り紙は、自前で調達してもらいますが、テーブルと椅子は、こちらで用意しておきます。では、さっそくあすからきてもらえますな？』

『必ずまいります』わたしは答えました。

『それでは、ジェイベズ・ウィルスンさん、本日はこれにて。最後にもう一度、あんたがこの重要な地位を獲得された幸運に、おめでとうを言わせてもらいますよ』ロスは一礼してわたしを送りだし、わたしはスポールディングと連れだって帰りましたが、自分の途方もない幸運にすっかり浮きうきして、道々なにを言ったらよいか、なにをしたらよいのかもわからん、といったありさまでしたよ。

まあそういったわけで、その日は一日じゅうそのことばかり考えて過ごしたんですが、日が暮れるころになると、またぞろ弱気の虫が頭をもたげてきた。あれこれ考えてみて、これはどう見てもとんでもない悪戯《いたずら》か、詐欺のたぐいにちがいない、まあ目的はさっぱり見当もつかないけれど、きっとそうにちがいないと、そう自分を納得させたわけです。だれであれ、そんな途方もない遺言を遺したり、『大英百科事典』を筆写するなんて単純きわまりない仕事に、それほどの大金を支払ったりするとは、とうてい信じられない。わたしを元気づけようと、ヴィンセント・スポールディングは説得にこれ努めましたが、寝床《ねどこ》にはいるころには、わたしはすっかりあきらめる気持ちになっていました。それでも、朝になると、とにかくようすを見るだけでも見てこようと思いたち、安いインクを一瓶と鵞《が》ペン一本、それにフールスキャップの用紙を七枚買いととのえて、ポープス・コートへ出かけていったというわけです。

いや、驚きました。小躍りもしましたよ。なにもかも、きのうの取り決めどおり、遺漏《いろう》はありません。テーブルは用意されてるし、ダンカン・ロス氏もきあわせて、わたしが支障なく仕事にかかれるかどうか、目を配ってる。とりあえずAの項目から始めるようにと指示して、それからどこかへ出ていきましたが、その後もちょくちょく顔を出して、仕事が順調に進んでるかどうかを確かめる。そして二時になると、きょうのところはここまででいい、そう言って、わたしの筆耕《ひっこう》仕事がはかどったことを褒《ほ》めてくれたうえ、わたしが事務所を出るのを待って、ドアに錠をおろしました。

それからずっと、こういう日がつづいたわけです、ホームズさん。そして土曜日になると、ロス氏がやってきて、一週間分の賃金を四枚のソヴリン金貨で払ってくれました。つぎの週もまたおなじことがつづき、そのまたつぎの週もそのくりかえしです。毎朝十時に事務所に出て、午後二時には退出する。そのうち徐々に、ダンカン・ロス氏が事務所にくるのは朝の一回だけになり、それからまたしばらくすると、ぜんぜん姿を見せなくなった。それでもわたしはもちろん、一瞬たりとも部屋から出るつもりなんかなかったですね。いつロス氏がやってくるかわからないし、そのうえ仕事は割りがよくて、わたしには願ってもないものですから、むざむざこれを失うような危険は冒したくなかったわけです。

こんな調子で、八週間がたちました。筆写はAbbotsから、Archery、Architecture、Armour、さらにAtticaと進んで、この調子でがんばれば、近々Bの項目にはいれるかも、などと皮算用してました。用紙代もばかにはなりませんでしたし、筆写した紙を積みあげると、ひとつの棚がほぼふさがってしまうくらいでした。ところがそこで、とつぜんいっさいがおじゃんになっちまったんです」

「おじゃんになった？」

「そうです。それも、ついけさのことでして、いつものように十時に事務所に出ると、入り口には鍵がかかっていて、ドアのパネルのまんなかに、小さな四角いボール紙が画鋲で留めてありました。ほら、これです。まあご自分の目でごらんになってみてください」

彼が目の前に掲げてみせたのは、ほぼ書簡箋ほどの大きさの、白いボール紙の一片だった。それにはこんな文字が並んでいた――

〈赤毛組合は解散とするものなり。

一八九〇年十月九日〉

この簡潔な告知と、その向こうにのぞいている情けなさそうな顔とを見くらべているうちに、シャーロック・ホームズも私も、ここまでの話を滑稽《こっけい》と感じる気持ちが強くなってきて、他のすべての配慮を圧倒しさり、ついには、ふたりそろってげらげら笑いだしてしまった。

「いったいなにがおかしいんですか?」依頼人がいきりたって言った。燃えたつ髪の根もとまで、顔を真っ赤にさせている。「わたしを笑うばかりで、もすこしましなことのひとつもできないんだったら、よござんす、よそへ行きますから」

「まあまあ」ホームズがなだめて、腰を浮かせかけた客をもとの椅子に押しもどした。「ぼくだって、こんな事件はめったに手ばなせるものじゃない。じつに風変わりな、いっそ痛快なくらいの事件ですからね。とはいうものの、失礼ながら言わせてもらえるなら、一面、いささか滑稽なところがあるのも否《いな》めない。そこでうかがいたいんですが、そのカードがドアに掲示してあるのを見つけて、あなたはどうされました?」

「むろん、たまげましたよ。どうするもこうするもありません。とりあえず、おなじ建物のなかの、ほかの事務所をあたってみましたが、だれもこのことについてはなにひとつ知らない。しかたなく、最後はとうとう建物の家主で、一階に住んでる会計士のところへ行き、赤毛組合はいったいどうなったのか知らないかと訊いてみたんですが、その家主が言うには、そんな団体のことなど聞いたこともない、と。では、ダンカン・ロス氏というのはどういう人物なのかと訊いたところ、これもまた、そんな名前は初耳だと言う。

『そんなばかな。ほら、あの四号室の紳士ですよ』わたしは言ってやった。

『というと、あの赤毛のひとですか?』

『そうです』

『しかしあのひとなら』相手は言います。『名前はウィリアム・モリスですよ。事務弁護士で、あの部屋は、新しい事務所が使えるようになるまで、当座しのぎに利用していただけ。きのう、引っ越していきましたよ』

『どこへ行ったら会えるかわかりませんか?』

『それなら、新しい事務所へ行ってみたらどうです。住所は聞いています。ほら、これ――キング・エドワード街十七番地。セントポール寺院の近くですな』

さっそくそっちへまわりましたよ、ホームズさん。ところが、教えられた住所へ行ってみると、そこは膝当てをつくる工場になっていて、そこでもまた、ウィリアム・モリスにしろ、ダンカン・ロスにしろ、そういう人物のことはだれも聞いたことがないと言うんです」

「で、それからどうしました?」ホームズがうながした。

「すごすごとサックス＝コーバーグ・スクエアにもどって、スポールディングに相談しましたよ。ですがあいつにも、これという知恵は浮かばなかった。待っていれば、そのうち手紙でもくるでしょう、なんて言うだけで。しかしわたしとしては、それだけじゃ困るんです、ホームズさん。あんな割りのいい働き口をなくしかけてるってのに、ただ手をつかねてるのなんて、まっぴらだ。それで、かねがねあなたが困ってる人間の相談にのって、いいアドバイスをくれるという評判を聞いてたのを思いだして、さっそくこうして駆けつけてきたわけです」

「それは賢明でした」ホームズは言った。「とにかくこれはすこぶるつきの珍しい事件で、ぼくとしても、おおいに食指が動きます。いままで話してくださったところを総合してみると、これにははじめの印象よりも、もっと重大なものがからんでいる可能性がありますからね」

「むろん重大ですとも！」ジェイベズ・ウィルスン氏は力みかえって言った。「なんせ、週に四ポンドもの収入がふいになりかけてるんですから」

「しかし、あなた個人としては、その風変わりな組合に文句を言う筋合いはないんじゃないですか?」ホームズは言った。「いや、それどころか、ぼくの思うに、すでに三十ポンド余りの金額を手にされている――Aで始まる百科事典の全項目について、該博な知識を得られた事実はべつにしてもね。つまり、なにひとつ損はしていないということですよ」

「まあね。ですが、それはそれとして、わたしとしては連中のことをもっと知りたい。いったい何者なのか、なにが目的でこんな悪ふざけを――悪ふざけだとすれば、ですが――このわたしに仕掛けてきたのか。冗談にしては、金がかかりすぎてますよ――なんせ、すでに三十二ポンドも使ってるんですからね」

「ともあれ、あなたにかわって、そういう点をはっきりさせてみましょう。そこでです、ウィルスンさん、その前に二つ三つお訊きしておきたいことがあるんですがね。最初にあなたにその広告のことを教えた店員ですが——いつから店にきているのですか？」

「その一カ月ほど前からです」

「どういうつてでやってきたのですか？」

「広告に応じてきました」

「応じてきたのは、その男ひとりだけでしたか？」

「いや、十人以上はきました」

「どういうわけでその男を選んだのですか？」

「使えそうな男だし、おまけに安くきてくれるというので」

「たしか、相場の半額でしたね？」

「はあ」

「ところで、どんな男なんです、そのヴィンセント・スポールディングというのは？」

「小柄ですが、体つきはたくましく、万事にきびきびしています。三十は越えてますが、ひげはないですね。現像液でもはねたのか、ひたいに白い火傷のあとがあります」

　そう聞いて、ホームズはいきなりすわりなおした。すくなからず興奮している。

「やっぱりそうだったか。もしや、耳にピアスの孔があるのに気づかれませんでしたか？」

「そういえば、あります。子供のころ、ロマの連中にあけられた耳輪の孔だとか」

「ふむ！」ホームズはうなって、またしばらく深い思案にふけった。「それで、まだお宅にいるのですね？」

「おりますとも。さっき店で別れてきたばかりです」

「あなたが不在でも、店の営業はとどこおりなくつづけられているわけですね？」

「なんの問題もないですよ。だいたい、午前ちゅうはたいして客もありませんし」

「いまはこんなところでじゅうぶんでしょう。ではウィルスンさん、一両日ちゅうには、この件についての見解をお聞かせできると思います。きょうは土曜日ですから、来週の月曜までには解決がつくはずですよ」

依頼人が立ち去ると、ホームズは私に話しかけてきた。

「どうだいワトスン、きみはいままでの話からなにかわかったか？」

「いや、さっぱりだ」私は正直に答えた。「およそ謎めいた事件だと言うしかない」

「一般論として言えば」と、ホームズはつづけた。「見かけが奇っ怪に見える事件であればあるだけ、本質的には単純なものなんだ。ほんとうに不可解な謎は、ありふれた、なんの特徴もない事件のなかにこそあるんだよ――ちょうど、平凡な顔だちほど見分けがつけにくいようにね。とはいえ、この一件は、さっそくにも解明にのりだしたほうがよさそうだ」

「じゃあ、まずなにから始める？」私はたずねた。

「まずは煙草さ」ホームズは答えた。「これはたっぷりパイプ三服分はかかる問題だからね。

だからきみ、すまないがあと五十分ほどは話しかけないでいてくれないか」椅子のなかで丸くなり、膝を鷹のような鼻に接する高さまでひきあげた彼は、目をとじ、黒いクレイパイプを怪鳥の嘴《くちばし》さながらに突きださせた姿勢で、動かなくなった。きっと眠りこんでしまったのだろう、そう見てとった私も、つられてついこくりこくりしはじめたのだが、そのうちホームズが、急になにか心を決めたといったようすで、ぱっと椅子から立ちあがるなり、パイプをぴしゃりとマントルピースの上に置いた。

「きょうの午後、セント・ジェームズ・ホールでサラサーテの演奏会があるんだ。どうだいワトスン、きみの患者さんは、二、三時間きみが留守にするのを大目に見てくれそうかね?」

「きょうはたまたまなんの予定もないんだ。患者といっても、時間が完全につぶれるほど詰めかけてくるわけじゃないしね」

「だったら、さっそく帽子をかぶって、いっしょにきたまえ。まずシティーに寄るから、昼食なら途中でとれる。プログラムを見ると、ドイツ音楽がかなり含まれてるが、ぼくはどちらかというと、イタリア音楽やフランス音楽よりも、こっちのほうが趣味に合ってる。ドイツ音楽は内省的だが、ぼくもいまは内省的になりたい気分なんでね。さあ行こう!」

　私たちはまず地下鉄でオールダーズゲートまで行った。そこからちょっと歩いたところが、サックス=コーバーグ・スクエア、朝がた聞かされた奇怪な事件の現場である。狭苦しく、ちっぽけな、落ちぶれながらも必死に見栄《みえ》を張っているといった感じの場所で、すすぼけた二階建ての、煉瓦造りの家並みが、柵をめぐらせた小さな空き地を四方からとりかこんでいる。空き地には、雑草ばかりがめだつ芝生がひろがり、点在する色褪せた月桂樹の茂みがいくつか、煙霧のただよう、いかにも吸ったら体に悪そうな空気を相手に、苦闘をつづけている。角の建物に、金色の球が三つと、白い文字で〈ジェイベズ・ウィルスン〉としるした褐色の看板とが掲げられ、わが赤毛の依頼人が質店《しちみせ》を営んでいるのは、この家だと知れる。シャーロック・ホームズは、その店の前で立ち止まると、首をかしげ、細めたまぶたのあいだから目をきらりと光らせて、周囲をひとわたり見まわした。それから、鋭い目をじっと家並みにそそぎつつ、ゆっくりと通りを角まで歩いてゆき、またひきかえしてきた。最後に質店の前にもどると、持っていた杖で二、三度、勢いよく足もとの敷石をたたいてみてから、店のドアに歩み寄って、ノックした。ドアは即座にひらいて、きれいにひげを剃った、見るからに目端《めはし》の利きそうな若い男があらわれ、どうぞおはいりくださいと言った。

「いや、せっかくだが」ホームズが言った。「ちょっと道を訊きたいだけだから。ここからストランドへは、どう行ったらいいだろう」

「三番めの角を右、四つめを左です」打てば響くように店員はそう答え、そのままドアをしめた。

「切れる男だな、あれは」ホームズは歩み去りながらそう論評した。「ぼくの見たところ、あいつはこのロンドンで四番めに頭の切れる男だし、大胆不敵という点では、おそらく、二と言って三とはくだらないだろう。あいつのことなら、以前から多少は知ってるんだ」

私も言った。「今度の赤毛組合の怪事件には、ウィルスン氏のところのあの店員が深くかかわっていること、これは火を見るよりも明らかだね。すると、道を訊いたのは、たんにあの男を見るためだったというわけか」

「あの男を見るためじゃないよ」

「だったら、なにを?」

「あいつのズボンの膝をさ」

「それで、なにかわかったのか?」

「予想していたとおりのことがわかった」

「敷石をたたいたりしたのは、どういうわけだ?」

「いいかいドクター、いまは観察すべきときであって、しゃべってるときじゃないんだ。いまのわれわれは、敵地に乗りこんだスパイなんだからね。ともあれ、サックス゠コーバーグ・スクエアについて、いちおうのことはわかった。つぎは、この裏側がどうなってるのかを調べてみよう」

うらぶれたサックス゠コーバーグ・スクエアから、角をひとつ曲がったとたんに、それまでとは一枚の絵の裏と表ほどにもかけはなれた大通りに出た。シティーと市の北部ならびに西部を結ぶ大動脈、そのひとつがこの通りなのである。その大動脈を、いまおびただしい物品の流れが、出るのと、はいるのと、二本の潮流となってぎっしりと埋め、いっぽう歩道には、せわしない歩行者が蟻の群れさながら、真っ黒にうずまいている。目の前に建ち並ぶ瀟洒《しょうしゃ》な店々や、堂々とした企業の表構えなどを見るにつけ、それらがいま立ち去ってきたばかりのあの寂れて色褪せた広場と、じつは背中合わせになっているのだと実感することはむずかしい。「さてと」ホームズが通りの角に立ち、街並みを見わたしながら言った。「ここの建物の配置だが、これをよく覚えておこう。ロンドンという街について、正確な知識を持っておくというのが、ぼくの趣味のひとつなのさ。うん、モーティマーの店があるな。それから煙草屋、小さな新聞販売店、シティー・アンド・サバーバン銀行のコーバーグ支店、ベジタリアン向けのレストラン、そしてマクファーレン馬車製作所の倉庫。これでブロックがとぎれて、つぎのブロックになる。というところで、ドクター、仕事はこれで終わったから、しばしの骨休めといこう。サンドイッチとコーヒー、そのあとはいよいよバイオリンの国へ。そこは甘美さと繊細さと、そして調和とが支配する国——赤毛の依頼人が難題を持ちこんできて、われわれを悩ますこともない」

ホームズは熱烈な音楽愛好家であり、本人もすぐれた演奏家であるばかりでなく、作曲家としてもなみなみならぬ力量をそなえている。その午後いっぱい、彼はこのうえない幸福感につつまれて特等席にすわり、音楽に合わせて、細く長い指をそっと動かしていた。顔にはやさしい笑みが浮かび、そのものうげな、夢見るような目つきは、いつもの探偵ホームズ——いつもの冷徹にして明敏かつ敏捷《びんしょう》、考えられるかぎりの最高の探偵ホームズ——のそれとは、およそ似ても似つかぬものだった。彼のなみすぐれた気性のなかには、二種類の異なる個性が存在していて、そのふたつが交互に自己を主張する。たとえばの話、私はたびたび思うのだが、彼の極度の細心さと観察眼の鋭さは、ときおり彼を支配する詩的で、瞑想的な気分の、その反動ではないだろうか。この個性という振り子は、つねに彼を極度の無気力状態から、逆にすべてを焼きつくすほどのエネルギーのかたまりへと振り動かす。私にはよくわかるのだが、彼が何日もつづけて肘かけ椅子から動かず、漫然と即興曲をつくったり、ドイツ字体で書かれた古版本を読みふけったりしているときほど、じつは恐ろしい、畏怖《いふ》すべき存在であるときはないのだ。そのあとで、にわかに勃然《ぼつぜん》たる追跡欲が彼をとらえ、そのすぐれた推理能力は、ほとんど神業《かみわざ》の域にまで達することになるのだが、あいにく、そうした彼のやりかたに慣れていないものたちには、そのへんの機微がわからず、あげく、彼の知識は常人のそれではないとして、不信の目を向けたりする結果になる。その午後、セント・ジェームズ・ホールで、完全に音楽に没入しているホームズのようすを見ながら私が感じたこと、それは、これから彼が追いつめようとしている相手にとっては、そろそろ年貢の納めどきが近づいているということだった。

ホールを出ると、ホームズは言った。「ところでドクター、さだめしこのあとはまっすぐうちへ帰るんだろうね？」

「ああ、こっちはそれでいいが」

「ぼくのほうは、ちょっと時間のかかる用事が待ってる。このコーバーグ・スクエアの一件、これは重大だからね」

「なぜ重大なんだ？」

「だいそれた犯罪をもくろんでるやつがいるからさ。それを食いとめるのには、いまからでも遅くはないはずだ。ただ、きょうが土曜日だということで、それがいささか事情を複雑にしている。今夜、きみの手を借りることになるかもしれない」

「何時から?」

「十時ならじゅうぶんまにあうだろう」

「ならば十時にベイカー街へ行くよ」

「じゃあ頼んだぞ。それからね、ドクター、ちょっと危険なことになるかもしれないから、きみの軍用拳銃をポケットに忍ばせてきてくれるとありがたい」手をふって、くるりと背を向けるなり、たちまち彼の姿は雑踏のなかに消えた。

私とて、けっして自分が他人よりも鈍いとは思っていないが、シャーロック・ホームズを相手にしていると、たえず自分の愚鈍さを痛感させられて、打ちひしがれることになる。今度の一件でも、彼の聞いただけのことは私も聞き、見ただけのことは見てきたはずなのだが、それでいて向こうは、これまでに起きたことだけでなく、これから起ころうとしていることまでもお見通しらしいこと、これはいまの言葉からもうかがい知れるというのに、こちらはあいかわらず五里霧中、すべてが混沌《こんとん》として、奇っ怪な様相を見せつけられるばかりだ。ケンジントンの自宅まで馬車を走らせて帰る道すがら、私は事件のすべての側面をじっくり検討しなおしてみた。『大英百科事典』を筆写させられたという、赤毛の依頼人の尋常ならぬ物語に始まり、サックス゠コーバーグ・スクエアでの現地調査のこと、さらにはホームズが別れぎわに発した不吉な台詞《せりふ》にいたるまで。いったい今夜の冒険とはどういう性質のものなのか。なぜ武装して行かねばならないのか。目的地はどこなのか。してまたそこでなにをする予定なのか。ホームズの言葉の端々から、あのつるりとした顔の質店の店員が、油断のならない相手だということはわかっているのだが――なんであれ途方もない悪巧みを仕掛けかねない男だと。しかし、こうした謎をなんとか解《と》き明かそうとしてみても、結局は断念して、夜になって万事が明らかになるまで、そのままにしておくしかなかった。

九時十五分、私は家を出て、ハイド・パークを抜け、さらにオクスフォード街経由でベイカー街へ向かった。玄関先には二台の二輪辻馬車が停まっていて、廊下を奥へ進むうちに、二階から話し声が聞こえてきた。部屋にはいってみると、ホームズはふたりの男と熱心に話しこんでいる。ひとりは、私も顔見知りの刑事、ピーター・ジョーンズだが、もうひとりは、長身痩《そう》軀《く》の、陰気な顔つきの男で、ばかにぴかぴか光るシルクハットを持ち、こちらがつい気おされがちになるほど、堂々とした、見栄えのするフロックコートを一着に及んでいる。

「やあ、これで全員そろったな」ホームズが言って、厚地ウールの短いコートのボタンを襟もとまでかけると、ラックから太い乗馬用の鞭をとりおろした。「ワトスン、ロンドン警視庁《スコットランドヤード》のジョーンズ君とは知り合いだったたね？　こちらはメリウェザーさんだ。今夜の冒険に同行してくださる」

「ではまたごいっしょに獲物を追うわけですな、ワトスン先生」と、ジョーンズがもったいぶった調子で言った。「ここにおいでのホームズさんは、獲物を狩りだすことにかけちゃ、天下一品だ。足りないのは、そいつを追いつめて仕留めてくれる、腕のいい犬だけってわけで」

「追いつめたあげくが、つかまえたのはぜんぜん見当ちがいな獲物だった、などということにならなければいいんだが」メリウェザー氏が陰気に口をはさんだ。

「なに、このホームズさんであれば、相応の信頼をおいてもだいじょうぶですよ」刑事が尊大ぶって言った。「このかたにはこのかたなりの、独自のやりかたってものがありましてね。それは――まあはばかりながら言わせてもらえば――いくらか理論倒れで、現実離れしたきらいがないでもないんだが、しかし、探偵としての素質はあります。これまでにも一度か二度、たとえばショルトー殺しと〈アグラの財宝〉の事件なんかでは、もうすこしで警察の鼻を明かすところまでいった、そう言っても過言じゃありません」

「なるほど、ジョーンズ君、あんたがそう言うのなら、まあだいじょうぶだろう」新顔の男は神妙にそう言った。「それでも、ラバーブリッジの会に出られなかったのは、かえすがえすも残念だ。土曜の夜にラバーブリッジをしそこねるなどというのは、二十七年来、これがはじめてだからね」

「まあ見ておいでなさい」と、シャーロック・ホームズが言った。「今夜のあなたは、いまだかつて経験したことのない、大きな賭けをすることになりますから。しかもこの勝負は、ブリッジなどよりもはるかにエキサイティングなゲームになる。あなたにとっては、メリウェザーさん、賭け金がざっと三万ポンドにものぼる大勝負、そしてジョーンズ君、きみにとっては、かねがね捕らえてやりたいと念願している、その男の身柄がかかっている」

「ジョン・クレイという男はですね、メリウェザーさん、殺人者にして盗賊、贋金《にせがね》づくりにして贋金使いと、そりゃもうたいへんなワルなんです。まだ若いんですが、それでも斯界《しかい》の第一人者。わたしとしては、ロンドンじゅうのどんな犯罪者より、この男をこそなんとかお縄にしてやりたい。これでなかなかの人物でしてね、このジョン・クレイという若造は。祖父は王族の公爵、本人もイートンからオクスフォードを出ています。手先が器用なうえに、頭も切れる男でして、なにか起きるたびに、そこここでやつの臭跡に出くわしはするんですが、ご本尊はけっして尻尾をつかませない。今週、スコットランドで押し込み強盗を働いたかと思えば、来週にははるかコーンウォールあたりで、孤児院建設の基金と称して、金集めをやってるというぐあい。わたしももう何年も前からこいつを追っかけまわしてるんですが、いまもって、ちらっともご尊顔を拝せないという始末です」

「その相手に、今夜こそきみをひきあわせてあげられると思うよ。ぼく自身、あのジョン・クレイ氏とは二、三、因縁があるし、犯罪の世界の第一人者だというきみのお説にも、まったく同感だ。だがそれはそれとして、もう十時を過ぎた。行動を起こす刻限だ。あなたがたおふたりは、前の馬車に乗ってください。ぼくはワトスンと二台めの馬車で追っかけますから」

しばらく馬車に揺られてゆくあいだ、ホームズはあまり口をきこうとせず、座席の背にもたれて、午後の演奏会で聞いた曲の一節を軽くハミングしているだけだった。ガス灯に照らされた迷路のような街並みを、どこまでも延々と走りつづけるうちに、ようやく馬車はファリンドン街に出た。

「さあ、もうじきだ」と、友人が言った。「あのメリウェザーというご仁はね、さる銀行の頭取で、個人的な利害関係から、この問題にかかわってるんだ。ジョーンズも、ついでだから加えてやったほうがいいかと思ってね。悪いやつじゃないんだが、あいにく本職のほうではまったくのぼんくら。それでも、ひとつだけれっきとした長所をそなえている。ブルドッグみたいに勇敢で、ウミザリガニみたいにしつこい。いったん刺だらけのかぎづめでぶらさがったら最後、ぜったいに離れないからね。さあ着いたぞ、前のふたりがぼくらを待っている」

着いたのは、午前ちゅうにもきた、あのにぎやかな大通りだった。馬車を帰したあと、私たちはメリウェザー氏の案内で、とある狭い路地を抜け、彼のあけてくれた横手の通用口からなかにはいった。はいったその先には、短い通路がのび、つきあたりは、どっしりした鉄の門扉《もんぴ》がふさいでいる。この門扉もあけられ、さらに進んで、石の螺旋階段を降りると、その先はまた、いかめしい門になっている。メリウェザー氏はいったん立ち止まって、角灯に灯をともすと、ふたたび私たちを案内して、その奥の暗い、土のにおいのする通路を進み、最後に第三の門扉をあけて、巨大な地下洞窟か穴蔵のような部屋へはいっていった。周囲どちらを見ても、梱包された木箱や、重そうな箱がぎっしり積みあげられている。

「これなら、上からの攻撃にはじゅうぶん堪えられそうですね」ホームズが角灯を掲げて、周囲を見まわしながら言った。

「いや、下からこられたって、だいじょうぶです」メリウェザー氏がそう言い、床の敷石をステッキでたたいてみせたが、とたんに、「おやっ」と顔をあげて、「おかしいな、うつろな音がする！」とつぶやいた。

「困りますね、もうちょっと静かにしてもらわないと」ホームズがきびしくたしなめた。「すんでにこの計画の成否が問われるところでしたよ。どうかあなたはそこらへんの箱にでもすわって、いっさい手出しはしないでいていただきたい」

しかつめらしくとりすましたメリウェザー氏は、いたく体面を傷つけられたといった面持ちで、木箱のひとつに腰をおろし、かたやホームズは、床に膝をつくと、角灯と拡大鏡を手に、床石の隙間を仔細に点検しはじめた。だがそれもほんのいっときのこと、すぐに満足したのか、また立ちあがると、拡大鏡をポケットにしまった。

「すくなくともまだ一時間はある」だれにともなく言う。「連中だって、かの善良な質屋氏が無事に寝入ってくれるまでは、あえて動きだすわけにもいくまいからね。しかし、寝入ったと見れば、一刻も無駄にはすまい。早く仕事をすませれば、それだけ逃走の時間も稼げるんだから。いいかね、ドクター、いまぼくらのいるところは――むろんきみにももう察しがついているだろうが――さるロンドン有数の大銀行の、シティー支店の地下だ。メリウェザーさんは、この銀行の頭取でいらっしゃる。だから、どうしてわがロンドンでも指折りの大胆な犯罪者が、いまこの地下室にすくなからぬ関心を向けているのか、そのわけは氏の口から説明してもらえるだろう」

「狙いはここのフランス金貨なのです」頭取は小声で言った。「それを狙って、なんらかの襲撃計画があるかもしれない、とはすでに当行も何度か警告を受けているのですが」

「フランス金貨ですって？」

「ええ。数カ月前、資金源を強化するという計画があり、そのためにフランス銀行からナポレオン金貨で三万枚分を借り入れました。ところが、いまだにその梱包を解く機会がなく、金がまだ当行の地下室に眠っている、このことが市中に漏れてしまった。いまこうしてわたしがすわっている、この箱ひとつでも、二千枚のナポレオン金貨が鉛箔で保護されておさまっています。通常のわが行の一支店あたりの金準備額よりも、いまここにある額のほうがはるかにうわまわる、そういう事態となって、重役会のほうでも対応に苦慮しているところなのです」

「それは当然でしょうね」ホームズが言った。「では、いよいよわれわれのささやかな計画を詰めておきましょう。一時間以内に、事は大詰めを迎えるとぼくは予想しています。それまでは、メリウェザーさん、その角灯を遮光板でおおっておく必要があります」

「すると、真っ暗ななかですわっていろと?」

「やむをえません。ここにトランプを一組、用意してきましたし、人数もちょうどふたりずつ《パルティ》一組《カレ》ですから、お望みのブリッジの勝負がここでやれるかもしれませんよ。とはいえ、敵の準備もかなり進んでいるようですから、やはり明かりをつけておくのは危険でしょう。というところで、まずは各自の持ち場を決めておかねば。敵は無謀な連中ですし、かりにこちらが先手を打ったとしても、用心しないと、怪我《けが》をさせられます。ぼくはこの木箱の後ろに隠れますから、あなたがたもそのへんの箱を楯《たて》にしてください。いざとなって、ぼくが連中に光をあてたら、すかさずとびかかる。万一、向こうが撃ってきたら、ワトスン、きみも遠慮はいらない。容赦なく撃ってくれ」

私はたずさえてきたリボルバーの撃鉄を起こし、それを木のケースの上に置くと、そのケースのかげに身をひそめた。ホームズが手もとの角灯のスライド式の蓋をしめると、あたりは真の闇となった――後にも先にも、あれほど深い闇は体験したことがない。金属の焼けるにおいがしているので、角灯の灯はまだともされたままなのがわかる。ここぞとなれば、たちまちぱっと明るくなるはずだ。とはいえ、神経を張りつめ、高まる気分にうずうずしている私としては、そのとつぜん襲ってきた暗闇にも、地下室の冷たくじめじめした空気のなかにも、なにやら重苦しくのしかかってくるものがあるのを感じずにはいられないのだった。

「逃げ道はひとつしかない」ホームズがささやきかけてきた。「建物のなかを抜けて、裏からサックス＝コーバーグ・スクエアへ出る道だ。ジョーンズ、そのあたり、手配に抜かりはないだろうね？」

「入り口に、警部のほか、巡査をふたり配置してあります」

「ならば、退路はすべて断ったわけだ。あとは、音をたてずに静かに待つだけだな」

それからのひとときの、なんと長かったことか！　あとで一同の話をつきあわせてわかったのだが、時間はわずかに一時間と十五分。それが私には、もうほとんど夜は過ぎて、外には夜明けがきているのではないかとさえ思われた。身動きするのも控えているので、全身が疲れてこわばり、それでいて神経だけは、緊張のために極限まで張りつめている。聴覚も異常に鋭敏になっていて、仲間たちの静かな呼吸音が聞きとれるだけでなく、大柄なジョーンズが息を吸う、深く、荒い息づかいと、銀行頭取が息を吐く、かぼそく、吐息に似た息づかいとが、それぞれ聞きわけられるほどだ。私のいる位置からは、目の前のケースごしに、前方の床を見おろすことができたが、いまとつぜんそこに、一筋の光がぴかっとひらめくのが目をとらえた。

はじめは、敷石の上で青白い火花が散ったようにしか見えなかった。それがしだいに長くのびて、一筋の黄色い線条となり、やがて、まったくなんの前ぶれもなく、音すらたてず、そこにひとつの亀裂が生じたかと見るや、下から一本の手があらわれた。白い、ほとんど女性のものとも見える手――それが、そこに生じた小さな光のプールの中心をまさぐっている。一分かそこら、その手は床石の下から突きでたまま、指先をくねらせていたが、やがて、あらわれたときと同様、唐突《とうとつ》にひっこめられ、あとはまたもとどおりの暗闇にもどった。残ったのは、床石の亀裂を示す、ただ一片の青白い火花のみ。

とはいえ、手が見えなくなったのも、ほんのつかのまだった。いきなり、ぎしぎし、めりめりとすさまじい音がして、白くて幅の広い床石の一枚が持ちあげられ、ひっくりかえされて、そこにぽっかり口をあけた四角い穴から、角灯の煌々《こうこう》たる明かりが流れこんできた。と、穴のふちからのぞいたのは、くっきりした目鼻だちの、少年のような男の顔。その顔はひとわたり鋭い目であたりをうかがい、それから、穴の左右に両手をかけて、体をひきあげた。まず肩の高さまでがあらわれ、つぎに胴までが出て、最後は片膝が穴のふちにかかった。と思ったときには、早くも男は穴のふちに立って、下からくる仲間をひっぱりあげていた。これもまた、はじめの男とおなじ、小柄でしなやかな体つき、青白い顔に、ひときわ濃い赤の乱髪。

「よし、問題なしだ」最初の男が言った。「鑿《のみ》と袋は持ってきたな。あっ、しまった！　とびおりろ、アーチー、とびおりろったら。つかまれば縛り首だぞ！」

シャーロック・ホームズはすでに持ち場からとびだして、侵入者の襟首をつかんでいた。もうひとりの男は穴にとびおりたが、ジョーンズがその上着の裾をつかみ、布地がびりっと裂ける音が私の耳にも届いた。リボルバーの銃身が明かりを受けてぎらっと光ったが、ホームズの乗馬用の鞭がしたたか男の手首にふりおろされ、拳銃はがちゃっと音をたてながら床石の上にころがった。

「抵抗は無駄だよ、ジョン・クレイ君」ホームズがものやわらかに言った。「もうのがれる途はない」

「そうらしいな」相手もおそろしいほど冷静に応じた。「せめて相棒だけでも助かってよかった——もっとも、あいつの上着の裾は助からなかったようだが」

「だめだよ、出口には三人の警官が待ち構えてる」ホームズが言った。

「おやおや、そうかい。すると、水も漏らさぬ手配がしてあったわけだ。褒めてやるぜ」

「きみもね」ホームズがやりかえした。「赤毛組合をでっちあげたきみのあの着想、じつに斬新で、効果的だった」

「相棒とはじきに会わせてやるからな」ジョーンズが言った。「あいつの逃げ足の速さときたら、このおれも顔負けだ。さあ、おとなしくその手を出せ。手錠《わっぱ》をはめてやる」

「おっと、悪いがその薄汚い手で、おれさまの体にさわらないでほしいね」手錠をかけられながらも、逮捕された男は減らず口をたたいた。「きさまは知らんかもしれんが、おれさまの体には王家の血が流れてるんだ。ついでに、おれにものを言うときには、〝殿下〟とか、〝おそれいりますが〟とか、敬語を使ってもらうのも悪くはない」

「はいはい、承知いたしました」ジョーンズが目を円くしながらも、くっくと笑って言いかえした。「それでは殿下、恐縮には存じまするが、どうぞ上階へお通りください。お馬車を用意して、殿下を警察署までお送り申しあげますので」

「ご苦労」ジョン・クレイは泰然としてそう言うと、片足を後ろにひき、片腕は体を巻きこむように曲げるという大仰なしぐさで一礼し、刑事に付き添われて静々と出ていった。

彼らのあとから連れだって地下室を出ながら、メリウェザー氏が言った。「いや、おそれいりました、ホームズさん。じっさい、あなたのお働きには、当行としてどうお礼を申しあげ、どうお報いすればよいのやらわかりません。あなたは、いまだかつてない大胆不敵な銀行襲撃計画を暴きだし、それを完膚《かんぷ》なきまでにたたきつぶされたのです」

「ジョン・クレイ氏とのあいだには、ぼく自身としても、いずれは清算せねばならぬ借りがひとつふたつあったのです」ホームズは言った。「今回の調査には、多少の経費がかかっていますが、これはそちらの銀行で負担していただけるでしょう。しかし、それ以上のことについては、すでにじゅうぶん報われています――多くの点で得がたい経験をさせてもらいましたし、赤毛組合というじつにすばらしい、珍重すべき話も聞くことができましたから」

「そうなんだよ、ワトスン君」ホームズが説明を始めたのは、明けがた近く、ベイカー街にもどって、ウイスキーソーダのグラスを前に、腰を落ち着けたときだった。「はじめからはっきりしていたのは、例の赤毛組合の広告とか、『大英百科事典』を筆写する仕事とか、こういういささか眉唾《まゆつば》くさい事業展開には、たったひとつの目的しかありえないということだった。要するに、あのあまり賢いとは言えない質店の主人を、毎日、ある一定時間、家から追っぱらうということさ。ずいぶんまわりくどいやりかたではあったが、あれ以上の手段を思いつくというのも、じつのところむずかしい。あれがクレイの天才的な頭脳のなかにめばえたそのきっかけ、それは言うまでもなく、相棒の髪の色だったろうね。標的をおびきだすための餌代に、週に四ポンドの費用がかかったが、たとえいくらかかろうと、何万ポンドという大金狙いの大博奕《おおばくち》に出てるんだから、それっぽっちはべつになんでもない。まず広告を出す。ワルの片割れが臨時の事務所を借り、もうひとりのワルが、広告に応募するように主人をそそのかす。これで首尾よく、週日は毎朝、確実に主人に店を留守にさせるお膳だてがととのったわけだ。店員が相場の半額の給料できてくれた、そう聞いたときから、ぼくはぴんときたのさ――そいつにはなにか、ぜひともその地位を確保したいという、強力な動機があるのにちがいない、とね」

「しかし、どうやってその動機をつきとめたんだ?」

「家に女でもいれば、けちな恋愛沙汰ぐらいにしか思わなかったろう。だがそれは今度の場合、問題外だ。商売は小さなものだし、家のなかにも、あれだけ手の込んだ準備をしたり、結構な経費をかけたりするほど値打ちのありそうなものなど、なにひとつない。すると、狙っているのはなにか店以外のところにあるものだ。いったいそれはなんだろう。ここでふと思いだしたのが、その店員が写真に凝《こ》っていて、なにかといえば、こそこそ地下室へ姿を消す、という話だ。地下室か！　それこそこの複雑にからまりあった謎の行きつくところにちがいない。そこでさらにこの店員について質問を重ねるうちに、わかってきたのは、ぼくの取り組まなきゃならない相手が、ロンドン一冷静沈着、しかも大胆このうえない犯罪者だということだった。そういう犯罪者が、地下室でなにかをたくらんでいる——毎日、何時間もかけて、しかもそれが何カ月かつづく、そんななにかをだ。いったいそれはなんだろう。あらためて考えてみた。どう頭をしぼってみても、地下室からどこかよその建物にむかって、トンネルを掘り進んでいる、というぐらいのことしか思いつけない。

ここまでは、きみといっしょに現場を見にいったときには、もう考えていたんだ。ステッキで舗道の敷石をたたいてみたりして、きみを驚かせたろう？　じつは確かめていたのさ——地下道が店の正面側へむかって掘られているのか、それとも裏へむけて掘られているのか。正面側ではなかった。そこではじめて呼び鈴を鳴らしたわけだが、はたせるかな、問題の店員が応対に出てきた。あいつとのあいだには、かつて何度か小競り合いもあったんだが、実際に顔を合わせたことは一度もない。あのときも、顔はろくに見なかった。見たかったのは、あいつの膝なんだ。そこがひどくすりきれて、皺くちゃで、汚れもひどかったのは、きっときみも気づいていただろう。長時間の土掘り作業を物語る証拠さ。残る問題はただひとつ、彼らがなにを狙って掘っているのかということだけだが、角を曲がってみて、依頼人の質店と背中合わせの位置に、シティー・アンド・サバーバン銀行があるのを見たときには、これで謎はすっかり解けたと、快哉《かいさい》を叫んだよ。演奏会のあと、きみはまっすぐ帰宅したが、ぼくはスコットランドヤードへまわり、さらに銀行の頭取を訪ねた。結果はきみも見たとおりだ」

「もうひとつ、連中がゆうべ仕事をするということは、どうしてわかったんだい？」私はたずねた。

「つまりね、彼らが赤毛組合の事務所をとじたということは、もうジェイベズ・ウィルスン氏がずっと在宅していても、彼らにとって支障ではなくなったということじゃないか。言いかえれば、トンネルが完成したということさ。しかもそのトンネルは、すぐにも使用することが肝要だ。時間がたてば、発見されるおそれも出てくるし、肝心の金貨がよそへ移されることも考えられる。土曜日ならば、逃亡するのに二日の余裕があるから、ほかの日よりも都合がいい。こうした理由をあれこれ考えあわせてみて、ゆうべ、決行に踏みきると予想したわけだ」

「いやあ、じつに鮮やかな推理だ」私は心の底から感嘆して、大声で賛辞を浴びせた。「長く連なった推理の連鎖、だがそれでいて、連環のひとつひとつが、真実の響きを伝えてくる」

「まあ退屈しのぎにはなったがね」ホームズがあくびまじりに言った。「おやおや、その退屈が早くもぶりかえしてきたぞ！　思うにぼくの一生というものは、平々凡々たる生きかたからのがれようとする闘いの、そのはてしなき連続じゃないのかな。その闘いでぼくを助けてくれるのが、こうしたささやかな事件なのさ」

「そしてきみは人類の恩人だ」私は言った。

ホームズは軽く肩をすくめた。「そう、まあ、結局のところ、いくらかは役に立っているかもな」そしてつづけた。「〝ひとはむなしく《ロム・セ・リアン》──芸術こそすべてだ《ルーヴル・セ・トゥ》〟──ギュスターヴ・フローベールが、ジョルジュ・サンドに書き送った言葉だよ」

# レントン館盗難事件

アーサー・モリスン
宇野利泰 訳

The Lenton Croft Robberies　一八九四年

**アーサー・モリスン** Arthur Morrison (1863.11.1-1945.12.4) はコナン・ドイルと同時代の推理小説作家。代表作はマーチン・ヒューイットを主人公とする短編集 *Martin Hewitt : Investigator* 1894 と、長編では『緑のダイヤ』（一九〇四）がある。本編はその短編集に含まれている一編で、古典の代表作の一つ。イギリス作家に共通する一つの特色であるが、この作品にも一種のたくまざるユーモアが感じられる。

ストランド通りに近い、とある横町に、ごく貧弱な事務所があった。いつもあけ放しにしてある入口をはいってうす汚ない階段をのぼっていくと、正面がドアになってすりガラスがはまっている。ほこりだらけになった上のほうには、ただヒューイットとだけ記して、右下に小さく事務室と書いてある。

ある朝、事務員たちがまだ出勤してまもないころ、この事務室の入口に、りゅうとした服装《なり》の若い男が眼鏡《めがね》を光らせながら駆け込んできた。とたんに階段の下で、小ぶとりの男と鉢合わせをしてしまった。

「これは失礼」眼鏡の男は言った。「ヒューイット探偵事務所はこちらですか?」

「たしか、そうでしたよ。事務員にきいてみたまえ」

相手はそのまま、トントンと階段をのぼって行ってしまった。

見るからに元気そうな丸顔に、剃刀《かみそり》をきれいにあてた男だった。

若い男はあとから階段をのぼって、鼻のつかえるような手ぜまな受付でインキで指のさきをまっ黒に汚したいたずらそうな給仕をつかまえると、所長に面会を申し込んだ。給仕は相手の名前と用件を簡単にメモに控えてドアの奥へはいっていったが、じきにあらわれて、さあどうぞと、奥へ案内した。

次の室に入ると、中央に大きな机をすえて、そのむこう側の椅子におさまりかえっているのは、なんといいましがた階段の下で、事務員にきいてみたまえと言ったばかりの男ではないか。

「やあ、これはロイドさんとおっしゃるか？　ヴァノン・ロイドさんですな」メモに目を通しながら、彼は愛想よく言った。「私はいつも、どなたにもこうしてご用件をうけたまわってから、お会いすることにしているんです。で、ジェイムズ・ノリス卿のことですか？」

「ジェイムズ卿の秘書を務めているロイドと申します。とつぜんではなはだ恐縮ですが、至急レントン館まで、先生のご足労をねがいたいと思いましてお伺いいたしました。じつは、卿からのご命令は電報でお招きせよとのことでしたが、あいにく先生の事務所の所在地《おところ》がはっきりしませんので、ご当地までやってまいりました。いかがでしょう、次の汽車でご出張ねがえませんでしょうか。パディントンを十一時半に発《た》つ汽車でしたら、いまからでも間に合うと存じますが——」

「そりゃあじゅうぶん間に合うでしょうが、しかし、ご用件を一応うかがってからにさせてもらいます」

「お邸《やしき》に盗難事件が起きたのです。お客さまの宝石が盗まれました。それも一回だけではなく、昨夜でちょうど三度目の事件になるのです。最初の盗難は数カ月——いえ、一年近く前でございました。まあお話はこんなことにして、先生に直接現場を見ていただきたいのです。それにご出張ねがうとなれば、電報を打っておかねばなりません。ジェイムズ卿が停車場までお迎えにおいでになると、おっしゃっていました。それで、至急電報でおしらせしないことには間に合わんのです。なにしろお邸から停車場までかなりの道のりでして、時間が相当かかりますから……。お引き受けいただけますね、ヒューイットさま。トワイフォード駅までいらしてくだされば」

「では、十一時半の汽車に乗ることにしましょう。君もそれでお帰りですか?」

「私はほかにも用件がありますので、あとの汽車で帰らせていただきます。では、失礼します。電報はすぐに打っておきますから――」

マーチン・ヒューイット氏はさっそく書類を片付けて机の引出しに鍵をかけると、給仕を呼んで、馬車を命じた。

トワイフォード停車場では、ジェイムズ・ノリス卿が馬車を用意して待っていた。卿は年齢こそ五十に近いが、元気に溢れた長身の男だった。そのばくだいな財産ばかりでなく、郷土史の権威としても、一応は世間に名を知られていた。ことにこの地方では、卿の狩猟好きを知らぬものはひとりもいない。そのかわり、卿の宏大な猟地は、密猟者にさんざん悩まされる場所でもあった。卿はヒューイットの姿を見ると、すぐに馬車に案内して、

「邸まで七マイルもあるので、話は馬車のなかでするとしよう。わしもこんな話は、だれにも知られずに、きみの耳にだけいれておきたいのだ。そう思ったので、わざわざここまで出向いてきたんだが」

ヒューイットはうなずいた。

「ロイドが話したことと思うが、君にここまできてもらったのは昨夜、邸に盗難があったからだ。それも、これが三度めでね。しかも、どの事件もおなじ手口のように思われた。犯人はたしかに同一人だ。事件というのはきのう、夕方近く――」

「ちょっとお待ちになって――お話は最初の事件から、順序を立ててうかがったほうが、はっきり呑みこめると思いますが――」

「それもそうだ。では、最初から話すとしよう。かれこれ十一カ月ほどまえになるが、わしの邸で、かなり盛大な晩餐会《ばんさんかい》をひらいた。客を大ぜい招いたが、そのなかにヒース大佐夫妻がおられた。夫人はわしの死んだ家内の友人で、君も知っとるかもしれんが、そのころ帰国したばかりだった。勤務地がインドであった関係から、夫人はいろいろな宝石をあつめていた。そのうちとくにすばらしいのは、真珠をちりばめた腕輪だった。ほれぼれするような大粒の真珠で、大佐がインドを去るにあたって、駐在していた侯国の王様《マハラジヤー》から、餞別《せんべつ》として贈られたものだそうだ。台座は東洋人一流の精巧きわまる金細工で、その軽いことといったら、まるでせみの羽だな。腕にはめていても、はめているのを忘れてしまうくらいだ。しかもその真珠たるや、一生のうち二度と見られるかどうかというくらいのしろものなのだ。

大佐夫妻の到着は晩餐会の日の夕方近くだったが、あくる日、昼の食事がすむと、男たちはそろって狩猟に出てしまった。そのあとで、わしの娘と妹が大佐夫人を誘って、わらび採りにいくことになった。ところがわしの妹ときては、いつの外出でも、じつに支度に手間どる女なのだ。娘はそれをじゅうぶん心得ているものだから、それまでのあいだ、大佐夫人の部屋で待ったことにしたのだった。

　すると夫人は婦人のくせとして、所持している宝石をずらりと並べ立てて、いろいろと自慢をはじめたのだった。そのうちに妹の支度ができたので、そのままみなはそろって外出してしまった。むろん例の腕輪も、ほかの宝石といっしょに化粧テーブルの上におきっ放しにしたままだった」

「ちょっとお待ちになって。みなさんお出かけのとき、ドアはしめてありましたか？」

「鍵もちゃんとかけておいたそうだ。それは娘がとくに注意したそうだから間違いない。というのは、当時館《やかた》に新規に雇い入れた召使がおったからなのだ」

「で、窓は？」

「窓はそのままだ。そこまではしめなかった。そしてしばらくして、わらびを手にして婦人連は帰ってきた。途中で出会ったとかいって、秘書のロイドもいっしょだった。そのときは、あたりはもう暗くなって、晩餐の時間にもまがなかった。大佐夫人は着換えに部屋に入った。すると――問題の腕輪が紛失しているんだ！」

「そのときの室内のもようは？」

「かきまわしたようすは全然なかった。きちんとして、出ていったときのまま。ただ腕輪だけが見当たらないのだ」

「警官をお呼びになったんでしょうね？」

「むろんだとも。あくる朝は警視庁《ヤード》からも出張してもらった。これがまた、なかなか炯眼《けいがん》な男でな。この男がさがしだしたものに、マッチの軸があった。腕輪のおいてあった化粧テーブルの上に、腕輪の場所からほんの一、二インチ離れて、マッチの燃えさしが残っていた。一度火をつけて、すぐに吹き消したものらしい。おかしいと思うのは、その日あの部屋でマッチなんか使った者はいないし、かりにおったとしても、燃えさしをテーブルの上に捨てるようなそんな非常識な人間は、わしの邸にはおらんはずだ。とにかく事件は、あたりが暗くなってから起こったもののようだ。犯人はいそいでマッチの光で、たくさんの宝石のうちから、いちばん金目《かねめ》のものをさがしだして持ち去ったと思われるんだ」

「なるほど。大佐夫人が帰られるちょっとまえだな。ほかのものには、ぜんぜん手も触れていないんですね？」

「なにひとつ手を触れていない。それに、婦人たちが散策から帰ってくるほんの少しまえの出来事なのに、だれも犯人の姿を見かけていないんだ。それからみると、奴は窓から逃げ去ったとしか考えられん。ところがよく調べてみると、その意見がまたあやしくなってくる。あの窓の近くに雨樋でもあれば、それを伝って地上におりるという手もあるが、そんなものは影もないのだ。もちろん邸内には梯子《はしご》ぐらいあるにはあるが、園丁《えんてい》が昼すぎにちょっと使って、あとは納屋《なや》にしまったままで、使用した形跡などまったくないそうだ」

「一度使って、また元どおりにしておいたのではないでしょうか？」

「警視庁《ヤード》の刑事も、最初はそう疑ったらしい。だいぶ園丁を責めたてていたが、なにも知らぬことはじきにわかったらしい。そのほか、邸の近くにあやしい男が立ちまわったという話も聞かぬし、それに宝石をテーブルの上においたまま外出するなぞということを、外部の人間に予測できるものでもない。まず犯人は、外からきて外へ逃げたものじゃない。邸のなかの者にちがいないというのが、そのときの警察側の結論だった。そこで召使たちの所持品をのこらず調べあげてみたが、それもやはりむだ骨だった。なんの見当もつかぬままに、そのまま捜査は打ち切られてしまった。最初の事件の経過というのは、そういったわけさ。どうだ。おわかりかな？」

「よくわかりました。おききしたい点も二、三ありますが、現場を拝見してからのことにしましょう。で、次の事件というのは？」

「その次に盗まれたのは、ほんの安物なので、ほかの事件がなければ、問題にもならんようなものだ。あれはヒース大佐夫人の事件があってから四カ月ほどたった、今年の二月のことだった。若い未亡人のアーミテイジ夫人というのがいる。

この女《ひと》たちは社交シーズンのあいだはロンドンを離れられないものだから、シーズンがすむと早々に、わしの邸を訪れるのが毎年の例になっている。このときもアーミテイジ夫人は一週間ほど滞在していかれた。

邸に到着された最初の日、まだ夫人は若くて元気のいいひとだから、着いてまだ三十分とたたぬのに娘のエヴァといっしょに、結婚前の知人たちを訪問したいといいだして、馬車を仕立てて村まで出かけていった。昼すぎに出発したので、ひとまわりしてもどってきたのは夕方おそく、やはり晩餐の時刻まぎわだった。

事件というのは、その留守のあいだに夫人の部屋で、小さなブローチが紛失したのだ。純金製ではあるが、外套《がいとう》かなにかの襟もとをとめる、わずか二、三ポンドの安物で、夫人は出がけにそれを、化粧テーブルの上の針刺しにひっかけておいたのだそうだ」

「部屋は大佐夫人のとおなじでしたか?」

「いや、べつの部屋だ。テーブルの上には指輪だのなにか、もっと高価な、それこそ十倍もねうちのある物が転がっていたのに、えりにえってその安物のブローチを持っていったというのが、どうにもふしぎでならんのだが――

ドアには鍵がかけてあった。アーミテイジ夫人自身は鍵をかけたかどうか、記憶がはなはだあいまいだったといった。とにかくもどってきてみると、鍵はたしかにかかっていたそうだ。わしの姪が留守番に残っていたのだが、ちょうどその日、ガス管がこわれたので工事夫をよんで修理させておった。その修理場所がちょうど夫人の部屋の近くだったので、その男を召喚してたしかめたが、やはりあの部屋には鍵がかかっていたそうだ。

もちろん工事夫の身元や素行は厳重に調べてみたが、実直そのものといった男で、盗みをはたらくような奴ではないそうだ。

問題は窓なんだが、それは当日の朝、なにかのはずみで引き綱が切れたので、アーミテイジ夫人はブラシを支えにして、一フィートほど開けたままにしておいたという。出ていくときもそうだったし、帰ってきたときも、やはりおなじ状態になっていたそうだ。しかしきみ、考えてみればこれは問題になるまい。引き綱の切れた窓を音もたてずにあけたり、ブラシの突っかい棒をそのままにして出入りするなんて、まず人間業《わざ》でできることではないからな」

「おっしゃるとおりです。しかし、ブローチはほんとうに盗まれたんですか。まさか夫人が、どこかにおき忘れたんではないでしょうな」

「邸じゅう、すみからすみまでさがしてみたよ」

「窓さえあければ、忍びこむことができるんですか？」

「忍びこもうと思えば簡単さ。あの窓の下は、撞球室《ビリヤード・ルーム》の屋根になっておる。あれはじつはわしの設計でな、最近建て増したものだが、その新しい部屋がちょうどあの部屋の窓の下にいくようになっている。だから、あの窓から屋根に出るのは容易なんだ。しかし、実際には犯人がそちらへ逃げたとは考えられない。なぜかというに、撞球室の屋根は採光のためにほとんどガラス張りなので、屋根を歩けばかならず下からまる見えなんだ。そしてあのころはちょうど、二時間ほどわしが練習をつづけておったときだから、そんな奴がいたら気がつかぬはずがないんだよ」

「なるほど。それからどうしました？」

「召使たちは全部厳重に取り調べた。あやしい者はひとりもおらん。よほどこのときも、警察を呼んでみようと思ったが、かんじんの夫人が反対するのでやめにした。あんな安物のブローチに大騒ぎするのはいやだというのだよ。それで結局、うやむやにしてしまったが、おそらく犯人は召使のうちにいるのだろう。高価な物を盗めば騒ぎが大きくなって足も早くつく恐れがあるので、わざわざ安いブローチを選んだのだろうというのがわしの意見さ」

「ごもっともです。ですが、犯人が素人《しろうと》だったとしたら、そんな選択などしている間がないはずです。それはとにかく、その二つの事件を連繫してお考えになられた根拠というと？」

「わしもはじめは、この二つの盗難に関連があるとは思っていなかった。ところが、ついひと月ほどまえのことだ。わしはブライトンで、偶然アーミテイジ夫人と出会ったのだ。そのとき話がたまたまあの事件のことになって、わしはヒース大佐夫人の腕輪が盗まれたときの話をくわしく話したんだ。すると夫人はいきなりびっくりしたように叫んだ。——あら、ふしぎですわ。わたしのときも、化粧テーブルの上にマッチがありましたわ、とね」

「マッチの燃えさしですね」

「つまり両方の事件で、おなじように化粧テーブルの上に、盗難品から一インチばかり離れたところに、マッチの燃えさしが落ちていたというのだ。どうだ、君。ふしぎだとは思わんか。それでわしは、ブライトンから帰るとすぐ、秘書のロイドを呼んで話してみた。彼もじつに奇怪だと言っておった」

「騒ぎ立てるほど重要な問題か、調べてみぬことにはわかりませんが、だいたいマッチなんてものはだれだって使うものですし——」

「とにかく、わしは奇妙な暗合に、ひどく驚かされたのだ。そこで警察をよんで、いままで届けもしなかったブローチの一件を説明して、あらためて捜査を依頼した。警察はさっそく、質屋方面を洗ってくれた。まえの腕輪事件でもその手配はしてくれたんだが、そのときはむだだった。しかしこんどのブローチは安物のことなので、犯人はすぐにでも質屋へ持っていきそうだから、それがきっかけになって、腕輪の行方《ゆくえ》までわかるのじゃないかと考えたわけだ」

「なかなかけっこうなお考えでした。それで、その結果は?」

「わしの予想はピタリ当たったよ。ロンドンに近いチェルシーのある質屋に、女がそれを入質にきたことがわかった。ただしかなり以前のことなので、どんな女だったか、質屋の主人も記憶がないそうだ。それに住所も氏名もまるでうそだと判明して、捜査の糸はそこでまた、ぷっつりと切れてしまったのだ」

「その質入れにくるまでのあいだに、お邸の召使のうちで、お暇をとっていた者はありませんか?」

「ひとりもないのだ」

「では、女が質屋にあらわれた日に、外出した召使は?」

「それもないね。全部の召使はその日、邸にそろっていたんだ。わしが直接きいてみたんだからまちがいない」

「では、次の事件に移っていただきましょう」

「それはついきのうのことだ。三度もおなじような事件がつづいたので、わしもとうとうたまりかねて、きみを呼びにやることにしたわけだ。こんどの事件というのはこうなのだ。まあ、聞いてくれたまえ。

わしの死んだ家内の妹が、先週の火曜日に遊びにきた。そこで例の腕輪の部屋をあてがったと思いたまえ。ところが、妹もまたブローチを持っていた。これはまえのような安物ではなく、死んだ父の肖像画のついた、形はいたって古風だが、三個の大きなダイヤモンドを囲んで、小さな宝石をたくさんちりばめた、それはじつに見事なものだ――おや、もう邸についたようだな。話のつづきは邸の内でするとしよう」

ヒューイットは男爵の手をおさえて、

「ああ、とめないで、ジェイムズ卿。このまま馬を走らせていてください。事件の顛末は、馬車のなかで残らずうかがっておきたいと思います」

「それもそうだな」

ジェイムズ卿は馬の頭を立て直した。ふたたび鞭をふるいながら、

「きのうの午後、妹は着換えの途中で、なにか用があったとみえて、わしの娘のところまで出かけて行った。娘の部屋はおなじ廊下のすぐそばなので、部屋を留守にした時間といっても、ほんの三、四分だったんだ。ところがもどってきてみると、テーブルの上においたブローチがなくなっている。こんどは窓もぴったりしめてあったし、むろんドアはあけ放しにしておいたが、娘の部屋もドアがあいていたのだから、だれかが近づけば、かならず足音が聞えたはずだ。そして、ふしぎなことはそれだけじゃない。わしは気絶せんばかりに驚いたんだが、ブローチのあった場所に、またもや例のマッチの燃えさしが残っていた！　しかも白昼、太陽はまだ空に高いというのにだよ！」

ヒューイットは鼻の先をこすりながら、じっと考えこんだ。

「なるほど、それはふしぎですね。そのほかにうかがっておくことはございませんか？」

「あとのことは、きみがさがすんだ。きみが到着するまで、部屋には鍵をかけたまま、だれも

はいれぬようにしてあるんだ」

「ご心配なく。万事私の腕におまかせ願いましょう。さあ、お邸へ馬車をまわしていただきますか――ときに、最近ご邸内に増築か改築のご予定はありませんか？」

「ないね。なぜだね？」

「それでは私は、お邸のお部屋の装飾の模様がえか、物置の馬車置場を造るので呼ばれたものだとおっしゃってください。建築技師だという触れ込みが、ご邸内を調査するのに便利だと思いますが――」

「きみの身分は絶対に秘密にしてある。家族とロイドのほかは、だれにも知らせてないよ。ぜひひとつ、骨を折ってくれたまえ。謝礼のところは、きみの事務所の規定料金に、さらに三百ポンド増額するつもりだ」

マーチン・ヒューイット君はうやうやしく一礼した。

「かならずご期待にそうつもりです。私も探偵を職としている以上、報酬の多いのにこしたことはありませんが、この事件は報酬よりもむしろ、事件そのものに興味をそそるものがありますから」

「わしも同意見だ。非常に怪奇な事件だよ。婦人が三人わしの邸に滞在した。化粧テーブルの上に宝石をおくと、たちまちにして盗まれてしまう。そのあとにはいつもかならずマッチの燃えさしが残っている。しかもその部屋たるや、どこを調べても忍びこむ余地などありえないときておる。しかもあとにはなんの手がかりも残っていないのだ！」

「私としましては、お部屋を拝見するまではなんの意見も申しあげたくはありませんが、まあ、おまかせ願いましょう。この世の中には、解決不能の事件なんてございませんから。おお、お邸のご門ですな。あそこにいるのが最初の事件のとき、梯子の一件で調べられたという園丁ですな」

ヒューイットは生垣《いけがき》にハサミをいれている男をあごでさした。

「そうだ。なにかきいてみたいことでもあるかな?」

「あとにしましょう。それよりか、私は建築技師で、お邸改築のためにうかがったのだということをお忘れなく。おさしつかえなければ、すぐにお部屋を拝見させていただきます」

「妹のカサノヴァ夫人の泊まった部屋か? すぐに案内しよう」

カサノヴァ夫人は中年の、かつての美しさはすでに失われてはいたが、まだまだ元気で快活な夫人だった。マーチン・ヒューイットの名前を聞くと、小腰をかがめて会釈して、

「まあ、ヒューイット先生。おいそがしいところをわざわざおそれいりました。先生のお力で犯人をさがしだしていただければ、こんなうれしいことはございません。お部屋にご案内しますから、よくお調べ願いますわ」

部屋は三階にあった——邸のいちばん高いところで、部屋の一隅にはぬぎすてた衣装類がまだそのままになっていた。

「事件当時のままですな」

「なにも動かしてはございません。事件が起こりますと、すぐにしめきりまして、わたくしは

ほかのお部屋を使っておりました」

　ヒューイットはさっそく化粧テーブルのまえに立ってみた。

「これが例のマッチの燃えさしですな。この場所にあったんですか？」

「そうですわ」

「ブローチはどのへんにおおきになりました？」

「マッチの場所とほとんどおなじでしたわ。一インチと離れていませんの」

　ヒューイットはマッチをとり上げて、ていねいにしらべていたが、

「火をつけて、すぐに吹き消したものですな。ときにおくさま、そのとき、マッチをする音は聞えませんでしたか？」

「聞えませんでしたわ」

「では、おくさま、ちょっとお嬢さまのお部屋までご足労願いましょう。実験をしてみたいんです。私がここで、マッチをすってみますから、音が聞えるかどうか、それに何度すったか、その数までおわかりでしたら、おっしゃっていただきましょう」

　その部屋のマッチ箱は空《から》だったので、卿の愛嬢の部屋からとりよせて、ヒューイットのいわゆる実験にとりかかった。ドアはしめてあったが、壁越しにはっきりと、マッチをする音が聞えてきた。

「きのう、おくさまのお部屋も、お嬢さまのも、どちらもドアはあいていたのですね」

「そうですわ」

「ありがとうございました、おくさま。さし当たっておききすることはそれだけです」

ヒューイットは戸口に立ってようすを見ている男爵にむかって、

「では、ほかのお部屋を拝見しましょう。それから、よろしかったらお邸の周囲を歩いてみたいんですが。ああ、それに例のマッチですが、まえの事件のときのは、お手もとに残っておりますか?」

「あれは警視庁《ヤード》へいってるよ」

アーミテイジ夫人のときの部屋も、べつに変わったところはなかった。窓の外、数フィート下に撞球室の屋根が見えて、採光のためのガラスが大きく光っていた。ヒューイットは四方の壁をひととおり見まわしてから家具や調度をていねいに改めると、こんどは外から窓のようすをみたいと言いだした。

「ジェイムズ卿。当時の情況をもっとくわしく思いだしていただけませんか。たとえばあなたさまご自身のことですが、三度の事件のときの行動を、お話し願えると参考になるのですが」

「最初の大佐夫人のときは、タグリイ森で狩猟の最中だった。アーミテイジ夫人のときもやはりそうだった。きのうは農場にいっておったんだ。しかしまさかきみは、このわしまで嫌疑者のうちにいれておるのじゃあるまいな」

彼はヒューイットの顔をみつめながら、声をたてて笑った。

「とんでもないことで。ただ卿ご自身の行動を思いだしていただければ、その日の邸内の動きが、いっそうよくわかることと思ったからです。どうか誤解のないように。それから、とくにだれかあやしいとお考えの者がありますか?」

「召使のことは、わしにはよくわからんな。きみがひとりひとりについて当たってみるんだな」

「私の方針としましては、事件当時における関係者の所在を確かめて、そのうち犯行の可能性のある者だけに目星をつけたいのです。物的証拠からも容疑者をひきだすこともできますが、いまいった方法のほうが手っとり早いのです。その点、ご協力願えれば助かるんですが——それから、あのときほかにはお客さまはありませんでしたか?」

「ひとりもなかったな」

「そうですか。それからお嬢さまは、たしか二度とも被害者の方とごいっしょに外出なさいましたね? お姪御はどうでしたか?」

「これはけしからん。ヒューイット君。わしは姪を容疑者扱いにさせるわけにはいかんぞ。彼女は両親に死に別れて以来、わしがずっとめんどうを見ておる娘で、あれを疑うようなことは、わしとして許しておけぬのだ」

ヒューイットは、またもあわてて手を振って、

「いま申しあげたばかりではありませんか。私はまだだれもあやしいときめているわけではありません。ただ捜査を楽に進めるために、事件の起こったときに、だれがどこにいたかをはっきり知りたいだけです。たしか二度めの事件で、アーミテイジ夫人のドアに鍵がかかっていたと証言されたのは、姪御さんだったと思いますが」

「そのとおりだ」

「当の夫人自身が、鍵のことにははっきりした記憶がないとのことですから、おたずねしてみただけです。――きのう姪御さんは外出されましたか」

「外出はせんと思うよ。あまり外出はしない性質でね。体が弱いもので、邸の内にばかりいる娘なんだ。ヒース大佐夫人の事件のときも邸の内にいたらしい。しかし、いずれにしても、彼女がこの事件に関係があるなどとは、わしにはとうてい信じられんな」

「誤解されては困ります。私はただ、みなさんの行動をおききしているだけなんです。ご家族はそれだけでしたね。あとの人たちのことは、あなたさまにはおわかりにならぬ。秘書のロイド氏のことだけはご承知でしょうが――」

「ロイド? ああ、彼は最初の事件のときは、婦人たちといっしょに戸外にいたようだ。二度めのときは、わしにはわからん。きのうはたぶん、自分の部屋にいたのだろう」

ジェイムズ卿はけげんそうに一見温和に見える探偵の肚《はら》に、どんな考えがひそんでいるのか、それをさぐるようにみつめていた。ヒューイットはにやにや笑いながら、

「ひとりの人間が、同時に二つの場所に姿をあらわすというのは、絶対に不可能なことなのです。だからこそ、アリバイが犯罪捜査の重要ポイントになっております。

私はそういったわけで事実を集めているのですが、次の手配としては、召使たちを調査したいと思います。お邸の外部を拝見させていただきましょうか」

レントン館は古い建物のことで、時代につれて次々と増築していったので、宏大ではあるが、きわめて散漫な感じの建築だった。ジェイムズ・ノリス卿自身の表現をかりれば、ドミノのゲ

ームを思わせるそうだ。三階になっているところは少しで、大部分は二階建てであった。

ヒューイットは邸の周囲をゆっくり歩きまわりながら、問題の二つの窓の真下までやってきた。立ちどまってしばらく見あげていたが、やがてまた歩きだして、厩《うまや》と馬車置場が並んで立っているところへ近づいた。馬丁がせっせと馬車の車輪を洗っていた。

「たばこをすわしていただきますよ。いかがです、この葉巻は？　おつけなさいませんか。そう強いものでもないつもりです。マッチがない。あの馬丁に借りてきましょう」

ジェイムズ卿がポケットでマッチをさぐっているあいだに、彼はサッサと馬車置場へ入っていった。馬丁に話しかけてマッチを借りると、葉巻の火をつけた。すると小屋の奥からかわいいテリアが走りよってきた。ヒューイットは犬の頭をなでながら、馬丁となにかしゃべりはじめた。ジェイムズ卿はしばらく小屋の外で小石を蹴ったりしながら待っていたが、ふたりの話がなかなか終わりそうもないので、あきらめた顔つきで先に帰っていった。

ヒューイットは二十分ちかくも話しあっていてから、邸へもどった。玄関でジェイムズ卿と出会うと、

「失礼しました、ジェイムズ卿。あのテリアは、なかなかけっこうな犬ですな」

「そうかね」

ほうっておかれたことに、卿はいささかお冠《かんむ》りのようすである。ヒューイットは卿の顔色など、いっこうに眼中にないようすで、

「もうひとつ、おききしておきたいことがあります。きのう、盗難のあったカサノヴァ夫人の

部屋はたしか三階でしたな。その真下の部屋はどなたがお使いになっています？」

「一階はわしの居間さ。二階はロイドの部屋だよ。彼はたしか、書斎に使っているはずだ」

「すると最初の事件のとき、犯人が大佐夫人の部屋に忍びこむのに庭から梯子をかけたとすると、あなたさまかロイド君の部屋からならば、見ることができたわけですね」

「警視庁《ヤード》から来た探偵も、きみとおなじことをいっておったよ。ところがあの事件のときは、あいにくとどちらの部屋にも人がいなかった。すくなくとも、窓から外を見ていた者はいなかったんだ」

「そこのところを私自身で調べてみたいと思います。あのとき下の部屋にだれかいたとしたらなにが見えたか、あるいはなにを見ることができなかったか、自分の目で確かめてみたいと思います」

ジェイムズ・ノリス卿は、まず彼を階下の居間に案内した。ドアのところで、若い婦人が書物を手にして急ぎ足で出てくるのに出会った。

「お嬢さまですか？」

「いや、わしの姪だ。なにかきくことがあれば、きいてみたまえ。ドラ、こちらはこんどの事件の捜査をお願いしたヒューイットさんだ。おまえ、知っていることは残らず話してさしあげなさい」

婦人は軽く会釈して答えた。

「わたくしですか？　でも、伯父さま。わたくし、なにも存じませんのよ」

「お嬢さま。アーミテイジ夫人の部屋には鍵がかかっていたそうですね」

「ええ、かかっていましたわ」

「鍵は内側からさしてありましたか?」

「さあ、わたくし、そこまでは気がつきませんでした」

「そうですか。ほかになにか、変わったことにお気づきになりませんでしたか? どんな些細《ささい》なことでもけっこうです。ひとつ、お聞かせくださいませんか?」

「なにもありませんわ、ほんとうに。わたくしちっとも憶えておりませんの」

「それは残念ですな。では、お部屋を拝見させていただきましょうか、ジェイムズ卿」

しかし卿の居間は、窓に一瞥《いちべつ》をくれたくらいで簡単に片づけて、すぐに二階へのぼっていった。そこはジェイムズ卿に聞いたように秘書のロイド氏の部屋だったが、ここでは、ヒューイットはまえよりよほどていねいに調べていた。

居心地はよさそうだが、調度類は婦人の部屋を思わせる趣味が濃厚で、家具の上には絹の刺繍細工を敷き、暖炉棚には日本製の舞扇が飾ってあるといったぐあいだった。窓ぎわには灰色の鸚鵡《おうむ》をいれた籠がかけてあり、机の上には花をさした花瓶がふたつも並べてあった。

「ロイドはごらんのとおり、ひどく趣味の繊細な男でね。そのせいか、留守のあいだに他人に部屋へはいられるのをとてもいやがるんだ。だから、腕輪事件のときもここにはだれもいなかったと思うがね」

「そうでしょうか?」

ヒューイットは鋭い目を窓の外に放ったまま、すっかり黙りこんでしまった。それから爪楊枝をとり出して、鳥籠の金網を突《つ》いて鸚鵡をからかったりしていたが、急にとんきょうな声を立てた。

「おや、むこうからもどってくるのは、ロイド君じゃないかな？」

「おお、ロイドだ。行ってみよう。この部屋にはまだ調べることがあるかね？」

「もうけっこうです。私もごいっしょに、あちらへ行きましょう」

二人は階下におりた。ジェイムズ卿はその足で秘書を迎えにいった。ヒューイットはホールで待っていたが、ジェイムズ卿がもどってくると、そっと耳もとでささやいた。

「ジェイムズ卿。どうやら犯人の目星がつきました」

「えっ？　それはほんとうか？　手がかりが見つかったのか？　だれがその犯人なのだ？」

「さよう。たしかな証拠を摑みました。説明するにはまだ時期が早いようですが、確信をもっています。しかし犯人が判明したとしたら、あなたさまは警察へお引き渡しになるおつもりですか？」

「もちろんさ。盗まれた品物はわしの物ではなし、この事件が解決せんことには、わしもさっぱりおちつけないんだ。たとえ被害者たちがゆるすといっても、わしがゆるすわけにはいかぬ。邸内で不埒《ふらち》を働いただけでも、黙ってほっておくことはできんのだ」

「わかりました。では、トワイフォードの警察まで使いを出して、警官を二名呼んでいただきましょう。ただし、お使いは召使ではないほうがよいと思いますが……」

「ではロイドをやろう。いまロンドンからもどってきたばかりで当人には気の毒だが、そういう重大用件なら彼にいってもらうよりしかたがあるまい」

「警官を二名、夕方までにお邸へ派遣するように言ってもらいたいのです。ロイド氏が同道してきてくれると、なおのことつごうがいいのですがな」

ジェイムズ卿はベルを鳴らし、ロイドはすぐに現われた。卿が使者の用件を述べているあいだ、ヒューイットは居間のなかをあちこち歩きまわっていた。

「お手数をかけてすみませんな、ロイドさん。私にはまだ調査の用件が残っていますし、信頼できる者でなくては使いにも出せませんので、ご足労をお願いする次第です。おもどりにごいっしょに連れてきていただけると好都合なんですがね。警官はふたりほしいのです。用件はそれだけです。召使たちには絶対に秘密にしておいてください。それから警官のうち、ひとりは女性にしてもらいましょうか。あの警察には女性もいるでしょうね。いや、そうでない。それはやめておこう。婦人たちの所持品捜査は、警察までいってやってもらえばいいんだから——」

ヒューイットはロイドと低声《こごえ》で打合わせをしながら、玄関まで送っていった。もどってくるのを待って、ジェイムズ卿は言った。

「ああ、ヒューイット君、まだ昼の食事をあげてなかったな。事件に気をとられて、すっかり忘れておった。晩餐は七時だから、そのまえになにか支度させよう、失礼したな」

「べつにご心配なさらんでも、ビスケットかなにか少しいただければけっこうです。できうれば、それもひとりですませたいのです——すこし考えてみたいことがあるのです。お部屋をひとつ貸していただけませんか」

「どれでも自由に使いたまえ。どこがいいかな。食堂では広すぎるし、わしの書斎はちょっと狭すぎるし……」

「ロイド氏の部屋はいかがですか？　三十分もあればけっこうですが――」

「いいとも。すぐに食事の支度をさせるから」

「お願いできれば、角砂糖とクルミをつけていただきたいんで――奇妙な嗜好《このみ》で、恐縮ですが」

「なに？　角砂糖とクルミだって？」

ジェイムズ卿は呼鈴を押そうとしていた手を止めて、けげんそうな顔で言った。

探偵の奇妙な嗜好に目を丸くしながら、卿は大股に部屋を出ていった。

「変わった注文だが、しかし、お望みとあらば持ってこさせよう」

まもなく玄関に馬車がもどってきた。階段の下で、ジェイムズ・ノリス卿とカサノヴァ夫人に出会った。ヒューイットはいそいで階下におりた。秘書のロイド氏と警官が二名おりてきた。ヒューイットはみると探偵の手に大きな鳥籠がぶらさがっているので、ふたりはまたしてもけげんそうな顔をした。ヒューイットは元気よく二人にむかって、

「いよいよ事件も終幕です。ちょうど、トワイフォードから警官も到着しました」

警官と並んでホールに立っていたロイドは、ヒューイットの手にした鸚鵡の籠を見ると、サッと顔色を変えた。

「この男ですよ、犯人は」

ヒューイットはロイドをさして警官に言った。

「なんだって、ロイドが犯人？　なにをばかなことを！」

ジェイムズ卿はあえぐような声を出した。

「ばかなことだかどうか、本人にきいていただくのですな」

ヒューイットはおちつきはらって言いはなった。ロイドはかたわらの椅子にからだを落としこむと、けさ彼自身がわざわざロンドンまで迎えにいった男の顔を凝視した。唇が痙攣《ひきつ》ったように動いているが、まるで声にはならなかった。上着のボタン穴からしおれた花が落ちた。彼は身動きもしなかった。

「共犯はこれですよ」

ヒューイットは鸚鵡の籠をテーブルの上におくと、

「もっとも、鸚鵡を摑まえてみたところで起訴するわけにはいきますまいが――」

鸚鵡は首をかしげて、しきりにしゃがれ声を立てていた。ジェイムズ・ノリス卿はあっけにとられたような顔つきで突っ立っていた。ロイドのほうは無意味な言葉を繰り返していた。

「この鳥が彼の相棒でもあり、手先でもあったのです。彼の仕事はみな鸚鵡を使ってやったのです。さあ、彼を逮捕してもらいましょう」

とどめを刺すようなヒューイットの言葉を聞くと、ロイドは椅子からまえに泳ぐようにのめり落ちて、ワッとむせび泣きはじめた。警官は彼の双腕をつかんで、椅子の上にひきずりあげた。

二時間ほどのち、ジェイムズ卿の書斎で大きな肩をゆすりながら、ヒューイットはしきりに説明をつづけていた。

「捜査理論といいましても、私はべつに、あらかじめ捜査の方法をきめてかかるわけではありません。すべて常識と観察眼にたよっているのです。こんどの事件にしても、まず私はマッチの燃えさしに目をつけました。警視庁《ヤード》の探偵もおなじところをねらったそうですが、私はそれによって、この三つの事件をつらぬく糸を発見したのです。

はじめから説明しますと、マッチの燃えさしが残っていたのは、テーブルの上を照らしてみる必要があったからではなかった。カサノヴァ夫人のばあいは、白昼の事件だったことからでも明瞭です。では、なんの目的でマッチがおいてあったか、はじめのうちは私にも、その理由が想像できませんでした。

泥棒という奴はなかなか迷信深いものでして、なかにはずいぶん奇妙なことをするものもあるんです。たとえば犯行の場所に、なにか残さずにはいられないというのがある。小石だとか石炭の塊とかを、わざわざ現場に残していく奴があるんです。私も最初は、この事件もそのくちかと考えました。

マッチはたしかに、そとからもちこまれたものにちがいない。実験してみるのに、マッチがほしいと思ったとき、あの部屋のマッチ箱は空《から》でした。そのマッチをすったのもあの部屋ではない。あの部屋ならば、お嬢さんのお部屋から音が聞えたはずです。その実験はあなた方の目の前でやってごらんにいれました。

　すると、このマッチはほかの部屋で一度つけて、すぐにまた吹き消してから、あの部屋に持ちこんだものといえます。なぜそんな手間のかかるまねをしたのでしょうか。目的もなしに持ちこむはずはありません。あらかじめ燃えさしにしておいたのは、そうしておかないとなにかのはずみに火が燃えだすことがあるのを恐れたからです。つまり私の考えでは、マッチが使われたのはどんな目的であったにしろ、マッチ本来の用途ではなく、ただ木の裂片としてのことだと信じたのです。

　以上の私の推論が正しいものとして、次の段階に進みましょう。このマッチを注意してごらんなさい。ここにこんな小さな、見えるか見えぬかわからぬくらいのくぼみが、両面に二つずつキチンとむかいあってついております。なにか鋭い道具ではさんだ痕《あと》と思われます。おわかりですか？　なんの痕だか？　ちょっと見当もつきかねると思いますが、これがなんと鳥のくちばしでくわえたあとなんです。

　どうです。ご納得がいかれましたか？　梯子も使わずに、ヒース大佐夫人の窓から入りこめたのは、鳥のほかにはありません。アーミテイジ夫人のときでも、窓はほんの一フィートぐらいしかあいてなかったんです。犯行の現場には、いろいろの物が散らばっていたのに、盗まれるものといっては、いつもきまって光った物が一個だけなのです。人間ならばほしいだけ盗んでいくでしょうが、鳥ではそうはいかなかったのです。

　では、なんで鸚鵡がマッチなどくわえこんだのですか。その理由はほかでもありません。そういうふうに馴らしてあったからなんです。あの鳥は元来、やかましくて騒々しい鳥なんです。忍びこんで、獲物をくわえ出してくるまで、なんとか静かにさせておく工夫が必要でした。いちばん簡単で効果的な方法といえば、ものをくわえて運び出すことを教えると同時に、忍びこむときにもなにかをくわえさせて、鳴き声を立てぬように仕込んでおくことです。一石二鳥というやつですな。

　私はそのとき、こがらすか、かささぎに思いつきました。こういった鳥は、人家から物を盗みだすので知られています。しかしそれにしては、マッチに残ったくちばしの痕が、あまりにも間隔があきすぎているので、これは大がらすかなと考えました。

　そこで馬車置場へ行って、馬丁からようすを聞きだしました。最初そこへやってきたテリアからはじめて、邸内に飼ってある動物のことをいろいろときいてみました。ところがからすは飼っていないとのことで一度はがっかりしましたが、そのときの会話はけっして無駄ではなかったんです。そこでマッチをもらってきたのですが、その太くて先の赤いマッチは問題のマッチとまったく同一で、これは邸内ではだれもがつかっているものだと知りました。

　それからそのとき、ロイド氏が鸚鵡を飼っていることを聞きだしました。これもなかなか怜《れい》悧《り》な鳥でして、わりに騒ぎたてないほうですし、よく馴らしてあることまで知りました。そのとき、これも馬丁のくちから聞いた話ですが、ロイド氏が鸚鵡を外套の下にかくして、庭園をもどってくるのを、ちょいちょい見かけたことがある、というのでした。そのときロイド氏は、どうもこのごろ鸚鵡のやつめ、籠の戸をあけて逃げだすことを覚えたので、捉えるのに骨がおれて困ると、さかんにぐちをこぼしていたそうです。

私はこのことを、あなた方には黙っていました。まだ確かな証拠を摑んだわけではなかったからです。で、私は機会をみて、ロイド氏の部屋に入って鸚鵡をからかっているうちに、第一の目的は確かめることができました。鳥は私のさし出す爪楊枝を嚙んでくれました。マッチとくらべてみるまでもなく、窪みの痕はぴったりと符合しました。私はこれで確信を得ました。マッチは決して照明用として使われたのではない。犯行のあったのは白昼なのです。いや、私の推論が正しいとすれば、むしろ白昼だからこそ行なわれたというのがより正確だったでしょう。

ヒース大佐夫人のときはドアがしめてあったが、窓はあけ放したままでした。で、二階にあるロイドの部屋から窓がまちに上がれば、鸚鵡を三階の窓に飛び入らせるのはきわめてたやすいことでした。くちばしにマッチをくわえさせて飛びこませたのです。三度が三度とも現場にマッチがあったのは、そういったわけなんです。この犯罪には人間の手では絶対に不可能なところがあって、それでいて明らかに人間の知恵が働いている――それがこの犯罪の特徴でした。

婦人たちがガヤガヤ騒ぎながら外出してしまうのを待って、すぐに犯行は行なわれました。ロイドは犯行後充分の余裕をもっていたので、婦人たちがわらびをつんで帰ってくるころを見はからって、わざと途中まで出迎えにいったりしたのでした。

マッチを小道具に選んだのも、よく考えたもんだと感心しました。マッチならば化粧テーブルの上にあったところでべつだんおかしくもなし、かりにあやしまれたにしても、かえって警察の捜査方面を誤らせる可能性が強いのです。

アーミテイジ夫人のときは安物のブローチが盗まれて、高価な指輪が助かった。犯人はよほどまぬけで、宝石の鑑識眼などゼロだと感じられますが、実際はまぬけどころか、この上なしの狡猾な男だったのです。ただ惜しいかな、手先になったのが人間でないので、宝石の値段などにはむとんちゃくだったというわけです。

第二の事件では、ドアはしまっていましたし、ガス工事夫が廊下で鉛管の修理をしていたのですから、廊下からはいる方法はありませんでした。窓はあいていたといっても、ブラシを突っかい棒にしてあるだけですから、人間がそこから忍びこんだとしたら、ブラシをはね飛ばしてしまったにちがいありません。ところが事実は、ブラシはいぜんとして窓の隙間の支えになっていました。犯人が外へ出てから、またブラシを元どおりにしておいたのでしょうか。まごまごしていたら、いつ見つけられるかわからぬように危険なとき、そんな面倒な細工をするほど用心深い男なら、ブローチを抜くのに針刺しに傷をつけるような乱暴なまねはしないはずです。

要するに、鳥だったんです。鳥だから、あの狭い隙間から入りこめもしたし、そのかわり人間でない悲しさに、ブローチを抜くのに針刺しを爪で押えたので、傷をつけたりしたのでした。

ところがきのう起こった事件では、まえのふたつとはだいぶもようがちがっていた。窓のほうはしまっていて、ドアがあいていました。カサノヴァ夫人が部屋をあけたのはほんの数分で、その間、人が出入りした足音は聞えませんでした。

この場合考えられるのは、最初から犯人は室内にひそんでいたことです。部屋のどこかに隠れていて、夫人が部屋をあけるのを待っていたとみるのです。あの部屋には掛布だのカーテンだのがいっぱいありますので、鳥が一羽かくれるくらい、いたって簡単なことなんですよ。夫人の姿がドアに消えるのを見すまして、鳥はさっそく獲物をくわえて、そのまま音を立てずにドアから逃げ出したのです。

おや、変な顔をなさいましたな。なるほど、そんな人間なみの分別がたかが鸚鵡なんかにあるものかというお考えですな。しかし、それはけっして不可能ではありません。元来こうした怪奇な事件では、想像もできぬような奇抜な手段が使われていることが多いのですが、この場合もそうでした。鳥だって仕込みかたしだいで、相当なことをやってのけられるわけです。ロンドンの街頭で、小鳥の見世物をごらんになったことはありませんか。もっとずっとやっかいな芸を、みごとに演じておりますよ。

といったわけで、私は自分の推論の正しさに確信をもってはいたのですが、念のために、鸚鵡にその芸当ができるかどうか、ためしてみたいと思いました。そこで用件をつくって、わざとロイドを留守にさせ、そのあいだに鸚鵡と親密になることを企てました。

ご承知のように、砂糖は鸚鵡の大好物です。クルミをふたつに割ったやつは、もっとやつの喜ぶものです。そのふたつを用意しまして、私は仕事にとりかかりました。はじめのうちはなかなか馴れてきませんでしたが、そのうちに例の芸当を演《や》りはじめました。籠の戸をあけて、マッチをくわえさせると、いきなりテーブルの上に飛び上ります。まっ先に目についたピカピカ光る物をマッチの代りにくわえこんで、手柄顔に部屋中を飛びまわるのでした。もっとも、私ははじめての相手なもので、獲物を渡してくれるところまではいきませんでしたが……

これだけ観察すれば、もうじゅうぶんではありませんか。ですが、時間の余裕がまだありましたので室内をさがしてみましたが、まがい物の指輪だの腕輪だのがいくつか出てきました。鸚鵡の訓練用に使ったものにちがいありません。

証拠としてはこれでじゅうぶんでしょう。彼はむろん自白しますよ。往生ぎわの悪い男でもなさそうです。しかしジェイムズ卿、カサノヴァ夫人のブローチは、お手許にもどるかどうか疑問ですよ。ロイドはきのうロンドンまでいきました。たぶん贓品《ぞうひん》を処分してきたのだと思います」

ヒューイットの話のあいだ、ジェイムズ卿の顔には驚愕と賛嘆の表情が交錯していた。話が終わると、パッパッと葉巻を強く吸って、

「だが、アーミテイジ夫人のブローチは、質屋へ女が持っていったようだが」

「あのころはそうでしたが、いまではもっと気持がすさんでいますよ。たぶんブローチは、ロンドンの女の手で金にかわっているでしょう。そうなったらもうこんりんざいわかりっこはありません。こうした手合いは、本当の住所などけっして言うものではありませんからね」

ふたりは、それからしばらく、葉巻をくゆらせるだけで黙りこんでいた。

ややあって、ヒューイットがまたこういった。

「あのロイドとしても、いかに鸚鵡を仕込んだからといって、いつもそう楽々と宝石を手に入

れていたわけではありますまい。おそらく成功したのはあの三度だけで、あとは何度も失敗を重ねたり、ハラハラするようなめにあったりしていたものと考えます。失敗しても、あなたが気がつかなかっただけですよ。馬丁が、ときどきロイドが鸚鵡を上着に隠して歩いているのを見たといっているのは、その失敗のときのことでしょう。

それにしても、あの思いつきだけは敵ながらあっぱれなものですよ。褒《ほ》めてやってよいと思いますね。かりに鳥が物をくわえだすところを他人《ひと》に見つけられても——なんという性悪な鳥だろう、これだから目が離せないんですよ、とたった一言いえば、それですんでしまうんですからね」

# 医師とその妻と時計

アンナ・キャサリン・グリーン
井上一夫 訳

The Doctor, His Wife and the Clock 一八九五年

**アンナ・キャサリン・グリーン** Anna Katharine Green (1846.11.11-1935.4.11)。アメリカの女流作家。一八七八年に長編『リーヴェンワース事件』を発表して一躍名声をえた。女性で推理小説の長編を書いた初めての人と云われている。『リーヴェンワース事件』は現在では古典の一作として完全に歴史的な存在になってしまったが、二十世紀の三〇年代に復刊されたこともある。本編はヴァン・ダインの推賞作で、構成の古めかしさが目だちはするものの、人情の機微をとらえた情緒は、すてがたい味を持っている。

I

一八五一年七月十七日、ニューヨーク市ラファイエット・プレイスの高級アパート、ザ・コロネイドで、すくなからず興味をひかれる悲劇が起こった。

高名にして深い尊敬をうけていた市民、ハスブルック氏が、自室で正体不明の犯人に襲われ、助けの手を待たずして射殺されてしまったのである。犯人は逃亡してしまった。しかも、運がいいのか、非凡な深謀の結果か、犯人は何一つ痕跡を残していないし、追及すべき手がかりもない。警察の当面した問題は、いかにしてこの犯人の身許をつきとめるかということだった。

事件の捜査はエベニーザー・グライスという若い刑事の担当となった。グライスの報告はこうだった――

私がラファイエット・プレイスについたのは、真夜中過ぎだったが、ザ・コロネイドの家々はどこも煌々《こうこう》と灯《あか》りをつけていた。興奮した男や女が、開いた戸口に集まって顔を出している。彼らの影が、絵のように美しいこの住居の玄関を飾る太い円柱《エンタシス》の影とまじりあっていた。

凶行の行なわれた家はこの建物のまんなかあたりで、まず女の悲鳴で町じゅうが目をさまし、ついで服を半分着かけた老僕が、ハスブルック氏の部屋の窓から、「人殺し！　人殺し！」と叫んだということは、現場のかなり手前から、私はいろいろな相手に聞いて知っていた。

ところが、ひとたび家に入ってみると、家人から聞き出せる事実があまりにもすくないので、すっかり驚いてしまった。最初にその老僕と話してみて、凶行について聞きだせたことは次のようなことだけだった。

ハスブルック夫妻と三人の召使からなる一家は、その夜、いつものようにいつもの時刻に床《とこ》についた。十一時には家じゅうの灯りが消え、ぜんぶ寝についたが、手広く事業をやっていたハスブルック氏は、しばしば不眠に悩んでいたことがあったから、あるいは眠れずにいたかもしれない。

ハスブルック夫人は、なにかの気配ではっと目がさめた。耳にのこる話し声は、夢だったろうか、それともほんとうに話し声が聞こえたのだろうか？　恐ろしい威嚇《いかく》にみちた、短いが鋭い声だった。気のせいだろうと寝につこうとすると、ドアのあたりからなんともいえないわけのわからない物音が聞こえてくる。ぞっとして息を殺し、こわさのあまり、隣りに寝ているはずの夫のほうに手を伸ばすこともできなかった。そのうちにまた別の音がする。こんどは気のせいでないと思って、勇をふるって夫を起こそうとした。ここで夫人は、ベッドには自分ひとりで、手のとどくところに夫がいないのに気づき、ぎょっとした。

こうなっては、もう不安どころの騒ぎではない。ベッドからとび降りると、あたりの暗闇を逆上した目つきで見透かそうとする。ところが、カーテンも鎧戸《よろいど》も、ハスブルック氏が床に入るまえにたんねんにおろしておいたので、なにも見えない。恐怖のあまり床《ゆか》にくずおれそうになったとき、部屋のむこう端で低いあえぎ声がし、つづいて押し殺したような声が聞こえた。

「なむさん！　しまった！」

聞いたこともない声だった。不安がつのって、思わず悲鳴をあげそうになったが、そのまえに逃げてゆく足音がして、じっと耳を澄ましていると、足音が階段を降り、玄関から出ていった。

もし彼女が事態を知っていたら――部屋の反対側の暗闇に倒れているのが何だかはっきりわかっていたら――おそらく玄関のドアのしまる音を聞いて、すぐに目の前の窓からバルコニーにとび出し、すぐ下の通りを走り去ってゆく影をひと目見ようとしたことだろう。しかし、暗闇にひっそりと倒れているものが何だかわからないので、彼女はその場に釘づけになっていた。そのとき、アスター・プレイスを通る馬車の音が彼女を力づけ、この呪縛《じゅばく》を解《と》いてくれなかったら、いつ彼女が動きだして、すぐ手の届くところにあったガス灯に火をつける元気が出たかわからなかった。

急に部屋がパッと明るくなり、見なれた壁や家具類が一時《いっとき》に姿を現わすと、一瞬彼女は、重苦しい悪夢から解放されて、いつもおなじみの日常生活にかえったような気がした。しかし、次の瞬間、また最前の恐怖がよみがえってきて、彼女のところからは見えない部屋の一隅を見に、ベッドの裾をまわっていくことを考えると、またぞっと身ぶるいするのだった。

しかし、こういう急場に現われる必死の勇気をふるい起こすと、やっとしりごみを抑えた。そろそろとはうように進み出ると、ちらっと目の前の床を見おろす。そこで、いちばん恐れていたことが起こっているのに気がついたのである。夫が額を撃《う》ち抜かれて、開いたドアの前にうつ伏せに倒れているのだった。

第一に衝動的に悲鳴をあげそうになったが、やっとの思いでそれを抑えると、最上階の部屋に寝ている召使を呼ぶため、狂気のようにベルを鳴らし、手ぢかの窓にとんでいって、窓をあけようとした。しかし、鎧戸はハスブルック氏が光や騒音が入らぬようしっかりボルトでしめていたので、やっと彼女がボルトを抜いたときには、通りには逃亡する犯人の影も形も見えなくなっていた。

悲しみと恐怖に打ちひしがれて、彼女が部屋にもどると、ちょうどそこに、驚いた三人の召使が階段を降りてきた。召使たちの顔が戸口に現われると、彼女はいまは息絶えた夫の死体を指さして示し、そこで急に自分の身にふりかかった悲運の恐ろしさにはっきり気がついたらしく、両手を上げると、そのまま気を失って床にたおれてしまった。

二人の女中がすぐに彼女の介抱にかかり、老僕はベッドをとびこえて、窓にかけより、街じゅうに叫び声を立てたのだった。

そのうちに、夫人も意識をとりもどし、主人の死体は丁重にベッドに置かれた。しかし、犯人の追跡にはなんの手も打っていなかったし、犯人の正体をつきとめるのに役立つような捜査はなにも手をつけていなかった。

家のなかのものはもちろん、近所の人々もこの降ってわいたような惨事に呆然としていて、犯人らしい人物はひとりもみあたらなかった。これは私にとっては、やっかいな事件だった。

私はいつものように、殺人現場から捜査をはじめた。部屋のなかにはなにも手がかりはないし、死体の状態からも、すでにわかっていること以外には何一つ新しい事実はあがらなかった。ハスブルック氏が床についていたこと、物音を聞きつけて起き、ドアに行くまえに撃たれたことなどはわかっている。ところが、それ以上手がかりになるものが何一つないのだ。状況が単純すぎて、かえって手がかりがない。こんなに手のつけようのない事件は、私もはじめてだった。

廊下や階段下の捜査では何も役に立つことは出なかった。戸締りのボルトや閂《かんぬき》を調べた結果、犯人が玄関から入ったか、あるいは戸締りをしたときはすでに家のなかにひそんでいたのだろうということがはっきりした。

「気の毒だが、奥さんにちょっとお目にかかりたいんだが」ここで私は、犬のように私についてて家の中をうろうろしていた、がたがたふるえている老僕にいった。

彼は一言も異議をはさまず、すぐに私を案内して、なりたての未亡人の前につれていった。彼女は、裏手の大きな部屋にひとりぼっちですわっていた。敷居をまたぐと、彼女はすぐに顔をあげた。素直ないい顔立ちで、ずるそうなところは薬にしたくもない。

「奥さん、お騒がせするつもりはありませんが、二、三おうかがいしたいことがありまして」私はいった。「すぐおいとまします。犯人が撃つまえに、なにかいったそうですが、なんといったのかはっきりお聞きになったんですか?」

「私、よく眠っておりました」彼女は答えた。「それで、夢うつつだったんですが、どこかで聞きなれない声が、『どうだ、私がいるとは思わなかったろう！』と、きめつけるような口調でいっているような気がしたんです。でも、この言葉が、ほんとうに主人にむかって投げられたものかどうかは、はっきり申せません。あの人は、人のうらみをかうような人ではないし、あの銃声といっしょに聞こえた口調は、よっぽど怒りにくるった人でなければ出せないような調子でしたから」

「しかし、拳銃で撃つなんてことは、お友だちの仕業とはいえませんからね。それに、その言葉から考えてもわかるとおり、犯人がただの物取りだけが目的でないとすると、あなたに思い当たるふしがないとしても、ご主人には敵があったということになります」

「まさか！」彼女は確信をもってきっぱりといった。「犯人はただの泥棒ですわ。見とがめられたはずみに人殺しまでしてしまったので、驚いて獲物をさがすのも忘れて逃げ出したんですわ。その男が恐怖と自責から『なむさん！　しまった！』と叫んだのをこの耳ではっきり聞いてますからね」

「それは、あなたがベッドのわきを離れるまえでしたね？」

「ええ、玄関のドアがしまるまで、私は身動きもできずにいましたから。こわいのと心配とで、からだがしびれてしまったみたいで」

「お宅では、玄関の夜の戸締りはいつもバネ錠だけでだいじょうぶだとお思いなんですか？　大きな錠前はかかっていなかったし、ドアの裾のボルトも差しこんでなかったそうですが」

「ドアの裾のボルトは、差したこともありませんわ。主人はものを疑うということを知らない善人でしたから。だから、大きいほうの錠前もいつもかけてなかったんです。鍵のぐあいが悪いので、四、五日まえに錠前屋に直しに出したんですが、まだかえってきてないんです。主人は、うちの玄関に手を出すような人間はあるまいと、笑っていました」

「お宅のその締めてあった錠のほうの鍵は、一つだけではないでしょうね?」

こんどはこうたずねたが、彼女は首を横に振った。

「すると、ご主人が最後にそれを使われたのは?」

「今夜、祈禱会から帰ったときです」こう答えると、急に彼女は涙にくれた。

痛手を受けてまもない、あまりにもなまなましい彼女の嘆きを見ては、これ以上質問をつづけて苦しめるのに忍びなかった。そこで私は、凶行の現場に帰ると、表のバルコニーに出てみた。すぐに、低い話し声が耳に入った。両隣りの住人もみなバルコニーに出て、こういうばあいにいいそうなことをいいあっている。私も職掌がらその場に立ち止まって、ちょっとのあいだ耳を傾けていた。別にとりあげるほどの話もないので、すぐにまた家に引っこんでしまおうとしたが、そこで右隣りのバルコニーに立ったとても優雅なご婦人が目にとまったのである。彼女はご亭主にぴったりよりそっていた。そのご亭主というのが、妙に目を据えて目の前の柱をじっと見つめているので私もいささか驚いたが、やがて彼が動こうとしたので、彼が盲目であることが私にもわかった。すぐに私は、この辺に盲目の医師がいて、腕もよければ人柄もすばらしいと評判であり、とくに彼が盲目であるということだけでなく、若くて美しいその妻のやさしいいたわりが注目の的になっていたことを思い出した。じっと立って見ていると、やがて彼女がやさしい愛情をこめた声でいうのが聞こえた。

「さあコンスタント、あすはお仕事がたくさんあるのよ。できたら、すこしは寝《やす》まなくてはいけないわ」

医師は円柱の陰から姿を現わした。街灯の光をまともに受けた彼の顔が、ちょっとの間こちらにもはっきり見えた。ギリシア神話の美少年アドニスの彫像のような端麗な顔だちで、顔色も彫像のように白かった。

「寝るだって！」感情を押し殺したような、わざとらしい声で彼はいった。「壁一重となりに人殺しがあったというのに、眠れるかね！」こういって彼は、ぼんやりと両手を前に出したが、それを見ては、ついいましがた背後の部屋で起こった事件を思い出して、思わずぞっとした。

夫の動作を見ていた妻は、手さぐりするその手の一つをとると、そっと自分の方へ引きよせた。

「こっちよ」夫をうながして家のなかに導き入れると、窓をしめてカーテンをおろす。美しい彼女の姿が見えなくなっただけで、街がまえより暗くなったような気がした。

よけいなことかもしれないが、当時私もまだ三十歳。若かったし、美人には弱かった。そこで私はバルコニーにぐずぐずしていて、できることならハスブルック家から帰るまえに、この珍しい夫婦のことを近所の人から何か聞きこもうとねばった。

私の聞いた話はごく簡単だった。ザブリスキー医師の盲目は生まれつきではなく、医師免許をとるとすぐにひどい大病にかかり、そのために視力を失ったのだった。たいていの男ならここでくじけてしまうのだが、彼はこの不幸にもめげず、開業するとすぐにこの道で成功し、難なくこの市でも一流の地区の医師としての地位を確立したのである。視力を失ってからは、おそろしく勘がよくなったらしく、見立て違いということはほとんどなかった。こういうことを考え、さらに彼のすぐれた人柄を見ると、彼が間もなく売れっ子の名医になり、顔を見るだけでもありがたがられ、その一言は絶対的なものと見られるようになったことは、なんの不思議もなかった。

彼は例の大病にかかったときは婚約していたが、病状の結果を知ると相手の若い女性に破談を申し入れた。しかし、女のほうで破談を承知せず、ふたりは結婚した。これはハスブルック氏殺害事件より五年もまえのことで、ラファイエット・プレイスのハスブルック家の隣りに住みついてからも三年になる。

お隣りの美人について知ったことは、これだけだった。

ハスブルック氏殺害犯人については、手がかりは何一つなかった。むろん私は、検屍審問《インクエスト》には何か手がかりになるような事実が現われるだろうと、そればかりを当てにしていた。ところが、この悲劇の底にかくれているような事実は、なにも出てきそうにもなかった。故人の日常の習慣や行動をどんなにたんねんに調べても、お定まりの善行と正直さしか出てこないし、彼自身の経歴や夫人の過去のなかにも、殺されるほど恨みをかうような秘密やかくされた弱味というようなものは見当たらなかった。押し入ってきたのは単なる物取りで、復讐のために撃ったように聞こえる例の言葉も、気のせいだったのかもしれないというハスブルック夫人の推測が、すぐに人々の信じるところとなった。しかし、警察は新しいこの線にそって、長いあいだ根気よく捜査をつづけたが、その努力もむなしく、事件は迷宮入りになりそうだった。

　しかし、謎が深ければ深いほど、ますます執念深くこの事件は私の頭から離れないのだった。こうして事件が迷宮入りになって五カ月ばかり後のある夜、私はとつぜん次のような言葉を耳にしたような気がして、眠りからとび起きた――

「ハスブルック氏の変死を知らせる最初の声を立てたのはだれだ？」

　私はすっかり興奮してしまって、額に玉の汗を浮かべていた。ハスブルック夫人の話が浮かんできた。私はその話を、そのとき目のあたりに聞いているようにはっきり覚えていた。夫の死体に面とむかったとき、彼女は悲鳴はあげなかったとはっきり断言していたのだ。しかし、だれかが悲鳴をあげたのだ。それも、かなり大声で。では、悲鳴をあげたのはだれだ？　急に階下の主人に呼ばれて、驚いた女中のひとりが悲鳴をあげたのか――それともだれか――偶然凶行を目撃したものがいるのだが、検屍審問《インクエスト》では恐怖かそれともだれかにいいふくめられるかして証言しなかったのではないか？

　手がかりが見つかるかもしれないと思うと、だいぶ日数はたってしまっていたが、私は矢も楯《たて》もたまらず、事件以来はじめて、ラファイエット・プレイスに足を踏み入れた。私の質問に気持よく答えてくれそうな連中を選んで聞いてまわったあげく、問題の晩、老僕サイラスの叫びのまえに女の声が聞こえたと証言できる人が大勢いることはわかったが、だれの声だろうということになると、だれにもはっきりしたことはわからないのだった。しかし、すぐにひとつだけはっきりしたことがわかった。その声は、女中たちがおびえて立てた声ではなかった。ふたりとも声は立てなかったとはっきりいっているし、サイラスが窓のところにとんでいって、大声でわめくまでは叫び声は一つも聞いていないというのだった。だれのあげた悲鳴にしろ、彼女たちが階段を降りてくるまえに立てられたものにちがいない。しかも、悲鳴は表の窓から聞こえたもので、女中たちの寝起きしている部屋のある裏手でなかったことははっきりしていた。では、もし隣家の主人があげた悲鳴だとすると——私の頭ではそれ以上のことは考えられなかったが、私はすぐに医師の家に行ってみようと思った。

　これにはかなりの勇気がいった。医師の妻は検屍審問《インクエスト》にも出ていたし、その優しさと気品のまじりあった美しさを白昼の光の下ではっきりと見てからは、どんなばあいにせよ彼女の清純な静けさを乱すようなことはためらわれるのだった。しかし、真の探偵なるものは一度つかんだ手がかりは軽々しく棄てるわけにはいかない。ましてやこのばあい、たかが一女性に嫌な顔をされるくらいで思いとどまることはできない。そこで私は思い切ってザブリスキー医師の家の呼鈴を鳴らした。

　いまでこそ私も七十歳だし、美しいご婦人の魅力にしりごみするようなこともなくなったが、正直な話、階下のりっぱな応接間に通されて、それからそのご婦人に会うのかと思うと、いささか胴ぶるいを禁じえなかった。しかし、すばらしい姿体の医師夫人が一歩部屋に入ってしまうと、私も気をとりなおし、職掌がら許される範囲のあつかましい目つきで彼女を見つめた。それというのも、彼女の顔つきには、こっちが驚くくらい心の乱れが現われていて、一言も切り出さないのに、彼女のふるえているのがわかったくらいだったからである。生来の気品と自制をもっている女性にして、なおかつそうだった。

「お顔は存じあげてるようですわ」彼女はつつましやかに進み出ていった。――「でも、お名前は――」こういって、手にした私の名刺を見て――「はじめてうかがうようですが」

「一年半ばかりまえにお目にかかったはずですが、ハスブルックさんの検屍審問《インクエスト》で証言台に立った刑事です」

彼女を驚かすつもりはなかったのだが、こう自己紹介すると、ただでも青白い彼女の顔がますます蒼白になり、じっと私を見ていた目をだんだんに床に伏せる。

「しまった！　えらいこったぞ！」私は考えた。

「いったい、私にどんなご用なんでしょう」彼女はすぐに、なにげない顔をしておだやかにいったが、私には少しもききめはなかった。

「お隣りの事件は、この辺でももうすっかり忘れられていると思いますが、もしお忘れでないとしても、いまさらこんなことをうかがいにあがったのは変だとお思いでしょうね」

「驚きましたわ」彼女は自分では気づかぬうちに興奮してしまったらしく、立ちあがりながらいったが、おかげでこっちもすわってはいられなかった。「何で私なんかにおたずねになるんですの？　でも、どうせお見えになったんだから――」こういいながら、彼女はがらりと態度を変えた。私も思わず胸を躍らせた。「もちろん、できるだけのことはお答えしますわ」

どんなに甘い声をだして色っぽい笑顔を見せても、私のような職業の男には不信をいだかせるだけというタイプの女がいるものだが、ザブリスキー夫人はそういう女ではなかった。美しい顔はしているが、表情は無邪気で、目に見えてその美しさを曇らせている動揺のかげにも、不正や虚偽はないと信じられた。しかし私にしてみれば、いわば闇のなかで手がかりをつかんだようなものだったから、自分が何をねらっているのか、ましてや彼女をどういう羽目に追いやろうとしているのかも知らずに、言葉をつづけた。

「ハスブルック家の隣りに住んでいるあなたに、まずお伺いしたいのはこういうことなのです。あの人が殺された晩、街じゅうに聞こえるような大声で悲鳴をあげたのはだれかということです」

この質問に、彼女が思わずあっと声を立てたので、私はいままで解けなかった謎の見えざる糸口を発見したと思った。ところが、調子に乗ってたたみかけるように次の質問をあびせようとすると、彼女はすっと前に出てきて、私の唇に手を当てる。

びっくりして、物問いたげに彼女をにらんだが、彼女は顔を横にむけて、ひどく心配そうにドアにじっと目をむけていたのだった。すぐに私にも、彼女の不安の種が読みとれた。ご亭主が帰ってきたのだ。彼女は私たちの話が主人の耳に入ることを恐れているのだった。

彼女が何を考えているのかわからなかったし、こんなことが彼女にどうしてそんな重大な意味があるのかもつかめずに、私は激しい興味をもって盲目の医師の近づいてくる足音に耳をすましていた。この部屋に入ってくるだろうか、それともすぐに裏手の診療室に入ってしまうだろうか？　彼女もそれを考えているらしく、彼がドアに近よって立ち止まり、開いている戸口でこっちに耳をむけているあいだは、息を殺しているようだった。

私は身動き一つしないで、わけもわからずに驚きの目で、じっと彼の顔をながめていた。それというのも、彼の顔は端麗に整った美しい顔というだけでなく、見る人の哀れみと関心を否応なしに呼び起こすような、心を打つ表情をもっていたからである。これは失明という不幸のせいか、それとももっと深いところに根ざすもののせいか、いずれにしても、その顔は深く私の心に焼きついて、彼の人柄というものに対する強い興味を引き起こした。彼はこの部屋に入ってくるだろうか？　それとも、このまま奥へ行ってしまうだろうか？　無言で訴える彼女の意図は、私にもよくわかった。しかし、こちらも無言で彼女の視線に答えながらも、私の仕事のためには彼が入ってきたほうがつごうがよさそうだと、なんとなくそんな気がしていた。

盲人というものは、失った視力の代わりに第六感というものを与えられるとよくいわれる。たしかにこっちは何の音も立てなかったのだが、彼が私たちのいることに気づいているのは私にもすぐにわかった。そそくさと部屋に入ってきながら、医師は情をこめたかん高いふるえ声でいった。

「ヘレン、いるのかい？」

一瞬、私は彼女が返事をしないつもりかなと思ったが、もちろんこれまでの経験から夫をあざむけないのがわかっているのだろう。私の唇をふさいだ手をおろしながら、彼女は陽気に答えた。

彼はこっちのかすかな物音を聞きつけて、なぜかはわからぬが別人のような顔つきになった。

「だれかいっしょにいるんだね」盲人らしい心もとなさのまったくない足どりで、彼はさらに一歩踏み出した。「親しいお友だちだね」皮肉のこもった語調で、強《し》いて明るさのない笑顔を浮かべてみせた。

これにこたえて彼女が、はっとばつが悪そうに顔を赤らめたのは、意味は一つしか考えられなかった。ご亭主は彼女が私と手をとりあっていたのではないかと疑っていたらしい。彼女は夫がそう考えているのを感づいていたし、私もそれに気づいているのが彼女にわかっているのだった。

彼女はすっと夫のそばによっていって、やさしい女らしい声だが、私にも聞こえるような声でいった。

「コンスタント、お友だちではありませんわ。お目にかかったこともない方よ。この方は、警察の方ですわ。ちょっとしたことをお聞きになりたいというんで、お見えになったんです。すぐ終わります。私もすぐ診療室に行くわ」

彼女が二つの罪のうちのどちらかを選ぼうとしているのが、私にもわかっていた。自尊心が許せば、彼女は家に刑事が来ていると夫に知らせるだけのつもりだったのだろうが、この言葉が彼におよぼす効果のほどは彼女も私も思ってもみないものだった。

「警察の方――」まるで見えない目で見ようとしているように、熱心に目を見張って、失われた視力をとりもどしたいと熱望するようにいった。「警察の人が、ちょっとしたことを聞きに来るなんて、考えられんよ。その方は、たぶん神の御許からつかわされた――」

「お話は私がしますわ」夫人は夫のそばにとんでいって、訴えるように、また命令するように激しく夫の腕をとらえて、あわてて口をはさんだ。それから、私のほうにむかって、いいわけをするようにいった。「ハスブルックさんが不慮の死をとげられてから、主人は正気の沙汰《さた》とは思えないような幻覚に悩まされどおしなんですのよ。この人は——コンスタント、そんな顔をしないで——あんな幻覚は昼間の光で見たらすっと消えてしまうことは、あんたにもわかっているくせに——そうなんですよ——この人は、この世界一の善人は、自分がハスブルックさんを殺した犯人だというんですのよ」

「それはまた」

「そんなことはできっこないのは、いまさら私がいうまでのこともありませんわ」彼女は夫に抗議するような口調で話をつづけた。「この人は目が不自由ですから、撃とうと思ったって、あんなにうまく撃てやしません。それに、この人は拳銃なんて持ってやしませんわ。話が合いっこないのは、説明するまでのこともないし、それに、この人の頭がどうかしていて、思ったよりあの事件のショックがこの人にとってはひどいものだったということも、説明するまでのこともないでしょう。この人は医者ですし、そんな実例はいくらも手がけて見てきてるでしょうにね。とにかくこの人は、ハスブルック氏とは大の仲よしだったんですよ！　いちばんの仲よしで、しかもこの人は自分が殺したんだといいながら、なぜそんなことをしたか、筋の立った理由は何一つあげられないというんですからね」

この言葉を聞きながら、医師の顔はきゅっと引きしまって、自動人形が不気味な動作を繰り返すような調子で口を開いた。

「彼を殺したのは私だ。あの部屋に行って、彼を射殺したのだ。彼には何の恨みもないのだから、いま恐ろしく良心の呵責にせめられていますよ。私を逮捕して、この罪の償《つぐな》いをさせてください。そうでもしなければ、私の気持がすまない」

狂人の繰り言とも思われるこの言葉に、夫人はわれを忘れてすっかり動転してしまい、夫の胸を放すと、夢中になって私にむかってまくしたてた。

「この人に、よく話してやってください！」叫ぶような声だった。「この人にそんな恐ろしいことができっこないのを、うんと質問ぜめにして、納得させてやってください！」

こんな悲劇にぶつかっては、若輩の分際として負い目を感じていたので、私自身も興奮を抑えるのに躍起になっていた。それに、彼女のいうとおり医師はいささか狂っていると思われ、こんなにはっきりと幻覚に固執して、しかもそれを正当化するような教養をもっている相手は、どう扱ったらいいのかわからなかった。しかし、おちついてはいられなかった。彼は私がその場で逮捕すると思っているらしく、両手をすっと前に突き出している。これは妻にとっては見るに忍びない光景だったろう。彼女は二人の間の床にうずくまって、恐怖と苦悩にわなないていた。

「ハスブルック氏を殺したといわれますが」私は口を開いた。「ピストルはどこで手に入れました？　それに、お隣りを出てから、ピストルはどう始末しました？」

「主人はピストルなんて持ってません。そんなもの、持ったこともないんです」ザブリスキー夫人が、激しく横合いからいった。「この人がそんなものを持ってるところを見たら、私はきっと——」

「ピストルは投げ捨てましたよ。玄関から出たとき、力いっぱい、遠くへ投げ捨ててしまいました。私も自分のやったことにおびえていましたからね。ひどく恐ろしかったんですよ」

「ピストルはまだ発見されていませんよ」私は笑顔を見せて答えた。このときは、彼の目が見えないのを忘れていたのである。「あれだけの殺人事件のあとで、通りで拳銃などが見つかったら、たいてい警察にとどけられるものですが」

「いいピストルは、相当の値うちがあるということをお忘れですな」医師は頑固《がんこ》にいいはった。「あんな大騒ぎになるまえに、だれかが通りかかり、値うちものが道端に転がっているのを見つけて、拾って持っていってしまったんですよ。まともな男ではないので、なまじっか警察の注意をひくよりは、自分で温めておいたほうがいいと思ったんでしょう」

「ふむ、ありうることですな。しかし、あなたはそのピストルを、どこで手に入れたんです？奥さんのおっしゃるとおり、まえから持っていたものでないとすると、どこで入手したかは説明できるはずですね」

「あの晩、友人から買ったのです。もうこの国にはいない友人ですから、名前をあげるつもりはありませんがね。私は——」医師は一息ついた。激しい熱のこもった顔をしている。彼は妻のほうに顔をむけ、低い叫び声を漏らした。夫人はそれを聞いて、はっと不安そうに夫の顔を見た。

「くわしいことはお話しするつもりはありませんが」医師は話した。「私は神に見棄てられ、恐ろしい罪を犯してしまったんです。私が当然の報いをうければ、私自身にもやすらぎがもたらされましょう。家内も仕合せになるでしょう。私の犯した罪のために、これ以上こんな恐ろしい苦しみを妻に与えたくありません」

「あなた！」愛情のこもった、必死の願いのこもった声だった。これには医師も心を動かされたらしく、一瞬、思い迷ったようだった。

「かわいそうに！」彼は衝動を抑えられぬように、妻のほうに手を伸ばしながらつぶやいた。しかし、彼のこうした変化はほんの瞬間的なもので、すぐにまた厳しい決然たる態度で自分自身を責めはじめた。「私を治安判事のところへ連行しますか？　もしそうなら、そのまえに片づけなければならないことがありますので、どうぞ立ち会ってください」

「私は逮捕状を持っていませんよ。それに、私にはそれほどの権限は与えられていませんからね。しかし、どうしてもとおっしゃるなら、帰って上司に報告しておきます。いちばん適切と思われる処置をとってくれるでしょう」

「私にとってもそのほうがつごうがいい」医師はいった。「自首して出ようと何回も考えたんですが、家庭や職業を捨てるまえに、他人に迷惑をかけないよう、片づけておかなければならないことがたくさんありましてね。では、ご用の節はいつでもここにおりますから」

医師は部屋を出ていった。哀れな若妻はひとり残されて、床にうずくまっている。恥ずかしさと恐怖に打ちひしがれている彼女に同情して、私は犯しもしない罪を告白する人間は珍しくないといってやった。そして彼の自由を拘束するまえに、じゅうぶん慎重な調査が行なわれるはずだと力づけてやった。

彼女は礼をのべると、ゆっくりと立ちあがりながら冷静さをとりもどそうとしたが、夫の自供内容だけでなく、その態度を見ても、この若妻には荷の重すぎる問題だったので、彼女の気持は容易におちつけるものではなかった。

「まえからこうなることを恐れていたんです」彼女も打ち明けた。「何カ月もまえから、あの人が発作的にあらぬことを口走ったり、世迷《よま》い言《ごと》をいうのではないかと心配していたんです。思いきって、この妄想についてほかの先生に相談しようと思ったんですが、ほかの点ではまったく正気なので、この恐ろしい秘密を世間に知られないように、ついためらってしまったんです。時がたつにつれて、毎日の仕事に追いかけられていれば、そのうちに正気に帰るだろうと希望をつないでいたのです。でも、妄想はますますひどくなり、あの人が自分で犯したといっている罪を、あの人のせいではないと納得させることは、もうどんな手をつくしても見込みはないのではないかと思うんです。目さえちゃんとしていれば、私にももっと希望がもてるんですが、盲人というものは、考えに沈む時間が常人より多いものですからねえ」

「当分のあいだは、ご主人をかってに妄想にふけらせておくほうがいいんじゃありませんか」私はいってみた。「もしご主人が、ほんとうに妄想のとりこになっているとしたら、さからってはかえって危険ですよ」

「もし……とおっしゃると？」驚きと恐れのこもった、なんともいえない口調で、彼女はおうむがえしにいった。「では、あの人のいってるのが事実だと、少しでも考えられるというんですか?」

「奥さん」私は職業がら身についたばかりの、いささか皮肉な調子をこめてやり返した。「あの殺人事件が近所じゅうに知れわたるまえに、あなたはなんであんな恐ろしい悲鳴をあげたんです?」

彼女は青い顔をして目をまるくしたが、そのうちにからだがふるえだした。いまでも私は確信しているが、それは私の言葉にひそんだ皮肉のせいではなく、私の質問によって、胸のうちに疑問が浮かんできたからである。

「私が?」こう聞きかえしたが、生まれついての素直な性質なのだろう、大胆率直に話をつづけてくれた。「あなたを迷わしたり、空頼みにすがりついていてもしようがありませんわね。お隣りで騒ぎだす直前に、たしかに私は悲鳴をあげましたわ。でもあれは事件が起こったことを知ったからではなく、ポキプシーへ出かけたと思った主人が、思いがけずひょっこり帰ってきたからなんです。いやに青い顔をしていたし、ようすも変でしたので、ちょっとの間、私は主人の生霊《いきりょう》かと思ったんです。でも主人は汽車から落ちたが奇跡的に無事だったと、不意に帰ってきたわけをすぐ説明してくれました。そこで私は主人の災難をなぐさめて、ふたりでおちつこうとしていると、お隣りから『人殺し、人殺し!』という、あの恐ろしい叫び声が聞こえてきたんです。自分も危ない目にあってショックを受けた直後のことですから、主人はすっかり動転してしまって、――あの人の頭がおかしくなったのは、あのときからだと思いますわ。

それというのは、主人はすぐにお隣りのできごとに、まともとは思えないような関心を示したからです。もっともいまお聞きになったようなことを口走るようになったのは、あれから何カ月、すくなくとも何週間かたってからのことでしたけれど。そう、あの人が寝言にそんなことをいつもいっていたので、私がそう教えてあげると、それ以来、罪を犯したのは自分で、罰を受けなければならないといいだすようになったんですわ」

「あの晩は、ご主人がポキプシーへお出かけと思ったのに、だしぬけに戸口に現われたので、あなたはびっくりしたんですね。ザブリスキー先生は、夜なかのそんな時間におひとりで外出されることがよくあったんですか?」

「主人が目がみえないのをお忘れですわね。盲人にとっては、夜のほうが昼間より危険が少ないんですよ。真夜中すぎに往診に行ったことは、ちょくちょくありました。でもあの晩にはハリイを連れていました。ハリイというのはうちの運転手で、遠出するときはいつも供につれていました」

「なるほど。そうすると、ハリイを召喚して事件について証言させれば、それだけでじゅうぶんなわけですな。ご主人がお隣りへ入ったかどうか、その男なら知ってるはずですから」

「ハリイはやめましたわ。いまは別の運転手を雇っています。それに、別にかくしておくこともありませんからお話ししますが、あの晩家に帰ったときは、ハリイはいっしょではなかったんです。主人の旅行鞄も翌日になって返ってきたんです。何か私には理由はわかりませんが、わけがあって主人はハリイと別れたんです。だからあの人が、およそあの人らしくないあんな罪をあの晩犯したといっても、私には返事のしようがないんです」

「それでふたりがなぜ別れたか、駅でそんなショックを受けたご主人を、なぜひとりで家に帰したのか、あなたはハリイに聞いてみなかったのですか？」

「ハリイがやめてしばらくたつまで、そんなことを聞いてみる必要があるとは思えませんでしたから」

「で、やめたのは？」

「それが、覚えていませんけど、あの恐ろしい晩から二、三週間、あるいは四、五日後だったかもしれません」

「その男は、いまはどこに？」

「あら、それこそ私、なにも知りませんわ。でも——」急に彼女は大声を立てた。「ハリイになんのご用なんです？　主人が家に帰るまでついていなかったとしたら、主人が苦しんでるのは妄想にすぎないとはっきりいってやれるような事実をハリイから聞き出すことはできませんわ」

「しかし、事故のあとでご主人が正気を失っていたというような——私たちの納得できるような話を聞き出せるかもしれませんよ」

「まあっ！」はっとしたように彼女はいった。「たとえ主人がそのとき気が狂っていたとしても、ハスブルックさんを撃ったとは私には信じられませんわ。どうしてあの人に、そんなことができます？　主人は盲目なんですよ。夜の戸締りをした家へ押し入るなんて、よっぽど目の鋭い人でなければできませんわ。ましてや、暗闇で一発で射殺するなんて」

「いや、そんなことは盲人でなければできないことなんだよ」戸口から声が聞こえた。「視力にたよる人間は、ねらう目標をすこしでも見なければ撃てないし、それにあの部屋は、話によると光は一筋も入っていなかった。ところが、盲人は音をたよりに撃つんだから、ハスブルック氏が声を立てたとき――」

「まあ！」恐れおののいた夫人が、声を立てた。「あんなことをいってるのに、だれも止めてくれる人がいないんでしょうか？」

## Ⅱ

前述の会見の委細を役所で上司に報告すると、そのうちふたりは医師の妻と同意見で、ザブリスキー医師のそんなあやしげな供述は頭の狂ったおかげだろうといった。しかしもうひとりの上役はこの件をとりあげてみたいらしく、私の意見はどうなんだとたずねるような目つきをしてみせた。私もそうたずねられたつもりになって、次のような結論を述べてみた。つまり、頭が狂っていたかどうかは別として、いずれにしてもハスブルック氏の命を奪った一撃は、ザブリスキー医師の手によって発射されたものだろうというのである。

警部自身もそう考えていたらしいが、ほかのふたりには異論があった。とくにそのうちのひとりは医師とは長年のつきあいのある人物だった。そこで妥協案として、みんなで医師に会って話を聞くまでは結論は出さないということになり、翌日の午後、私が医師を彼らのところへつれてくることになった。

医師はいたって素直についてきたし、夫人もつきそってきた。ラファイエット・プレイスから役所までのわずかなあいだにふたりを観察する機会ができたが、なかなかおもしろい興味のある見ものだった。医師の顔は平静ではあるが絶望的で、夫人の臆説が事実なら目は狂暴に光っていそうなものだが、暗い謎を秘めた目には狂騒や不安の色はなかった。一度だけ口をひらいたが、夫人が夫の気をひこうとたえずもじもじしているのに、耳をかそうともしない。妻が身近について気づかっているということをやさしく知らせようと、彼女はそっと夫のほうに手をさしのべさえした。しかし、医師は目ばかりでなく耳も聞こえなくなったように、固くなって考えごとにふけっていた。彼女がどんなにその胸中を知りたがっていたか、私にはわかるような気がした。

彼女の顔つきにも、不可解なところがないとはいえなかった。顔じゅうのどこを見ても、真実のこもった心づかいと打ちひしがれた感じが現われていて、ちらちらと不安のただよう深い優しさがみなぎっていた。しかし彼女のほうでもご主人と同様、このまえに会ったときには想像もつかなかったような根深い不信をいだいてしまったらしく、それがふたりのあいだにヴェールのようにわだかまって、ふたりは胸を貫くような歓喜と言語に絶する苦しみを同時に感じているようだった。どんな不信だろう？　夫のほうにむける彼女の愛情こめた目差しをこうまで曇らせる不安とは、どんな不安なのだろう？　彼女が私の存在にまったく無関心なところを見ると、すすんで警察に自首していくという夫の立場からくるものでないことはわかっていた。それにときどき夫を見あげる彼女の顔つきの必死になってたずねようとしている目つきからも、なにひとつわからなかった。見えない目やかたくつぐんだ唇から、夫の考えをさぐろうとしてみても、せいぜい理性を失ってしまったのだろうということぐらいしか彼女にも読みとれなかったのだろう。

車が止まると、ふたりはめいめいの考えごとから目覚めたようだった。医師が妻のほうに顔をむけると、彼女は手をのばして夫を車から降ろそうとする。そのときには、それまでの彼女のおずおずした態度はなくなっていた。

夫の案内人としてなら彼女はなんの不安もいだいていないが、愛する妻としては彼女はすべてが不安なのだった。

「表面に現われているこのはっきりした悲劇のうらに、まだなにか深刻な悲劇がかくされているな」待っていた連中のところへ行くふたりの後を歩きながら、私は腹のなかでそう考えていた。

ザブリスキー医師の態度は、彼を知っている人々にとっては、はっとするようなものだった。穏やかで率直だが、静かな決意を秘めている口ぶりもそうだった。

「ハスブルック氏を撃ったのは私です」逆上したり自棄《やけ》になったような色はすこしも見せずに、

彼はキッパリといった。「なぜそんなことをしたかとたずねられても、お答えはできませんが、どうやってやったかという質問になら、事件に関して知ってる限りのことをお話ししましょう」「しかし、先生」医師の知り合いの警部が口をはさんだ。「いまのところ、われわれにとっては動機がいちばんかんじんな問題なんですがね。なんの罪科もない人を殺すような凶悪犯罪をあなたがやったのだとわれわれに納得させたいなら、あなたの本性や日常の行動とおよそかけ離れたそんな行為をなぜやったか、筋の立った理由をうかがわなければなりませんよ」

しかし医師は平然として話をつづけた。

「ハスブルック氏を殺す理由はなかったんです。その点については、いくらおたずねになっても、お答えのしようがありません。どういうふうにしてやったか、その点をきいていただいたほうがいい」

こういわれた三人の警官の顔つきを見て、夫人は深いため息をついた。「おわかりでしょう。この人は正気ではないんです」ため息はこう訴えているようだった。

私の考えもぐらつきはじめたが、これまでもこういう難事件に役立ってきた私の直観が、みんなの意見に従ってしまうのは考えものだぞと命じていた。

「どうやってあの家に入ったか、たずねてみたらどうです」私は手近にいたD警部にささやいた。

すぐに警部は、私のいった質問を口に出した。

「殺人事件の起こったその深夜に、あなたはどうやってあの家に入ったんです?」

盲目の医師は胸に顔を伏せて、はじめてこのときだけためらった。「信じてはくださらんでしょうが、私が行ったときはドアがすこしあいていたんです。あんなことが犯罪を助長するんですねえ——まあ、こんな恐ろしいことをしでかした私にとって、弁解になるのはこんなことぐらいなものですな」

夜中の十一時半に、れっきとした市民の家の玄関があけっ放しになっていた。こんなことをいえば、聞いているものはだれでも、話している人物が狂っているという確信を深めてしまうだろう。ザブリスキー夫人が愁眉《しゅうび》をひらいて、夫と話している人々に思わずほっとしたように手をさしのべたときは、一瞬彼女の美しさに後光がさすようだった。私だけは泰然自若《たいぜんじじゃく》としていた。この犯罪の説明として、意味をなしそうな考えが、稲妻のように私の頭にひらめいた。考えてみなければいけないことには違いないが、心の底では嫌でしようがないという考え方だった。

「ザブリスキー先生」医師といちばん親しい警部がいった。「ハスブルック氏のお宅のあのような老僕が、夜中の十二時に玄関をあけ放しにしておくなんて、考えられませんよ」

「でも、あいていたんですよ」盲目の医師は静かに力をこめて繰り返した。「あいていたから、私は入っていったんです。出てきたときにはしめておきましたよ。私の言葉について、誓約が必要ですか？　もし必要なら、宣誓してもいいですよ」

こちらには、なんと返事のしようがあるだろう？　だれが考えても同情を禁じえないような、盲目という不幸を背負って、これまでも頭のさがるような努力をしてりっぱな人物になったこの医師が、意志の力で語調を抑えながら、淡々と凶悪な犯罪を犯したと自分を責めているさまは、見ているだけでもつらくて、むだ口を吐けるものではなかった。好奇心は消えて同情となり、一同は思わず、夫のそばにひしとよりそった若い妻に同情の目をむけた。

「目が見えない人にしては、この犯行は巧妙で抜けめがなさすぎますよ」警部のひとりが口を切った。「そんなに造作なく寝室まで入って行けるほど、あなたはハスブルック家のようすに通じていたんですか?」

「私はよく——」医師がいいかけた。

ここで彼の妻が、こらえきれないように口をはさんだ。

「この人は、あのお宅のことはよく知りません。玄関よりなかに入ったことがないんです。なぜ——なぜそんなことを聞くんです？ あなた方にはわからないんですか？ この人は——」

医師の手が妻の口を押えて、命令するようにいった。

「お黙り！ 家のなかを歩きまわる私の勘のよさは、おまえも知ってるはずだ。行ったこともないはじめての家でも、知らない人は私が盲人とは気がつかないくらいに、器用にじゃまなものをよけて歩けるのは知ってるだろう。私が正気でないなどと警察の人に思わせようとするのはやめてくれ。さもないと、私はほんとうに気が狂ってしまうよ」

てこでも動かないというような、冷静で動じぬ医師の顔つきは、まるで仮面のようだった。恐怖にゆがみ、物問いたげな表情が早くも疑惑の影となってゆく医師の妻の顔は、こっちがぎょっとするくらい打ちひしがれた惨めさを物語っていた。

「相手が見えないのに、ピストルで撃ち殺すことができるんですか?」やっとのことで、警視がたずねた。

「ピストルをくだされば、お目にかけましょう」即座に医師は答えた。

夫人の口から低い叫び声がもれた。手近の机の引出しに、ピストルが入っていたが、だれもそれを取り出そうとはしなかった。医師の目には、その場でピストルを持たせるのは不安だと思わせる表情が浮かんでいたからである。

「人並みすぐれた射撃の腕があることは、みとめることにしましょう」警視はそう答えると、私を招いて小声でいった。「この事件は警察じゃなくて医者の扱う仕事だね。この人を穏やかに連れ出して、サウスヤード医師に私の言葉を伝えたまえ」

ところがザブリスキー医師は、超自然的ともいうべき鋭い聴覚があるらしく、この言葉を聞きつけてはっと驚き、はじめてほんとうの熱のこもった声でいった。

「いや、それだけは頼むからやめてくれ。それだけはがまんできない。ねえ皆さん、私は盲人ですよ。そばにいるのがだれだか、私には見えないんですよ。狂人の証拠を見つけようと、いつもスパイたちに監視されているとしたら、私の生活はそのまま地獄みたいなものです。死刑だろうが、恥辱だろうが、この場ですぐに断罪されたほうがましだ。そういうことなら、身から出た錆《さび》だからやむをえません。私の犯した罪の当然の報いですからね——しかし、狂人扱いはひどい……そんな目にあわせないでください!」

激しい熱をこめた口調だったが、礼を失したいい方ではなかったので、こちらは妙に感銘をうけてしまった。ただ彼の妻だけは、胸中につのりくる恐怖に身をこわばらせて、白蠟のように血の気を失ったその顔は、激情にゆがんだ夫の顔より、正視に耐えぬくらい恐ろしかった。

「家内が私を正常でないと思うのはむりありません」医師は自分の声に応じる答えがないのを恐れるように、話をつづけた。「しかし、あなた方は真偽を鑑別するのが商売でしょう。私が異常かどうか、見ればわかるはずですよ」

D警部はそれ以上ためらってはいなかった。「よろしい。あなたの供述が真実だという証拠を、すこしでもいいから見せていただきましょう。それさえ出たら、こちらもあなたの事件を検事のほうにまわします」

「証拠？　本人の自供が――」

「自供だけで、裏付ける証拠がなくてはなんにもなりません。あなたのばあい、証拠が一つもないのだ。凶行に使ったというピストルも出して見せられないというんですからね」

「ほんとうのことなんだ、ほんとうですよ。自分のしでかしたことが恐ろしくなったのと、自衛本能というやつから、私にできる方法で凶器を始末したにすぎません。とにかく、だれかがあのピストルは見つけているはずです。あの事件の晩、だれかがラファイエット・プレイスの歩道でピストルを拾っているはずです。広告を出してください。賞金をかければいい。金なら私がはらいます」だしぬけに彼は、これまでの話が他人にどう聞こえるか気がついたようだった。「ああ！」彼は叫んだ。「こんな話が、信じられないと思うのはわかっています。しかし、ありそうもないことが毎日起こっていることは、毎日人間関係というものの奥底をさぐっているあなた方には、当然わかっているはずですよ」

　これが狂人のたわごとだろうか？　私には夫人の恐怖がわかりかけてきた。

「ピストルを買った相手は——ああ！　その名前は、どうしてもいうわけにはいかないんです。なにもかも、私に不利なことばかりだ。証拠は一つもあげられません。しかし、この妻さえ、いまでは私の話がほんとうではないかと恐れるようになってきています。あれがだまってしまったのが、なによりの証拠です。私たち夫婦のあいだに、大きな口をあけている深淵のような沈黙なんです」

　この言葉に応じて、情熱を吐き出すように激しく彼女が口をひらいた。

「違います、うそです！　あなたにそんな残酷なことができるとは、私には信じられません。あなたは、私の大事な、心のきれいなコンスタントよ。冷たくて意地っぱりだけど、なにも心にやましいところのないあなたなのよ。あんなことは、ただの妄想ですわ」

「ヘレン、おまえは私の味方になれないね」医師は妻をやさしく押しのけながらいった。「君自身が私の無実を信じるのはいいが、ほかの人に私の言葉を疑わせるようなことはいわないでおくれ」

　彼女はそれ以上口を出さなかったが、目には無量の恨みがこもっていた。

　医師はすぐに勾留してくれと切望したが、結局聞き届けられなかった。彼は自分の家に帰るのが恐ろしいらしく、またこれからは自分が監視されなければならないのだということを、本能的に感じとったようだった。部屋を出るとき、手を引こうとする妻の手をふりはらった彼の姿は、見るも痛ましいものだったが、後に従っていった警官たちの足音を、ふりかえって耳を傾けて聞いたときの、やっぱりというような鋭い苦い顔にくらべれば、ものの数でもなかった。「これからは、自分がひとりでいられるかどうかわからなくなるでしょう」これが、われわれの前を立ち去る彼の最後の言葉だった。

＊

前述の尋問を聞きながら私の頭に浮かんだ考えは、上役の連中にはだまっていた。医師の行動の謎をすこしばかり説明できる一つの解釈が私の頭に浮かんでいた。しかし、それをお偉方の判断にまかせるまえに、もうすこし筋が通っているかどうか確かめる時間と機会がほしかった。しかも、それはぜんぶ自分でやらなければならなくなりそうだった。盲目の医師が有罪かどうか、警部たちの意見はまだ二つにわかれていた。地方検事はこの話を聞くと、ひややかに鼻で笑って、医師の自供を裏づけるもっとはっきりした証拠が現われるまでは手をつけるなといったからである。

「実際罪を犯したのなら、なぜ動機を出すのをためらったりするんだ」検事はいった。「それに、もし絞首台に上りたいなら、なぜそのためにいちばんかんじんなところをかくしたりするんだ？　正真正銘の狂人だよ。刑務所よりも保護施設へ行けばいいんだ」

しかし、検事のこの意見には私は同意できなかったし、時がたつにつれて心のなかの疑惑がはっきりと形をとってきて、しまいには一種の信念のようなものになってしまった。ザブリスキー医師は、自分でみとめているとおり、たしかに罪を犯しているのだが、彼は――まあこの先は、もうすこし成行きをはっきりさせてからのことにしよう。

ザブリスキー医師はほっといてくれとかんかんになって怒ったが、脳の病気に腕がいいというある若い医師が、彼を診《み》ることになった。その医師は、警察といささかつながりがあったので、ある朝、彼がつけるように命ぜられた観察日記の次のような抜萃《ばっすい》を私のところへ届けてよこした。

医師は深い憂鬱《ゆううつ》に沈みこんでいる。ときにはその憂鬱から抜け出ようと努力するのだが、めったにうまくゆかない。きのうは患家《かんか》を一まわりして、病気を理由に引退するといってきた。だが診療室はあけてあるので、きょうは彼が押しかけてきた大勢の患者を迎え入れ、診断治療をしているところを目撃することができた。こっちは隠れてようすをうかがうつもりだったのだが、彼は私のいることに気がついていたらしい。というのは、部屋に入ってきた瞬間から、聞き耳を立てているような表情を変えず、一度などは両手を広げて部屋じゅうを、すみずみまでさぐりまわったくらいだから。もう少しで、私のかくれていたカーテンも、さぐられるところだった。しかし、私がかくれているのではないかと疑いながらも、そう嫌な顔は見せなかった。おそらく、医療の腕のたしかなところを見せておきたかったのだろう。

実際、きょうの彼のように、種々雑多な患者をテキパキと診断してゆくすばらしい腕前は、私はこれまで見たこともない。たしかに彼は、一流の腕ききの医師だし、仕事にかけて、彼の精神は、一点の曇りもないほど健全だといわねばならない。

ザブリスキー医師は妻を愛しているが、その愛し方ゆえに妻を苦しめてもいるのだ。妻が留守のときは彼はすっかりしおれてしまうのだが、帰ってきても、彼のほうからは口もきかないことがある。また、口をきいても、黙っていられるより妻にとってはつらいような、ぎごちないいきき方なのだ。きょう、彼女が帰ってきたときに私も居合わせた。表の階段を上がるときは元気のよかった彼女の足どりが、部屋に近づくにつれて力なくなる。夫のほうでもそれには気づいているらしく、それを自分なりにかってに解釈しているのだった。それまで青白かった彼の顔が急に赤くなり、神経質そうにからだがふるえる。かくそうとするが、だめなのだった。しかし、すらっとした美しい彼女の姿が戸口に現われるころには、彼はいつもとすこしも変わらないようすにもどっている。ただ、目つきだけはそのまま、切望に燃えてじっと正面をにらんでいる。この目つきは、見たことのある人でなければ気がつかないだろう。

「どこへ行ってきたんだ、ヘレン?」聞きたくはないんだがというように、彼は妻を迎えながらたずねる。

「母のところと、アーノルド・アンド・コンスタープル百貨店、それから、いわれたとおり病院にもよってきましたわ」すらすらとよどみなく彼女は早口で答える。

彼はさらに妻に近よると、その手をとった。しかも医者としての私の目から見ると、彼がなにげなく妻の脈所の上に指を置いているのが目をひいた。

「ほかにはどこも？」

彼女は世にも悲しげな笑顔を浮かべると、かぶりをふった。やがて、夫にはそれが見えないのを思い出して、悲しそうにいう。

「どこもよるわけないでしょ、コンスタント。早く帰りたくて」ここで彼は妻の手を放すと思ったが、彼はそうしなかった。彼の指は、まだ妻の脈搏をさぐっている。

「それで、外でどんな人と会った？」彼は質問をつづけた。

彼女は夫に、何人かの名前を報告した。

「さぞ楽しかったことだろうね」妻の手を放しながら、背を向けると、彼は冷やかにいった。しかし、その態度にはほっとしたようなところがあり、こんなことまでして若い妻の心をさぐらなければならないこの男の哀れな立場に、同情を禁じえなかった。

しかし、彼女とむきあってみると、彼女がすこしも夫より仕合せな立場でないことがわかった。彼女が涙を流すのは珍しくはないが、このときの涙は、これから先の彼女の将来にも、すこしの安らぎもないことを約束するような悲痛さがこもっていた。しかし、彼女は急いで涙をふくと、夫に楽をさせようとかいがいしく立ち働くのだった。

私に女性の値打ちをはかれといわれたら、ヘレン・ザブリスキーはたいていの女性よりもすぐれているといおう。夫が彼女を信じていないのは、はっきりしているが、夫に対する彼女の態度がそうさせるのか、それとも彼の精神異常のせいにすぎないのか、私にはどちらともきめかねた。私はこの夫婦をふたりきりにしておくのが恐ろしいような気がした。しかし、ご主人とふたりきりのときは気をつけたほうがいいと私がいうと、彼女はおだやかな笑顔を浮かべて、夫が彼女に手でもあげてくれれば、こんなうれしいことはない、それこそ彼が、自分の行為や考えに責任がもてないことを雄弁に語ってくれるからだというのだった。

それにしても、この感情的で不幸な男に彼女が傷つけられるとしたら、見るに忍びないことだろう。

気づいたことは細かいこともぜんぶ知らせよということだから、これも報告しておかなければならないと思うが、ザブリスキー医師は妻をいたわろうとしながらも、いざとなると、うまくゆかないのだった。彼女が夫に手をかして案内役になったり、夫の郵便物の世話をしたり、そういう夫の不幸を気づかういろいろなやさしい世話をやくたびに、彼はていねいにやさしく礼をいうのだが、こんなきまりきった言葉を聞かされるより、彼女は、一度でもやさしく抱いてくれたり、やさしい笑顔でも見せてもらったほうがうれしいのだということが、私にはよくわかっていた。目が見えないからそうなったのだともいいきれないが、彼の行動の矛盾をほかにどう考えたらいいのだろう？

心の痛手に悩む二つの情景が、いまも私の目の前に浮かんでいる。正午に私は診療室の戸口からなかをのぞいてみた。ザブリスキー医師がいつもの大きな椅子で、瞑想にふけっているのか、意識の底に混沌《こんとん》としている思い出にふけっているのか、じっとすわっているのが目に入った。握りしめた拳を椅子の腕においているが、その手の一つが、女ものの手袋をつかんでいるのに気がついた。夫人が今朝していた手袋だということは、すぐにわかった。彼はそれを、まるで虎が獲物をつかんだように、守銭奴《しゆせんど》が金をつかんだようにしっかりとにぎりしめていたが、きっとなった表情や見えないその目の色は、彼の心中で、優しさなど入りこむ余地のない、激しい感情の葛藤《かつとう》がくりひろげられていることを物語っていた。

いつもならどんな物音にも敏感な彼が、そのときは夢中になっていたらしく、私のいることに気がつかない。そこで私も、造作なくそっとそばに忍びよることができた。そうやってまる一分間も立っていたが、目の見えない人間がひそかに苦しんでいるところをそんなふうにスパイすることが恥ずかしくてたまらなくなり、私は思わず背を向けてしまった。しかし、そのまえに私は、彼の顔つきが激しい愛情の嵐にゆるみ、長いあいだ握りしめていた生命なきヤギ革の手袋に、雨のように接吻するさまを見ることができた。そんなことをしていたくせに、一時間後に妻と腕を組んで食堂に入ったときは、妻に対する態度にそれまでと変わったような気配を全然見せないのだった。

もう一つの光景は、もっと悲劇的だった。私はべつにザブリスキー夫人のことはなにも気にかけていなかったのだが、一時間ばかりまえ、三階の自室に上がってくる途中、数時間前の彼女の夫と同じように、私の姿も目に入らないような感情の発作に襲われて、すらっとした彼女が両手を頭上に上げたまま走ってくるのとすれちがった。そのときその口からもれた言葉は、確か「子供がないのが不幸中の幸いだわ！」と聞こえたようだったが、この絶叫は、彼女の情熱と抑えきれない衝動を意味しているのではなかろうか？

＊

この抜萃と並べて、かくいう私、エベニーザー・グライスは、自分の日記から次のような文を抜いてみた。

今朝は隣りのホテルの二階の窓から、ザブリスキー家を五時間見張る。医師が車で往診に出かけるところと、帰るところを見る。黒人がひとり供をしている。

きょうはザブリスキー夫人を尾行。こんなことをするには、わけがあるのだ。もっとも、どんなわけかはいわぬが花。彼女はまずワシントン・プレイスに行った。ここには、彼女の母親が住んでいるのだそうだ。そこにしばらくいて、車でキャナル・ストリートへ行き、そこでいくらか買物。それから病院によったが、病院ではなかまでついていくことができた。ここでは、彼女は顔がうれているらしく、部屋から部屋へ、笑顔を見せて歩きまわったが、その笑顔に心の痛手を秘めているのを、知っているのは私だけだったろう。彼女が病院を出ると私もしたがったが、ザブリスキー夫人という人が、悲しいときにもうれしいときと同様に、しなければならないことはちゃんとやる人だということがわかっただけだった。たしかにまれにみるようなしっかりした女性だが、ご亭主は彼女を信じていない。なぜだろう?

きょうはハスブルック氏の死ぬまえの、ザブリスキー医師夫妻の生活をくわしく調べまわるのに一日つぶしてしまった。話の出所をここであげるのは愚かしいから省略するが、ザブリスキー夫人を色気がありすぎると非難する敵がいないでもないということがわかった。また、彼女は人まえで体面を汚したようなことはないのだが、ザブリスキーは盲目になって仕合せだ、妻の美しさが見えたところで、ほかの連中がその美しさをどんなに賛美しているか知ったら、みじめな思いをするのが関の山だと公言するものも、ひとりやふたりではなかった。

こうした噂は、多かれ少なかれ誇張されたものに違いないが、具体的な名前がからんだ噂となると、火のないところに煙は立たないものだ。そこに一人の名前があがってきたのである。ここでわざわざ名を出すまでのこともないし、事実とみとめたくはないのだが、ご亭主の嫉妬《しっと》をまねきかねない、ある人物の名なのだった。たしかに、彼女がいまでも夫以外の男の気をひいてみたり、笑顔を見せたりしているというようなことは、おくびにも出した者はいなかった。それというのも、事件のあった例の夜以来、医師も夫人もごく親しい人々にしか顔を見せなかったし、いまいった邪悪な蛇のような誘惑者が忍びこめるようなばあいではなかった。また、不幸と苦悩の家庭のなかでは、にこにこ笑顔を見せて熱を上げてみたところで、彼女には通じるものではない。

そんなわけで、私の仮説の一部ははっきり証明された。ザブリスキー医師は妻に嫉妬をいだいている。それがちゃんとした根拠のあるものか否かはまだきめられない。現在のところは彼女は、夫婦ともにまきこまれた悲劇に打ちひしがれているが、現在の生活の疑惑の雲が晴れた暁には、打って変わったようになるだろうし、彼女にいいよる男どもも数えきれぬくらいになるだろう。

やっとハリイの居所をつきとめた。ハドスン河を何マイルか上ったところに勤めているので、私も数時間はこっちの仕事がお留守になるが、骨折り損ということにもなるまい。

ついに光明。ハリイに会ってきた。警官でなければできない手を使って、うまく話を聞き出すこともできた。彼の話は、だいたい次のようなものだった。例の晩、彼は八時に主人の旅行鞄を荷づくりし、十時に車を呼んで、医師といっしょに二十九番ストリート駅へ行った。往診に呼ばれたポキプシーまでの切符を買うようにいいつけられて、彼は切符を買うと急いでプラットフォームに出ている主人を追った。列車のところまではふたりは並んで行ったのだが、ザブリスキー医師が列車に乗りかけたとき、ひとりの男があらわれて、ふたりの間に割りこんできて、医師の耳になにかささやいた。すると医師は、よろよろと後ろによろめいて足を踏みはずす。ザブリスキー医師の半身は列車とフォームの間に落ちてしまった。怪我《けが》のないうちにすぐに引き上げられたものの、ちょうどそのとき列車がガクンと動いたので、医師もひどく驚いたにちがいない。起きあがったときは顔面蒼白で、ハリイがふたたび列車に助け乗せようとすると、乗ろうともしないで、今夜はポキプシーへ行くのはやめて家へ帰るといった。

医師に話しかけた問題の男は、ハリイがいま見ると、医師の親友のスタントン氏だったが、妙な笑いを浮かべてこのようすを見て、医師の腕をとると自分の車のほうへつれていった。ハリイももちろんその後についていったが、医師は彼の足音を聞きつけてふりかえり、いやに厳しい口調で、バスに乗って帰れと命じたが、やがて思いなおしたように、かわりにポキプシーに行き、今夜は駅で事故があったショックで診察ができないから明朝うかがうと、患者の家人に伝えるようにいいつけた。ハリイは妙な話だとは思ったが、べつに主人のいいつけにそむく理由もないので、汽車でポキプシーへ行った。ところが、翌朝になっても医師は現われず、電報で帰れといってきた。帰ってみると、ひと月分の給料をくれてお払い箱にされてしまった。これでハリイとザブリスキー家は縁が切れてしまったというのである。

夫人から聞いた話を裏づける簡単な話だったが、ここには貴重な鎖の一環があるかもしれない。一八五一年七月十七日の夜、ザブリスキー医師が自宅に帰ったほんとうの理由を、シオドア・スタントン氏は知っているのだ。だから、私はスタントン氏と会ってみなければならない、それがあすの仕事だ。

そうだ！《チェックメイト》 シオドア・スタントンは、この国にはいない。これでザブリスキー医師がピストルを買った相手が彼だろうということがわかるが、しかしこっちの仕事は楽になるどころか、ますますむずかしくなってくる。

スタントン氏の行方《ゆくえ》は、彼のいちばん親しい人たちも知らない。去年の七月十八日に、つまりハスブルック氏殺害事件の翌日に、恐ろしく唐突《とうとつ》に船でこの国を離れてしまったのだ。親戚とすら表向きは音信不通ということになっているところを見ると、まるで高飛びでもしているようだ。ハスブルック氏を撃ったのはこの男なのだろうか？ そうではない。だが、あの晩ザブリスキー医師の手にピストルを与えたのは彼だし、何か目的があってやったことかどうかはわからないが、続いて起こった破局に驚いて、ヨーロッパ行きの最初の船に乗ったのはたしかだ。ここまではっきりしたが、まだ未解決の謎がいくつもあり、私も全知を絞らなければなるまい。ところで、ザブリスキー夫人とからんで名前の出てきたあの男をさがし出して、そいつとスタントン氏、あるいはあの晩のできごととを結びつけることができないだろうか？

発見《ユリイカ》せり！　スタントン氏が前記の男に、不倶戴天《ふぐたいてん》の憎しみをいだいていたことがわかった。彼はこの気持を隠していたようだが、だからといってなまやさしい憎しみではなかったようである。自分ではむちゃなまねは一度もやってはいなかったが、例の男に不意打ちをくわせてやろうという動機は充分にあるのだ。そこで、もしこの悪友メフィストフェレスが、盲目のファウストともいうべきザブリスキー医師の耳に、ひそかな暗示をあたえたと立証できれば、この迷路から抜け出す事実をつかんだことになるだろう。
　しかし、あの女性に累《るい》をおよぼさないように、こんな微妙な秘密にどうやって近よることができるだろう？　不幸な夫に愛情をささげている彼女には、それだけで私は尊敬を禁じえないのだ。

　ジョー・スミザーズにたよるよりしようがない。いつもなら彼にたのむのは嫌なのだが、金になることならやってくれるだろうし、われわれに手の届かないような連中から真相を引き出す策略にかけては腕がいいので、私は彼の貪欲と才略を利用せずばなるまい。彼はある意味では偉い男で、こっちでたのんで集めた情報をほかに売るようなことはしない。彼がこの事件の解明にどのくらい役立つか？　また、必要なこういう微妙きわまる情報を、どんな策略を使って手に入れるか？　私にもたしかに興味津々《しんしん》たるものがある。

今夜のできごとは、とくに詳細に書かなければなるまい。ジョー・スミザーズが警察にとって貴重な存在だということは私も知っていたが、彼がこれほど優れた才能をもっているとは思わなかった。今朝、私に手紙をよこして、うまくT氏と今宵一夜を過ごす約束をしたといってきた。さらに、自宅の召使には休暇をやってあるから、同席したければ酒の給仕人としてきてもよいとすすめるのである。

私もぜひT氏をこの目で見ておきたかったので、スパイになってこいという招待を受け、指定の時刻にユニヴァーシティ・ビルのスミザーズ氏の居室へ行った。その部屋の光景はあざやかに私の目にやきついている。あちらこちらに天井まで積みあげた本が、部屋のなかに絶好の隠れ場や隅を作り、さらに木枠にはめた二枚の古ぼけた絵が、その隠れ場を完全なものにしていた。この絵は主人の気まぐれや必要に応じて、飾ったりはずしたりすることができるようになっているのだった。

この絵の影になる暗いところが気にいったので、私は二枚とも絵を引き出して、私がのぞき見するのにつごうよいように配置をかえ、それから腰をおろして、いっしょに入ってくることになっているふたりの紳士のご入来を待った。

すぐにふたりが現われたので、私は立ちあがって、できるだけ慎重に役割を果たした。T氏の外套《がいとう》をぬがせながら、私はちらとその顔をうかがった。大した男まえではないが、明るい人目を引く顔立ちで、たしかに女好きのする顔だった。態度がとりわけ魅力的で、その声はこれまで聞いたこともないような豊かな声で、話し上手《じょうず》だった。心ならずも私は、彼をザブリスキー医師と比較してみたが、たいていの女なら、医師の美しい顔や才知より、この男の人をひきつけるような話しぶりや態度にひかれるだろうと思った。ただ、ザブリスキー夫人にとって、これがあてはまるかどうか、私には疑わしいと思った。

すぐにふたりはしゃべりはじめた。話題は陽気だが、とりとめもないことばかりだった。スミザーズ氏がお得意のなにくわぬ調子で、次から次へと話題を変えていったからだ。おそらくT氏の博識ぶりを引き立たせるためもあったろうが、千変万化の話題をさらけだすことによって、客によけいな印象を与えず、かんじんの話題にもっていこうという、深謀遠慮のせいであろう。

酒瓶が一本、二本、三本と片づいてゆくうちに、ジョー・スミザーズの目がしだいにおちついてゆくにひきかえて、T氏の目がますます陽気にふらふらしてくるのに気がついた。最後の一本で、ふたりとももうたくさんだという合図をすると、ジョーは私に意味ありげな目くばせをした。これから今夜の、ほんとうの仕事がはじまるのだ。

客の疑惑を招くまいとしたので、ジョーはかんじんなことを聞き出すのを五、六回も失敗したが、それまでのことは書くつもりはない。うまくいったところだけを書こう。ふたりはかれこれ二時間ばかりもしゃべりつづけていたが、ずっとまえに私はふたりの面前から引っこんで、好奇心とつのりくる興奮を抑えて例の絵のかげにかくれていた。そこで、だしぬけにジョーがこういいだすのが聞こえた。

「あの男ほど記憶力のいい男には、会ったことがないね。何か変わったことのあった日なら、それが何日だと、ぴったりといえるんだから」

「ばかばかしい！」と相手は答えた。この男もまた、自分が日付については記憶がいいと天狗になっているので有名だった。「この一年間なら、私は自分がどこへ行って何をしたか、日付だけでいってみせることができるぜ。きみのいう変わったことなんかなくても、記憶がぜんぶ残ってるほうが、ずっとみごとだろう？」

「まさか！」ジョーの答えは挑戦的だった。「ベン、そんなこけおどしは、私には信じられないよ」

このころには十二分に酩酊《めいてい》していたT氏は、ただの座興だけでなく、自説を固執しなければならないと思いこんでしまったらしい。ぷいと天井をむくと、唇から煙草の煙を輪に吹いて、同じ言葉をくりかえし、ジョーのいうとおりのテストを受けても、自慢の記憶力をお目にかけるとひらきなおった。

「きみは日記をつけてるね」ジョーがいいかける。

「家にあるよ」

「きみの記憶力が正確かどうか確かめたくなったら、あすそれを見せてくれるかね？」

「もちろん」

「よろしい。では、私の指定する晩の十時から十一時までどこにいたか、いまきみにいえるかどうか、五十ドルかけよう」

「よし」相手はそう叫ぶと、財布を出して目の前のテーブルに置いた。

ジョーもそれにならうと、私を呼んだ。

「ここに日付を書いてくれ」彼は紙を一枚私のほうに押しやりながらそういいつけると、剃刀《かみそり》のような鋭い目つきをした。「いつでもいいんだよ」私がこんなばあいに当然やりそうな態度でもじもじしてみせると、彼はつけ加えた。「日付と月と、年を書けばいいんだ。ただ、あまり古いのはいかん。二年以上古くてはだめだ」

ご主人たちの遊びごとに対するお追従《ついしょう》みたいな笑顔を浮かべて、私は日付を一行に書いてスミザーズ氏の前に置いた。彼はすぐに、なにげない態度でそれを相手のほうに押しやる。もちろん、私の書いた日付は想像がつくだろう。一八五一年七月十七日だ。たかが座興と信じこんでいたT氏も、これを見てまっ赤になり、ジョー・スミザーズの無邪気に物問いたげな目つきに答えるより、この場から逃げだしてしまいたいという表情を一瞬浮かべた。

「約束だから、答えはするが――」やっと彼はこういったが、いやな目つきで私をにらんだので、私はしぶしぶかくれ場所に引きさがった。

「名前まではあげなくてもいいだろうね」彼はいった。「つまり、微妙な問題なので」

「ああ、いいとも。事実と場所だけだ」

「場所も必要とは思わないね。やったことは話すが、それだけでじゅうぶんだろう。所番地までいうとは約束しなかったからね」

「いいとも」ジョーは大声でいった。「さあ、五十ドルとりたまえ。その晩、どこにいたかいえばいいんだ。えーと」驚くほどむとんちゃくな態度で、ジョーはテーブルの上の紙を見るふりをした。「一八五一年七月十七日か――それだけでいいんだよ」

「まず、クラブへ行った。それから、ある親しいご婦人の家へ行って、十一時までそこにいた。彼女は青い絹の服をきて――おや、あれは？」

私はあわてたあまり、コップを床に落としてしまった。ヘレン・ザブリスキーはあの晩青い絹の服をきていた。彼女が夫とふたりでバルコニーに立っているとき、私はそれをたしかに見たのだ。

「あの音かい？」ジョーの声だった。「そんなことを聞くところをみると、きみはうちのルベンのことはよく知らないな。いいたくないことだが、あいつは酒の盗み呑みをすると、三度に一度はグラスを落とすのが楽しみなのだ」

T氏は話をつづけた。

「亭主持ちの女なんだが、私に気があると思っていたんだ。ところが――これこそ、私がほんとうの事実を話してるなによりの証拠になるんだが――むこうはこっちの気持がこんなに熱くなってるとは夢にも思わなかったんだね。なさけないことに、一言いえばこっちの迷いもさめて、めんどうになったこっちがあっさり手を引くと思ったらしく、それで会ってくれたというわけなんだ。それまでふられたことのない私にとって、さんざんな為体《ていたらく》だったよ。それにしても、いちばんいやな思い出のある日を、よくも選んだものだなあ――」

おもしろい話はここまでなので、これ以上引用するむだは避けておこう。これでジョー・スミザーズが、こんどの仕事のときは料金を倍よこせというだろうが、なんと返事したらよいだろう？　もう賃上げを許したようなものではなかろうか？　私は本気になって考えた。

まる一日がかりで、これまで集めた事実をくらべあわせ、これまでにいだいた疑惑を上役たちにはっきり受けいれてもらえるような一つの推論としてまとめ上げた。しかし自分がお偉方の質問をうけているさまを考えていると、ちょうどそこにむこうから緊急の呼び出しが来た。そこで私は、思いがけない奇妙な仕事をいいつけられたのである。おかげで私は、ザブリスキーの謎に関する説明をしようと思っていたことは、すっかり忘れてしまった。

とはいっても、これはザブリスキー医師のピストルに関する腕をたしかめに、ジャージー・ハイツに行く一行の世話をするというだけのことだった。

## Ⅲ

この事態の急変は、私にもすぐ説明してもらうことができた。現在の事態に早くけりをつけてしまいたいザブリスキー夫人からは、夫のようすをもっと厳密に調べてくれとの要請があったのである。そして、厳密公平な調査が行なわれたが、結果は第一回のときと同じようなものだった。調査した四人の係官のうち、三人は彼が狂っているという。しかも、医師の家に住みこんでいた専門医の抗議にもかかわらず、三人の意見は動かすことができなかったのである。ザブリスキー医師は彼らの考えを読みとったらしく、珍しく興奮して、まえのように、拳銃の腕を見たうえで正気かそうでないかを見きわめる機会を与えてくれと喰い下がった。こんどは医師の願いは聞きとどけられそうだった。ザブリスキー夫人はこれを聞くとすぐに、こうすれば早く事態にけりをつけられると思ったのか、夫の願いに口ぞえをした。

やがてピストルが持ち出される。しかし、一目ピストルを見ると夫人の勇気はくじけてしまって、実験を翌日に延期してくれといいだした。それに無用の弥次馬がたからないように、森のなかでやってくれというのだった。

こんなことはその場でけりをつけてしまったほうがよいのだが、警視は彼女の願いにほだされてしまった。こうして私は、陰気くさい悲劇の幕切れに、直接の当事者としてではないが、観客として出ることになったのである。

世のなかには、いつまでも心の底に焼きついて離れないようなことがあるものだ。私はしばしば遭遇するような悲劇的な光景は、できるだけ早く忘れてしまうことにしているのだが、いくら忘れようとしても、一生忘れられないような光景もあるものだ。しかも、その光景というのは、忘れもしないあの午後、ザブリスキー医師夫妻を乗せてジャージーに向かう小舟のへさきで見た光景だった。

そうおそい時刻ではなかったのだが、陽はすでに沈みかかっていて、天を焦《こ》がすまっ赤な夕焼けが私の前にいる五、六人の人々の顔をまっ赤に照らし、その場の悲劇的な色彩を深めていたが、われわれにはまだその悲劇の意味がじゅうぶんにつかめていなかった。

医師は妻とふたりで船尾にすわっていたが、私の視線はふたりの顔から離れなかった。まっ赤な夕陽が見えない彼の目を照らしていた。またたき一つしない彼の目を見て、盲人は陽をまともに受けても平気なのだと、私にははじめてわかったような気がした。これに反して夫人のほうは目を伏せていたが、血の気を失った顔にはみじめな絶望感が浮かんでいて、同情をそそられる。もし彼が妻のこのようすを見たら、彼女の口に出しかけた言葉を途中でとぎらせたり、彼女がなにかしてやろうとしてもさせないような冷たいにべもない態度をとってはいられないだろうと、私は心中そう確信していた。

ふたりとむかいあった席には、警部と医者がひとりすわっており、おそらく警部の外套の下からだろうが、小さな時計のカチカチという単調な音がひびいていた。盲人の射撃の的にこの時計を使うのだそうだった。

左右から往来の激しい河面《かわも》の騒音が押しよせてくるが、彼の耳にはそのチクタクという音しか入らなかった。それに、手を胸にあててじっと対岸を見つめているザブリスキー夫人も、その音に耳をかたむけながら、愛する夫が犯罪者であるか、それとも不断の世話と献身をささげるべき神の御旨《みむね》による病人にすぎないのかがはっきりする最後の決定を待っているのだった。

夕陽が最後のまっ赤な光を水面に投げ、ボートが岸につく。ザブリスキー夫人を岸に助けあげるのは私の役割になった。岸にあげると、私は思わず声をかけた。「奥さん、私がついてますよ」ここで私は、彼女がふるえているのを見てびっくりした。おびえた子供のような顔をして私を見る。

しかし修道尼によく見かけるような、子供っぽさと厳しい表情の混りあった個性ある表情は、彼女のいつものものだったし、この美しい悩み多き女性に私も激しい同情の念をいだいていたので、そのときはそれほど重大なことになるとは知らずに見過ごしてしまったのである。

「医師は昨夜、奥さんと夜おそくまで長いあいだ話しあっていましたよ」一同が森のなかへむかううねうねした道に入ってゆくと、私の耳もとでささやくものがある。ふりかえってみると、前述した日記の抜萃を送ってくれた精神科医だった。彼は別のボートで来ていたのだった。

「しかし、夫婦間にわだかまる溝のようなものは、なくならないらしい」そういうと彼は、早口の妙な口調でたずねた。「彼がこんなことをするのも、なにかを証明してみせるより、ただの茶番にすぎないと、あなたはそう信じているんですか?」

「あのひとは一撃で、あの時計をこっぱみじんに撃ちくだいてしまうだろうと、私は信じてますよ」私はこう答えたが、すでにこの試射場に選ばれたところに来てしまっていて、一行がそれぞれ所定の位置に散るところだったので、それ以上のことは口に出せなかった。

盲目の医師は、明るくても暗くても同じことなのだろう、夕陽のほうに顔をむけて立っている。その脇には、警部とふたりの医者がつきそっていた。ザブリスキー医師はこの空地にくるとすぐに外套をぬいだので、脇に立った医師のひとりが、それを腕にかけていた。

ザブリスキー夫人は、空地のむこう側の背の高い切株の近くに立っていた。医師が射撃の腕を示すときがきたら、その切株の上に時計をおくことになっていたのである。夫人はその時計をおく役目をかってでて、許されていた。彼女の動きを待っている男たちのほうへ、一瞬ちらっとふりかえったその手に、光るものがあったのに私は気がついた。時計の針は五時五分まえをさしていたが、彼女が私の目を見つめたので、私はそのときはさして深くその意味を考えてもみなかった。通りがかりに彼女はいった。

「もし主人が正気でないとしたら、油断はできません。気をつけて見ていてください。それに、自分自身やほかの方を傷つけないように見ていてくださいね。主人の右側にいて、もしピストルを変なふうに使おうとしたら止めてください」

私が承知して、彼女はそのまま歩いてゆき、切株の上に時計をのせると、すぐに身を引いて右側のほうへ適当な間隔をおいて引きさがった。彼女はそこで、長い黒っぽいマントに身を包んだまま、ひとりぽつんと立っていた。雪に覆われた木立を背にしたとはいえ、彼女の顔はきわだって青白く光っていた。そんなことに気づきながら、私は早くこんな時間がたってしまって、引金を引く予定の五時になればいいと思っていた。

「ザブリスキー先生」警部が声をかけた。「われわれはこの実験を、できるだけ公平にやりたいと思っています。あなたは、手頃な距離のところにおいた小さな時計を撃つんです。すぐにそれは五時を打ちますから、あなたはその音だけをたよりに当てるんです。そういうことでいいですね？」

「けっこうです。家内はどこです？」

「この空地のむこう側で、時計をおいた切株から十歩ばかりのところにおられますよ」

医師は頭を下げた。満足そうな顔をしていた。

「時計はもうすぐ打ちますね？」

「五分以内ですね」

「では、ピストルをください。大きさや重さに馴れておきたい」

われわれは顔を見合わせて、それから夫人のほうに目を向けた。

彼女は承知の身ぶりをしてみせた。

すぐに警部がピストルを盲人の手に渡した。医師がピストルの扱い方を知っていることは、持ち方を見ただけでわかった。私がこれまで抱いていた最後の疑惑も氷解して、彼の話したことは真実だと思った。

「ありがたいことに私は盲目だから、いまの家内の顔を見ないですむ」こんな言葉が自然に彼の口からもれたが、この言葉がまだ私の耳から消えないうちに、彼は声をあげて、狂人と思われないために自分が犯罪者であると立証しようとしている男にしては、いやに穏やかにいった。「だれも動かないでください。時計の打つ最初の音を聞きもらさないようにしなければなりませんから」そういうと、彼は、手にしたピストルを前に上げた。

一瞬、息苦しいような不安と、深い静けさに包まれる。私は医師を見つめていたので時計のほうは見ていなかったが、不意に、この危機をザブリスキー夫人がどうやって耐えているか見たいという一瞬の衝動にかられて、急いでそっちに視線を向けてみた。すらりとした彼女のからだが、感情の緊張に耐えられないというように、ゆらゆら左右にゆれているのに気がついた。彼女の目は、ひたと時計の針に吸いよせられている。針は文字盤を、蛇のはうようなのろさでじりじりと動く。ところが、長針が五時を打つにはまだ一分も間があるところにあるのに思いがけず彼女のからだが動いた。なにか丸くて白いものが一瞬、ピカリと彼女の黒いマントの上に現われる。私があわてて医師に叫びかけようとすると、五時を打つ時計のかん高いせわしい音が寒空を突いた。それにつれて、ピシッという拳銃の音と閃光。

ガラスの割れる音につづいて、押し殺したような叫び声が聞こえたので、弾丸が的に当たったことがわかったが、一歩も前に踏み出さないうちに、いや、風でこちらに吹きよせられた硝煙で目が見えないうちに、あの髪の毛をさか立たせ、恐怖で血が逆流するような別の物音が聞こえてきた。また時計が鳴っているのだ。いまわかったことだが、ザブリスキー夫人が切株の上においた時計は、そのまま切株の上に立っていた。

それでは、予定の時間のまえに時を告げて、むなしく撃ちくだかれた時計はどこから出てきたのか?　すばやくあたりを見わたすと、すぐにわかった。右側へ十歩ばかり行った地上に、ヘレン・ザブリスキーが、撃ちくだかれた時計をかたわらに胸を撃たれて倒れていた。その美しい目からは、早くも生気が消えてゆく。

彼女の訴えるような顔つきを見ると、夫に話さないわけにはゆかなかった。真相を聞いて医師の唇からもれた絶叫は、私には忘れることができない。人々をかきわけるようにして彼はまっ先にとび出すと、見えざる本能にでも導かれているように妻の足もとに倒れた。

「ヘレン！　どうしたことだ？　血で汚れた私の手が、まだ汚れたりなくて、おまえの分までこの手を汚さねばならんというのか？」

彼女は目をとじていたが、ここで目を開いた。夫の悶《もだ》え苦しむ顔を、じっと見つめていたが、とぎれがちにいった。

「私を殺したのは、あなたではないわ。あなたの罪ではないわ。ハスブルックさんの事件にあなたが無実なら、あなたの弾丸は私の心臓には当たらないはず。あなたが罪もない人を殺したという証拠があがってもなお、私が生きていられると思って？」

「私は――自分でも気づかずに、あんなことをやってしまったんだ。私は――」

「だまって！」彼女は恐ろしい顔つきで夫を制した。さいわいなことに、夫にはそれは見えなかった。「私には、ほかにもこうするわけがあったのよ。たとえ命を失っても、あなたを愛しているということをあなたに知ってもらいたかった――いつもあなたを愛しつづけてきて、かたときもあなたを――」

こんどは夫のほうが妻を制する番だった。彼の手がわなわなと妻の唇をなぜると、彼はわれわれのほうに必死の形相をむけた。

「むこうへ行ってくれ！　死にかかった妻に最後の別れをするんだ、だれにも見たり聞いたりされていたくない」

そばに立った医者に目でたずねると、彼女はもう見込みはないということなので、私はそっと引きさがった。ほかの連中もついてきたので、医師は妻とふたりきりになった。遠く離れたわれわれのところから、彼女が両手を夫の首に巻くのが見え、夫の胸にまかせきったように頭をのせるのが見えた。そのうちに、そのふたりもあたりの風景も静寂にとざされてしまう。夕闇がせまってきて、頭上の大空からも、悲劇を外界から遮断する葉の落ちた木々の梢からも、夕焼けの名残りは消えてしまった。

しかし、やっと静寂がやぶられた。ザブリスキー医師が妻の死体をしっかりと胸に抱いて、立ちあがり、別人のようにうれしそうな顔つきで、こちらにやってきたのである。

「舟まで家内は私が運びます。ほかの人は手を出さないでください。これは私のほんとうの妻、そう、ほんとうの妻だったんです！」その態度には、威厳と情熱があふれていたので、一瞬、彼が英雄であるかのように見え、彼がいましがた、冷酷で恐ろしい犯罪を行なったと自分で証明したばかりの男だということを、われわれは忘れてしまったくらいである。

＊

ふたたび一行がボートに乗ったころには、空には星がまたたいていた。それに、ジャージーへ来るときの光景が印象的だったというなら、帰りはなんと表現したらよいだろう？

医師は往きと同様船尾にすわった。恐ろしいその姿に、月が白い光を投げかけ、一同の面前にその顔を背後の暗闇からくっきりと浮き出させる。ぞっとするような恐怖の像のようだった。胸にぴったりと妻の死体を抱き、ときどき妻の固く結んだ唇から生命のしるしを聞きとろうとでもするかのように、その上に顔をよせるのだった。それがすむと、絶望にゆがんだ顔を上げるのだが、むなしい空頼みと知りながら、また新たな希望をいだいてか、顔をよせる。

警部と同行した医師は船首に席をしめていた。そこで、ザブリスキー医師の監視は私の仕事となっていた。私は彼とむかいあった低い椅子に腰をおろして監視していた。したがって、彼の苦しそうな息づかいまで聞こえてくるくらいの間近だったので、心中は畏《おそ》れと同情でいっぱいだったが、前にのりだしてこういってやらずにはいられなかった。

「ザブリスキー先生、あなたの犯行の謎は、私にはもうすっかり解けましたよ。私の話を聞いて、あなたのおちいった誘惑と、誠実で神を恐れるあなたのような人が、罪もない隣人を殺すにいたった過程を、私がちゃんと理解しているかどうか考えてみてください。

あなたの友人のひとりが——むこうで友人だといってるだけかもしれませんが——長いあいだにわたってあなたの耳に奥さんを疑わせ、名前はあげませんが、ある男について嫉妬するような話を吹きこんできました。その友人という男が、その男に恨みをいだいていたことはあなたもご存じだし、だからこそ、最初のうちはあなたも、その男の中傷には耳もかさなかった。ところが、あなた自身で奥さんの態度や口ぶりに変わったところを見つけて疑惑をいだき、これまで耳にした話がうそとはいいきれないと思って、目さえ見えればと、ご自分の盲目を呪うようになってきた。嫉妬の火に身をこがし、それがかなり高まったころのある晩——例の晩ですよ——その友だちと称する男が、出かけようとするあなたと会って、あなたの憎む男が、いまもあなたの家で奥さんといっしょにいる、すぐに帰ればいっしょのところを見つけることができるかもしれないと、言葉巧みにあなたの耳にささやいたんです。

善悪をとわず、だれの心にも巣くう嫉妬という悪魔が、それから先はすっかりあなたを支配してしまったんです。あなたはその似非《えせ》友人に、ピストルなしでは帰れないといいました。そこでその男は、あなたが彼の家にいけば、自分のピストルをくれるといったんです。あなたはそれを承知して、召使をポキプシーに代わりに行かせ、その男の車に乗った。

あなたはピストルを買ったといいました。おそらく金を払って買ったのでしょうが、いずれにしても、その家を出たときは、ポケットにピストルをひそませていた。送るというのを断わり、ひとりで歩いて、真夜中ちょっとまえに、ザ・コロネイドについたんです。

いつもなら、なんの苦もなく自宅の玄関がわかるのですが、このときは心中烈火のような激昂ぶりだったので、いつもより足早に歩いて自分のお宅を通りこしてしまい、一軒先のハスブルック家の扉口に止まってしまったんです。ザ・コロネイドの玄関の作りはみんな同じようですから、自分の家かどうか確かめる道は一つ、玄関わきの医師の看板をさわってみることだけだったんです。ところが、あなたはそれどころではなかった。復讐の念に夢中で、唯一の願いはできるだけ早く家に入ることだったんです。鍵を出して鍵穴に差しこむ。入ることは入りましたが、回すのに力がいったはずです。おかげで鍵が曲がってねじれたくらいですからね。ほかの時ならこれで気がつくのでしょうが、そのときはなんとも思わなかった。やっと戸口があくと、興奮のあまり前後の考えもなく、——二軒の家の配置やあたりのようすの違いに気がつくゆとりもなく、ほかのばあいだったら、細かい違いにも気がついて、二階へ上がるまえに立ち止まってしまったでしょうに。

ピストルを出したのは、階段をのぼる途中ですね。二階の表の寝室の戸口についたときは、あなたはもう撃鉄を起こして構えていたんだから。目が見えないから、当の相手に逃げられてはいけないと思って、男の声が聞こえたら撃ってやろうと構えていたんです。だから、運悪くハスブルック氏が不意の闖入者《ちんにゆうしや》に目をさまし、びっくりしたような声をあげて進み出てくると、あなたは引金を引いてその場で撃ち殺してしまった。彼が倒れるとすぐ、彼の口にした言葉に気づいたのか、それともあたりのものに手がふれたためか、家をまちがってとんでもない人間を殺してしまったと気がついたんです。だから激しい後悔に、『なむさん！　しまった！』といって、相手に近よりもせずに逃げ出してしまったのです。

階段をおり、外にとび出すと玄関をしめ、人に姿を見られずに自宅に帰った。だが、逃げるまえに二つ困ったことにぶつかったんです。一つは、まだ手に握っていたピストル。もう一つは鍵がねじれてしまって、自宅のドアに使っても使いものにならなかった。この急場に、あなたはどうしたか？　その説明はあなたもすでになさっているが、あのときはわれわれも信じられなかった。私以外にはだれも信じなかったくらいです。あなたが道端に投げすてたピストルは、めったにない偶然のいたずらで、すぐに多少いかがわしい深夜の徘徊者の手に拾われてしまったのです。玄関のほうは思いがけず何の障害もなかった。ドアにふりかえり、私の誤りでなければ、手をふれてみるとすこしあいていたんです。それは、そのすこしまえに、だれか茫然自失のていで立ち去ったものがあると信ずべき理由があるんです。家族が寝こんで、戸締りもちゃんとしたハスブルック家にどうやって入ったのかとたずねられたとき、あなたはこの事実をそのままもってきて答えたんです。

この偶然に驚いたが、天の助けと喜んで、あなたは家に入るとすぐ二階の奥さんのところへ行った。近所の人を起こして、隣家で次の瞬間に起こった叫び声に心構えを作らせたのは、ハスブルック夫人ではなくて、お宅の奥さんの口から出た叫びだったのです。

しかし、悲鳴をあげた奥さんは、隣りの悲劇を知っていたわけではなく、悲劇は彼女の胸のなかにあったのです。奥さんはたった今うるさくいいよってくる男を追い返したばかりでしたから、思いがけないときに異様な恐怖と動揺を見せて帰ってきたあなたを見て、当然のことだが狼狽《ろうばい》して、あなたの生霊でも見たと思ったのです。それとも、もっと恐ろしい、復讐に帰ってきたと思ったかもしれない。一方、目ざす男は殺せず、敬意をいだいていた男を殺してしまったあなたは、ぼろを出すまいと、奥さんを驚かせないようにつとめた。あなたは奥さんをおちつかせようと、自分が取り乱しているのは駅で危ない目にあったからだと説明しようとさえしましたが、そこで隣家の悲鳴が起こって彼女の注意はそらされ、おふたりともそっちへ考えがむいてしまったんです。良心がめざめ、犯した罪の恐ろしさに細い神経がたえられなくなるまで、あなたは告白めいたことは口にしなかった。もっともその告白もばくぜんとしたもので、相手を納得させるかんじんの説明がないので、奥さんも警察も、あなたは頭が狂っていると思ってしまったんです。男の意地と妻へのいたわりから、あなたはその点は口をつぐんでいたが、心にわだかまる良心の呵責に耐えられなくなったのです。

ザブリスキー先生、私の推測はまちがっていますか？　あなたの罪の真相は、これがほんとうではありませんか？」

妙な目つきで、彼は顔をあげた。

「しーっ！　家内が目をさましてしまうよ。ほら、こんなに安らかに眠っているのに、いまこれを起こしたくないんだ。こんなに疲れて眠りこんでいるのだ、私は――私はこれのめんどうを見てやりたくても見てやれなかったのだから」

彼の身ぶりや目つき、口調にぎょっとして、私は身を引いた。しばらくは、ばしゃばしゃ水を切るオールの音と、ひたひたとボートに寄せる水の音しか聞こえなかった。やがて、黒っぽい背の高い影がすっくと目の前に立ちはだかり、おびやかすように私のほうにふらふらゆれ、こっちが口を出したり立ちあがったりするひまも与えず、とめるひまもなく、私の前の席は空っぽになっていた。ついいままでスフィンクスのように凝然と不気味な姿を見せていた医師のいたところは、黒一色の闇につつまれていた。

かすかな月の光しかないので、最愛の妻の死体を抱いた不幸な男の沈んだあたりには、ぶくぶくと立ってくるわずかな泡しか見えなかった。医師を助けることはできなかった。波紋がだんだん広がっていって、ボートも波に流され、地上最大の悲劇の結果となった場所をわれわれは見失ってしまった。

死体はついに上がらなかった。警察はこの事件の真相を公表しないで握りつぶすという権限を行使したので、その場にいた人間にとっては、この破局は恐ろしい思い出となって残った。事故による溺死ということで、すべては片づき、さもなければ誹謗《ひぼう》の的になるこの不幸な夫婦の面目は保たれた。こんなにもこの世で苦労の多かった二人の人間に対する、これがわれわれのささやかな心づくしだった。

# ダブリン事件

バロネス・オルツィ
深町眞理子　訳

The Dublin Mystery　一九〇二年

いよいよ二十世紀にはいってからの作品が登場する。**バロネス・オルツィ** Baroness Orczy (1865.9.23–1947.11.12) は、フランス革命に取材した一連の『紅はこべ』(一九〇五) シリーズで大衆小説家としての盛名をはせたイギリスの女流作家。本編は推理短編集 *The Old Man in the Corner* (1909) の中の代表作で、犯罪現場に行かず、人づての話だけで真相を推理するいわゆる安楽椅子探偵《アームチエア・ディテクテイヴ》の先駆である。主人公の探偵役は、ただ〝隅の老人〟と呼ばれるだけで、名前は全然知られていない。名探偵群像の中でも、怪盗アルセーヌ・リュパンが無数の変名を用いて活躍するのとは好一対の対照的存在である。

# 1

「遺言状の偽造事件といえば、わたしの見聞きしたなかでも、興味ぶかいという点で、あの事件の右に出るものはまずないと思うね」

その日、隅の老人はそう語りだした。しばらく前から黙ってすわったまま、紙入れから何枚かの写真をとりだし、思案げにそれらを見くらべ、選《よ》り分けているところだった。そのうちのどれかが、いずれこのわたしの目の前に置かれ、見るようにうながされるだろうと予想していたのだが、案の定、じきにそういう段どりになった。

「これがブルックス老だ」写真の一枚をゆびさしながら、隅の老人は言った。「通称〈百万長者ブルックス〉。息子がふたりいて、パーシヴァルとマレー。いや、奇妙な事件だったよ。だろう？　個人的にはわたしも、警察が完全に途方に暮れたのも無理はないと思う。警察というあのすぐれた組織のなかに、たまたまこの遺言状偽造事件の筋書きを書いた犯人に匹敵するだけ頭の切れる、そういう御仁がかりにひとりでもいたなら、この国で年々迷宮入りとして葬り去られてきた事件の数も、ずっと減るんじゃないかと思うのだがね」

「だから、いつも言ってるじゃありませんか——そういう無能な警察のために、あなたのその偉大な洞察力とお知恵とを、すこしでも貸してあげたらいいのに、って」わたしは言った。

「わかってるさ、あんたが善意で再三そうすすめてくれてることは」と、老人はいつもどおり温和な口調で言った。「とはいえわたしは、一介のアマチュアにすぎん。わたしが食指を動かす犯罪というのも、じつは限られていて、いわばチェスの名勝負と似たようなもの——入り組んだ指し手の応酬があったすえに、最後にはそのすべてがひとつの解答につながる、そういうのにしか興味がないんだ。その解答とはつまり、相手——この場合は、捜査当局がそれにあたるが——その相手のキングを詰める、チェックメートするということ。そこでだ、問題の〈ダブリン事件〉について言うと、このときは、かの国の有能な警察当局が完全にお手あげ、つまりチェックメートされたかたちになっていた。そうだろう?」

「おっしゃるとおりです」

「一般大衆もその点ではおなじだ。この事件、実際にはふたつの犯罪が重なり、それが捜査当局をすっかり惑わせていた。第一の犯罪が、弁護士パトリック・ウェザード氏の殺害事件、そして第二が、〈百万長者ブルックス〉の遺言状偽造事件。アイルランドという国、元来が百万長者などめったに存在しない。だからこそ、ブルックス老がそれなりに一目置かれていたわけで、なにせ、ベーコン製造という彼の事業は、現金に換算すれば——たしか、優に二百万ポンドを超えると言われているはずだ。

ブルックス老の弟息子、マレーは、教育もあり、洗練された人物で、ダブリン社交界随一の花形としてちやほやされ、ついでに言えば、老父の掌中《しょうちゅう》の珠《たま》でもあった。容姿にすぐれ、ダンスの相手としても申し分なく、そのうえ馬に乗らせれば、これまた完璧に乗りこなす。当然、アイルランドの〝結婚市場〟では、このうえない〝獲物〟と見なされて、この百万長者の溺愛する息子にたいしては、とびきり高貴な家柄の貴族でも、門戸を大きくあけはなち、歓迎の意を表明していたわけだ。

いっぽう、ブルックス老の長男、パーシヴァル・ブルックスのほうはどうかというと、ゆくゆくは父親の跡目を継いで、その莫大な資産と、盛大な事業との大半を相続するものと見られていた。このパーシヴァル本人も、弟に劣らず容姿にすぐれ、乗馬も、ダンスもみごとにこなすうえ、ひとをそらさぬ巧みな話術まで身につけている。にもかかわらず、年ごろの令嬢を持つ名家の夫人たちは、もうだいぶ前から、このパーシヴァル・ブルックスを娘の婿候補として考えるのを断念していた。

これにはわけがあってね。パーシヴァルはかねてからメイジー・フォーテスキューという女性にご執心だったんだが、このメイジー、当時、ロンドンとダブリン両都市のミュージックホールで、その奔放な踊りで観客を仰天させていた女で、たしかにまぎれもない魅力の持ち主ではあるが、素性はかなり怪しい。このことが一個の確立した事実として広く知れわたっているものだから、いわゆる名家の面々が、二の足を踏むのも無理はないというわけだ。

もっとも、パーシヴァル・ブルックスがはたしてほんとうにこのメイジー・フォーテスキューと結婚できるかどうか、これはすこぶる疑問と見られていた。ブルックス老は自分の全財産を如何《いか》ようにでも処理できる権利を持っているのだから、かりに長男パーシヴァルが無理を承知で、この好ましからざる女性を妻として、あの宏壮《こうそう》な邸宅、〈フィッツウィリアム・プレース〉に暮らす一族に紹介しようとでもすれば、パーシヴァルにとっては、すこぶるおもしろくない結果になることは知れている。

とまあ、こういった事情があったなかで」と、隅の老人は言葉をつづけた。「ある朝、ダブリンの社交界はブルックス老の死を知ったわけだ。だれもが驚愕し、その死を悼《いた》んだ。伝えられるところによると、ブルックス老は自邸でとつぜん苦しみだし、そのままわずか数時間で息をひきとったという。はじめ、その死は卒中の発作によるものと広く受けとめられていた。とにかく当人はついその前日まで、普段と変わらず矍鑠《かくしゃく》として、意気盛んにビジネスに励んでいたんだからね。急な死が襲ってきたのは、翌十二月一日の夜も遅くなってからだった。

悲報が伝えられたのは、十二月二日の朝刊各紙によってだったが、凶事は重なるとでもいうべきか、なんとその当日の、おなじ新聞各紙には、さらに驚くべきニュースが載っていた。そしてこれが、普段はのどかで平穏そのもののダブリンという街を、もう長らく経験したことのない驚天動地《きょうてんどうち》の騒ぎにおとしいれる、そのプレリュードとなったのだ。

その記事というのは、こういうものだった。ダブリン随一の富豪が急逝したその当日、亡くなった百万長者の顧問弁護士だったパトリック・ウェザード氏が、夕刻五時ごろ、フェニックス・パークで殺害されたという。しかもあろうことか、そのときウェザード氏は〈フィッツウィリアム・プレース〉に依頼人を訪問したあとで、事件はその帰路に起きたというのだ。

パトリック・ウェザード氏は、巧みな誘導によって証人から聞きたいことを訊きだすことで評判の、辣腕《らつわん》の弁護士だった。そういう人物が謎めいた、しかも悲劇的な死を遂げたというので、ダブリン全市が仰天したのも無理はない。六十歳になるこの弁護士は、後頭部を太いステッキ様のもので一撃されたうえ、首を絞められ、身ぐるみ剝がれていた。金も、時計も、紙入れも見あたらなかったが、警察がウェザードの遺族から訊きだしたところによると、故人はその日の午後二時に家を出たときには、時計も、紙入れも身につけていたし、言うまでもなく、金も持っていたはずだという。

型どおり検死審問《インクエスト》がひらかれ、なんらかの未知の人物、もしくは複数の人物による故意の殺人、という評決が出た。

ところが、ダブリン全市を巻きこんだセンセーショナルな騒ぎは、まだこれで終わったわけではなかった。〈百万長者ブルックス〉は、その名にふさわしく盛大かつ厳粛な葬儀によって葬られ、つづいて故人の遺言書が、長子であり、唯一の遺言執行人でもあるパーシヴァル・ゴードン・ブルックスによって検認手続きがとられた。故人の遺産は、事業上の資産、個人的な資産、合わせて二百五十万ポンド相当と評価されたが、遺言により、その全額が長男パーシヴァルに遺贈され、次男マレー――これまで兄のパーシヴァルが、レビューの踊り子やら、ミュージックホールのスターやらにうつつをぬかしているそのあいだ、大半の時間を父親のよき話し相手、相談相手として過ごし、そしてその結果として当然のように、父親の目に入れても痛くない愛息と見られていたマレー――そのマレーには、年に三百ポンドというわずかな捨て扶《ぶ》持《ち》があてがわれるだけで、ダブリンのベーコン製造業者ブルックス&サンズという大企業からは、なんの恩恵も与えられない、そんな立場に追いやられてしまったんだ。

明らかに、なにかがあったのにちがいない——ブルックス家が市内に構えた豪壮な屋敷のその奥で。それがなんだったのか、一般大衆も、ダブリンの社交界も、なんとか探りだそうと躍起になったものだが、無駄骨に終わった。結婚市場における若きマレー・ブルックスの値打ちは、一挙に下落して、もはや三文の値打ちもない〝ぼろかす〟と見られるまでになり、多くの名流夫人たちや、社交界デビューを間近に控えた、花も恥じらう年ごろのその令嬢たちは、早くもきたる社交シーズン、あまり角を立てずにマレーを冷たくあしらうには、どうしたらよいかを考えはじめていた。ところが、こうした騒ぎのすべては、あるひとつのどでかいスキャンダルによって、一挙に終止符が打たれることになったのだ——その後の三カ月間にわたり、ダブリン全市の家庭という家庭の応接間に、かまびすしいゴシップの種を提供しつづけることになる、途方もないスキャンダルだった。

ずばり言えば、マレー・ブルックス氏が訴訟を起こしたんだ——亡父が一八九一年に作成したという遺言書の検認をもとめて。その遺言書が適法と認められれば、その後につくられた遺言書——父の死の当日に作成され、兄パーシヴァルを唯一の遺言執行人として検認されたものだが——それは偽造文書として無効になるはずだ、それが彼の主張だった」

## 2

「この異常な事件にからんで明らかになった諸事実は、すこぶる謎めいていて、万人の首をひねらせるのにじゅうぶんだった。すでに話したように、生前のブルックス老とつきあいのあった人間はだれしも、彼がなぜお気に入りの次男を完全に遺言書からしめだし、ほんの申し訳ばかりの涙金《なみだきん》しか遺さなかったのか、その意味を十全には量りかねていた。

長男のパーシヴァルが、これまでつねに老人の悩みの種だったということ、これは周知の事実だ。やれ競馬だ、やれ博奕《ばくち》だ、やれ芝居見物だ、ミュージックホール通いだと、日々のパーシヴァルの行状ことごとくが、この、一介の肉屋から成りあがった老人の目には、許すべからざる大罪と映っていたはずだし、実際、〈フィッツウィリアム・プレース〉の家のものならだれしも、若旦那が博奕や競馬でつくった負債について、父と子のあいだで日ごと激しい口論がくりかえされていたことを証言できるだろう。ブルックス老ならおそらく、自らの遺産がミュージックホールの舞台をいろどる芸人やら踊り子やらに蕩尽《とうじん》されてしまうのを見るくらいなら、いっそ慈善団体にでも寄付したほうがましだとでも考えるのではないか、これが古くから彼を知るおおかたのものの観測だった。

いよいよ事件が裁判の場に持ちだされたのは、春もまだ浅いころだった。そのころまでに、パーシヴァル・ブルックスはそれまでの競馬仲間や悪友たちとはすっかり手を切り、〈フィッツウィリアム・プレース〉に腰を据《す》えて、亡父の事業を受け継ぎ、支配人ひとりの助けも借りることなく、持てるかぎりの熱意と先見の明とを駆使して、事業の運営にあたっていた――これまでは、そうした資質ももっぱら浮薄《ふはく》な遊蕩《ゆうとう》に空費されるばかりだったんだがね。

かたや、マレーのほうはどうかというと、こちらは生まれ育った屋敷にとどまることを潔《いさぎよ》しとしなかった。明らかに、そこがあまりにもつらく、しかも生々しい記憶につながっているからだろう。屋敷を出て、ウィルスン・ヒバート氏の自宅に下宿することにしたんだが、このヒバート氏というのは、殺されたパトリック・ウェザード氏の法律事務所の共同経営弁護士《パートナー》なのだ。ヒバート家のひとたちは、物静かで、質朴な一家だったが、家そのものはキルケニー街の見すぼらしい、ちっぽけな住宅。気の毒にマレーにしてみれば、父を亡くした悲嘆は悲嘆として、これまで暮らした生家の贅沢《ぜいたく》な居室と、現在のこの下宿の狭苦しい部屋や質素な食事、それらとのあまりの落差には、さぞかし苦い思いを嚙みしめたことだろう。

兄のパーシヴァル・ブルックスはいまや、父の遺した事業から、年に十万ポンドを超える収入を得ている身だったが、これが父の遺言状の文言を、一字一句、厳格に固守しようとしているとして、きびしい批判を浴びていた。遺言状の指定どおり、弟には年にわずか三百ポンドという涙金を与えたきりだったが、この額は彼にしてみれば、屋敷の豪勢なディナー・テーブルからこぼれおちた、文字どおりのパンくずほどにしかあたらないんだからね。

という次第で、遺言書の真贋《しんがん》をめぐるこの訴訟に、世人はいたく関心を寄せ、開廷をいまかいまかと待ち受けていたわけだ。いっぽう、警察はこのかんにどうしていたかというと、当初はパトリック・ウェザード氏殺害事件に関して、けっこう饒舌《じょうぜつ》に捜査情報を明らかにしていたのが、あるときを境に、妙に寡黙になり、この、警察発表が極度に減ったという事実それ自体が、大衆のあいだにすくなからず不穏な空気をかもしだした結果、ついにある日、《アイリッシュ・タイムズ》紙が、以下のような異様でかつ謎めいた記事を掲載するにいたった――

さる確かな筋による、ある疑うべくもない情報によると、先ごろ起きた地元の名士ウェザード氏の惨殺事件にからんで、近くなんらかの驚くべき進展が見られるはずであるという。事実、警察当局は極力これを秘匿《ひとく》しようとはしているものの、目下、当局はある非常に重要、かつ驚愕すべき手がかりをつかんでおり、いまは首尾よく犯人逮捕に持ちこむため、近く予想される周知の某遺言検認訴訟の結果を待つばかりであると聞く。


当然ながら、当日は大勢のダブリン市民が、この大がかりな検認法廷での弁論を聞きのがしてなるものかと、検認裁判所に詰めかけた。かく言うわたしも、はるばるダブリンまで足を運んだものだよ。ごったがえす傍聴人の波をかきわけて、首尾よく席におさまると、すぐさま、このドラマの登場人物たちをじっくり観察しにかかった。一観客として、これから始まるドラマを心ゆくまで楽しむつもりだったからね。

まずは訴訟の当事者、パーシヴァルとマレーの兄弟だが、どちらもととのった容貌に、きちんとした身なり。それが席についてからも、申しあわせたように各自の代理人と談笑をつづけているのは、双方ともに、この訴訟での勝訴を確信していて、これから始まる弁論の行方などには関心がない、そう見せかけたいためだろう。パーシヴァル・ブルックスのかたわらには、アイルランドの著名な勅撰《ちょくせん》弁護士、ヘンリー・オーランモア。かたやマレーに付き添っているのは、ウィルスン・ヒバートの子息にあたる少壮弁護士、ウォルター・ヒバートだ。

後者が検認をもとめている遺言書というのは、一八九一年、当時、重篤な病の床《とこ》にあり、一時は命もあぶないと見られていた故ブルックス氏が作成したものだった。作成されたそれは、同氏の顧問弁護士であるウェザード&ヒバート法律事務所に預託《よたく》されたが、これによると、同氏の個人資産はふたりの子息に均等に分与されるものの、事業資産のほうは、全額が次男マレーに遺贈され、長男パーシヴァルには、そのうちから年額二千ポンドの手当てが支払われる、と定められているだけだった。だからね、わかるだろう、マレー・ブルックスが今回の裁判で、こちらの遺言書を根拠に、第二の遺言書を無効にさせようと躍起になっていたことは。

原告代理人のウォルター・ヒバートは、老獪《ろうかい》な父のヒバート氏からよくよく教えこまれてきたのだろう、その冒頭陳述はまことにみごとなものだった。彼はこう述べた——自分は依頼人にかわって、一九〇〇年十二月一日付けのいわゆる新遺言書が、故ブルックス氏によって作成されたものではありえないことを証明するつもりである。なぜならそれは、故ブルックス氏が生前に言明していたものとはおよそ正反対の内容になっており、かつまた、かりに故ブルックス氏がその日付けの当日、新たな遺言書を作成したのが事実だとしても、その新遺言書と、のちにパーシヴァル・ブルックス氏によって検認手続きがとられた遺言書とは、まったくの別物である。なぜなら後者は、最初から最後まで、まるごと偽造されたものにほかならず、原告代理人としては、以上二点の主張を補完すべく、以下に数人の証人を喚問したい。

いっぽう、勅撰弁護士ヘンリー・オーランモア氏もこれにたいして、やはりみごとに、かつまた丁重に反駁《はんばく》してのけた。自分もまた数人の証人を喚問し、故ブルックス氏がまちがいなくその問題の当日に、新たな遺言書を作成したことを証明するつもりである。さらに、故人が遺産の配分について、過去にどのような意図を持っていたにせよ、死の当日には、それが故人の意思で変更されたことに疑いはない。なぜなら、のちにパーシヴァル・ブルックス氏によって検認手続きがとられた新遺言書は、故人の死後にその枕の下から発見されたもので、発見されたときには、正式に故人の署名がなされ、立ち会いの証人二名の署名もそろっている、どこから見ても合法的なものだったからである。

ここからはいよいよ、双方の白熱した舌戦が展開されることになった。その中心となったのが、〈フィッツウィリアム・プレース〉の執事として、過去三十年間にわたりブルックス一家に仕えてきたジョン・オニール。いたって平凡、かつおもしろみのない人物だ。

『あの朝、朝食のテーブルをかたづけておりますと、お隣りの書斎から旦那様のお声が聞こえてまいりました。それはもう、たいへんなお腹だちのごようすで、〝恥知らず〟とか〝この嘘つきめ〟とか〝だましおったな〟とか、ほかにも〝ミュージックホールの踊り子〟がどうのこうのと、あるご婦人をおとしめるようなこともおっしゃいましたが、いささか聞き苦しい言葉ですので、ここで申しあげるのははばかります。

はじめのうちはわたくしも、あまり気にもとめずにおりました。お亡くなりになった旦那様が、パーシヴァル様をその種の言葉でお叱りになるのは、まあ聞き慣れておりましたから。それで、かたづけましたテーブルのものを持って、階下へ降りたのでございますが、銀器を磨きはじめますとまもなく、書斎のベルがけたたましく鳴りだし、パーシヴァル様のお声がホールに響きわたりました。

——ジョン！　急げ！　いますぐマリガン先生をお呼びしてきてくれ！　旦那様のぐあいがよくない！　すぐにだれかを使いに出して、おまえはあがってきてくれないか。旦那様をベッドに運ぶのに、手を貸してほしいんだ。

馬丁《ばてい》のひとりをドクターのお宅へ走らせまして、いまなお悲嘆に打ちのめされていることは、そのように亡き主人を敬愛する心なみなみならず、『そのあとわたくし自身は二階の旦那様のもとへ駆けつけすからもありありとうかがわれる。ジョン・オニールは証言をつづけた。

ました。旦那様は書斎の床に倒れておいでになり、パーシヴァル様が腕でその頭を支えていらっしゃるところでした。

——急に気を失って倒れたんだ。手を貸してくれないか。とにかくマリガン先生がお着きになるまでに、寝室へ運んでおかないと。

そうおっしゃる若旦那様は、お顔もひどく青ざめて、動転しきっておいでです——無理もないこととは存じますが。で、わたくし、旦那様をベッドにお移ししたあと、うかがってみたんです——このことをマレー様にお伝えすべきだと思うが、つい一時間ほど前、事務所のほうへお出かけになったので、わたくしが使いで行ってまいりましょうか、と。ところが、ちょうどそこへドクターがお着きになりましたので、それきりパーシヴァル様からのご指示はいただけずじまいになってしまったわけでございます。

あらためて旦那様のお顔を拝見しますと、はっきりと死相があらわれているように見えました。それに、一時間ほどあとでドクターを送りだしましたとき、ドクターがどうせまたすぐにひきかえしてくることになるだろうから、そうおっしゃいますので、やはりこれはよほどいけないのだな、とさとったような次第でございます。

そのあと何分もたたないうちに、旦那様がベルを鳴らしてわたくしをお呼びになりました。そしておっしゃいますには、すぐに使いをやって、弁護士のウェザード様をお呼びしてくれ、かりにウェザード様のご都合がつかない場合は、おなじ事務所のヒバート様でもいい、至急おいでいただくように、と。そのあと旦那様は、つづけてこうもおっしゃいました――

――なあジョン、わしももう長くはなさそうだ。心臓がすっかりやられていてな。ドクターもそう言っておったよ、心臓がすっかりやられている、と。それにしても、なあジョン、男たるもの、所帯を持ち、子供を持つというのも考えものだぞ。遅かれ早かれ、その子供たちが親に楯突《たてつ》き、親を悲嘆のどん底にたたきおとすんだ。

そううかがって、わたくしもすっかり気が転倒してしまい、なんとお返事してよいやらわかりませんでした。それでも、お申しつけどおり、すぐにウェザード先生の事務所へ使いをやり、先生はその午後、三時きっかりにお越しくださいました。

先生はそのあと一時間ばかり、旦那様とお部屋にこもっておいででしたが、やがてわたくしが呼び入れられまして、先生からこのように言われました。ブルックス氏がわたくしと、ほか一名の使用人のだれかに、いまから署名されるある書類――それはいまベッドサイドテーブルに載っておりましたが――その書類の立ち会い証人になるよう望んでおられる、と。そこでわたくしは馬丁頭のパット・ムーニーを呼んでまいり、わたくしども二名の目の前で、旦那様はその書類にご署名あそばしました。そのあと、ウェザード先生はペンをわたくしに渡され、証人として、旦那様のご署名の下に名を書くようにとおっしゃり、さらにパット・ムーニーにも同様のご指示がありました。ともに署名をすませましたところで、わたくしどもふたりは、もうさがってよろしいと言われた次第でございます』

その翌日、遺体を葬祭場に運ぶためにきていた葬儀屋が、枕の下から一枚の紙を発見したときも、執事のジョン・オニールはその場に立ちあっていた。見つかったその紙を一目見て、彼はそれが前日、自分たちが副署したあの書類であると見てとり、パーシヴァル若旦那のところへ持っていって、その手にそれを託した。

原告側代理人ウォルター・ヒバート氏の質問に答えて、ジョンは躊躇《ちゅうちょ》なく断言した――自分はその紙を発見した葬儀屋の手からとりあげ、そのまままっすぐパーシヴァル若旦那様のお部屋へお持ちした、と。

『お部屋には若旦那様おひとりでした。わたくしが紙をお渡ししますと、一瞥《いちべつ》されて、いくぶん驚かれたごようすでしたが、それきりなにもおっしゃらず、わたくしもすぐに退出いたしました』

『証人はそれが、前日に亡き主人が署名したその書類にまちがいないと言うが、どうしてその紙がほんとうにその書類と同一のものだと言いきれるのかね?』

興味津々、息を詰めて聞き入る傍聴人の前で、ヒバート氏はずばり、そうたずねた。わたしも知らずしらず身をのりだして、証人の顔を凝視していたよ。

『わたくしにはまったくおなじものに見えましたので、はい』

証人の答えは少々あいまいだった。

『すると、証人は中身を読んだのかね?』

『いえ、とんでもない。中身を読むなんて、そんな』

『では前日にはどうだった? そのときは内容に目を通したのか?』

『いえ、めっそうもない。旦那様がご署名なさいますのを見ておりましただけで』

『では証人は、その紙の外見だけを見て、それだけでおなじものだと判断したのか?』

『それでもわたくしの目には、まったくおなじものに見えましたので』

証人はかたくなに主張を変えない。

ま、ここまでくればあんたにもわかるだろう」長々と話しつづけてきた隅の老人は、ここでひときわ熱っぽく、狭い大理石のテーブルに身をのりだしながら先をつづけた。「要するに、マレー・ブルックス側代理人の論旨というのは、故ブルックス氏はたしかに新しい遺言状をつくりはしたが、なんらかの理由により、それを枕の下に隠していた。その遺言状が、いまここでジョン・オニールの述べたような径路を経て、パーシヴァル・ブルックス氏の手に渡り、パーシヴァル氏はそれを破棄して、新たに偽造した遺言状――故ブルックス氏の巨万の富が、全額パーシヴァル本人に遺贈されるよう指定した遺言状――とすりかえた、というものだ。この告発は、あまりといえばあまりに大胆、かつ不遜《ふそん》とも言えるものだった——なにしろ告発されているのは、かつてはたしかに若気のいたりで放蕩《ほうとう》の限りを尽くしていたとはいえ、いまは行ない改めて、アイルランド上流社会に重きをなす名士となっている、ひとりのれっきとした紳士なんだからね。

法廷に詰めかけただれもが、これを聞いて肝《きも》をつぶしたのは言うまでもない。わたしの周囲でも、さかんにひそひそささやきかわす声がしていたが、それらを総合するに、マレー・ブルックスの兄にたいするこの大胆不敵な告発に関しては、支持できないという声のほうが強かったようだ。

ところが、ジョン・オニールの証言は、これで終わったわけではなかった。じつはウォルター・ヒバート弁護士は、さらにもうひとつのダイナマイトをひそかに用意していたんだ。詳しく言うと、ここであらためて一枚の紙がとりだされた——パーシヴァル・ブルックス氏によって検認手続きがとられた、あの遺言状だ。それをジョン・オニールに呈示して、これに見覚えがあるかとたずねる。ジョンは躊躇なく答える。

『もちろんでございます。それはお亡くなりになった旦那様の枕の下から葬儀屋が見つけまして、そのままわたくしがパーシヴァル様のお部屋へお届けした、その紙にまちがいございません』

と、ここで折り畳まれていた紙がひらかれ、証人の前に置かれる。

『では、あらためて訊くがオニール君、これはきみの署名かね？』

ジョンはしばらくそれを見つめていたが、やおらして、『ちょっと失礼いたします』と言うと、懐中からとりだした眼鏡をかけ、慎重に鼻の上に落ち着かせてから、おもむろにさしだされた紙を検《あらた》めた。

それから、思案ありげに考えこみつつ首を横にふり、あげくにようやく答えた。『どうもこれはわたくしの署名とはちがうようですな』といったんは言い、さらにそれを説明して、『つまり、ちょっと見には似ているようですが、よく見ると、そうは思えないということです』とつけくわえる。

まさにそのときだったのだよ」と、隅の老人は穏やかに言葉をつづけた。「ここでパーシヴァル・ブルックス氏の顔を去来したある表情、それを見てわたしは、そのとき、その場でいっさいをさとったのさ。事件当日の親子喧嘩、ブルックス氏の急病、贋《にせ》の遺言状、それらすべてにまつわるいわく因縁をね。そう、見えたんだよ、はっきりと！　ついでに言えば、パトリック・ウェザード殺害の謎までもが。

それがわかってみれば、どうしてほかの連中がだれひとりそれに気づかないのか、目の前にぶらさがった手がかりに気づけずにいるのか、不思議でしょうがなかったよ。訴訟の当事者双方に、それぞれ学識あるりっぱな弁護士先生がついていながら、それがこぞってもう一週間近くも、侃々諤々《かんかんがくがく》とやりあい、熱弁をふるい、反対尋問で相手をやりこめる、そんなことばかりに精力を費やして、肝腎の結論——最初からわかりきっていて、どう考えてもそれ以外にはありえないというただひとつの結論——それにはいっこうにたどりつけずにいるんだからね。

一言で言ってしまえば、問題の遺言書は偽造以外のなにものでもない――それも、まったくもって不出来で、不細工で、ばかげた贋物。なにせ、ジョン・オニールとパット・ムーニー、ふたりの証人が口をそろえて、ここにある署名は自分たちのものではない、そう言いきっているんだから。唯一、偽造犯人が書体を真似るのに多少なりとも成功している部分といえば、亡きブルックス老の署名、それだけなんだ。

じつは、ここにはひとつの奇妙な偶然が働いている。そしてまさにそのことが、偽造犯人が大急ぎで仕事をすませる助けになったわけなんだが、それがなにかというと、呼ばれて駆けつけた弁護士のウェザード氏が、依頼によって遺言書を作成するにあたり、当の依頼人の死期が迫っているのを見てとったためだろう、時間を節約しようと、通例の、法律家にとってはすこぶる重要な、書式も文言もきちんとととのい、かつきれいに清書された遺言書を書きあげるかわりに、どこの文房具屋ででも手にはいる、出来合いの書式を使ったということなんだ。

パーシヴァル・ブルックス氏は言うまでもなく、自分につきつけられた重大な告発をきっぱり否定した。父の亡くなったあくる朝、執事が問題の書類を届けてきたことは認めたし、それを一瞥して、たしかにたいそう驚いた、そのことも認めた。なぜならそれが、父の遺言書だったからだ。だがその反面、その内容にはすこしも驚かなかったと述べ、そこに書かれたような遺言者の意図は、すでに承知していたことも明らかにした。驚いたのは、その内容にではなく、父ならてっきりそれを、作成したその場で弁護士のウェザード氏に預けたはずだ、そう思いこんでいたからだ、と。ウェザード氏はこれまで長年にわたり、父にかかわる法律上の諸問題を処理してきた弁護士であり、遺言書作成にも、当然かかわっているはずなんだから。『署名のことですが、その場ではざっと一瞥しただけです』と、終始変わらぬ落ち着いた、明瞭《めいりょう》な声音で、パーシヴァルは話を結んだ。『それにしても、あれが偽筆《ぎひつ》だとは、夢にも思いませんでしたね。父の署名をじつに巧みに真似てあったし、かりに偽筆だったとしても、いまだにそうは信じたくないくらいです。

証人になったふたりの署名については、なんとも言えません――どちらも見るのはそのときがはじめてでしたからね、おそらく。いずれにせよ、書類はそのままバークストン&モード法律事務所へ持参しました。これまで何度か世話になったことのある事務所ですが、持参した書類を見てもらうと、形式にも文言にもなんら遺漏《いろう》はなく、有効だということでした』

なぜ父の顧問弁護士だった事務所に預けなかったのかと問われると、パーシヴァルはこう答えた――

『きわめて単純な理由からです。その書類がぼくの手に渡る、まさにその三十分ほど前に、新聞で読んだばかりだったんですよ――パトリック・ウェザード氏がゆうべ人手にかかって亡くなったという記事を。それに事務所のジュニア・パートナーであるヒバート氏とは、個人的に面識もありませんでしたし』

そのあとは、ほんの形式上の手続きとしてだが、故ブルックス氏の署名に関して、筆跡鑑定の専門家による証言が長々とつづいた。しかしその内容は、すでに疑いの余地なく立証されている事実と背反するものではなく、むしろそれを補強するものでしかなかったから、結果として、一九〇〇年十二月一日付けの、いわゆる新遺言書は偽造、一八九一年につくられた古いほうの遺言書こそが正当なものと認められて、マレー・ブルックス氏がその唯一の遺言執行人と認定されたわけだ」

## 3

「その二日後、パーシヴァル・ブルックス氏への逮捕状が出て、彼は文書偽造の疑いで収監された。

検察官が正式に刑事訴追手続きをとり、被告人は今度もまた、著名な勅撰弁護士オーランモア氏に弁護を依頼した。忘れもせぬ一九〇二年五月のその日、被告人席に着いたブルックス氏は、自らの無罪を確信し、裁判にもときには誤審がありうるなどとは考えたこともないと言いたげに、泰然自若《たいぜんじじゃく》としていた。そもそもが亡き百万長者の御曹司ではあり、古いほうの遺言状の指定でも、まだまだ巨額の資産が彼には遺されている。そうした彼の悠揚《ゆうよう》迫らぬたたずまいこそ、現在なお、彼の多くの友人たちの記憶に焼きついているものにほかならない。

その日の審理では、故ブルックス氏の最期の模様と、偽造された遺言書と、この二点をめぐる証拠調べがもう一度、最初から蒸しかえされた。検察側の主張によれば、遺言書はそっくり被告人に有利なように書き替えられ、被告人以外のものは、ことごとく受益者から除外されている。したがって明らかに、その受益者本人を除き、他のものにはだれひとりそれを偽造する動機などなかったはずだ、そういうんだ。

　そうやって自分に不利な証拠がつぎからつぎへ積みあげられてゆくのを、パーシヴァル・ブルックスはさすがに蒼白な面持ちになって聞き入っていた。アイルランド人らしい、深くくぼんだきれいな目のあいだには、深刻な縦皺《たてじわ》も刻まれていたな。

　あいまには、ときおりオーランモア氏のほうを向き、二言三言ささやきかけるんだが、当のオーランモア氏はといえば、こちらは冷静そのもの、眉《まゆ》一筋動かさない。

　このオーランモア氏の法廷でのようす、見たことがあるかね？　実際、印象的な人物だったよ――ディケンズの小説から抜けでてきたような。強いアイルランド訛《なま》り、肥《ふと》って、顔もまんまる、その顔にはきれいに剃刀《かみそり》があててあるんだが、大きな手は、必ずしも清潔そのものとは言いがたい――それやこれやで、ときとして風刺漫画家の好餌《こうじ》になる、そんな人物なんだ。

　この忘れがたい重要な審理が始まって、じきに明らかになったのは、この弁護人が依頼人に有利な評決をひきだすため、二枚の切り札を用意していたということ、そして弁護士としての手腕のすべてを傾けて、この二枚の切り札を最大限有効に活用したということだった。

　そのふたつのポイントの第一、それは時間の問題だった。ジョン・オニールはオーランモアの反対尋問を受けて、自分が遺言状をパーシヴァル様にお渡ししたのは、朝の十一時だった、と一瞬の躊躇もなく明言した。つづいてこの著名な勅撰弁護士が証言台に招いたのは、受け取った遺言書をそのあとすぐに被告人が持参したという、その相手の弁護士だった。

いま、証言台に立ったバークストン氏は、キング・ストリートに事務所を持つ、敏腕で知られた弁護士だが、その朝、パーシヴァル・ブルックス氏が自分の事務所に姿を見せたのは、十二時十五分前だったと明言した。さらに、事務所の所員たちふたりも証言台に立ち、その時刻にまちがいがないことを確認した。となると、遺言状を手にしてからわずか四十五分のあいだに、パーシヴァル・ブルックス氏は文房具屋へおもむいて、遺言書の書式を購入、もとの遺言書を作成したウェザード氏の筆跡と、亡き父親の署名、さらにはジョン・オニールとパット・ムーニー、二名の署名までも真似て、新たな贋遺言書をつくったことになるが、これはどう考えても不可能である、そうオーランモア氏は主張した。

あらかじめ計画をたて、準備万端ととのえて、練習を重ねたうえでなら、こうしたこともあるいは実行可能かもしれない。さらにいえば、それに伴って持ちあがってくるだろう山ほどの面倒事にも、なんとか対処できたなら。とはいえ、常識的に見ても、こんな離れ業が可能だと考えるのは、まず無理ではあるまいか。

それでも、裁判長はまだ心証が固まらずにいるようだった。たしかに、この著名な勅撰弁護士の弁論は、被告人有罪という彼の心証を多分に揺るがせはしたものの、それをたたきつぶすまでにはいたっていない。しかし、まだ二枚めの切り札が残っていた。そしてオーランモアはこの切り札を、卓抜な劇作家も顔負けの巧妙さで、芝居の幕引きまでとっておいたのさ。

彼は裁判長の顔にあらわれる表情をことごとく読みとっていた。そしてそのどっちつかずな表情から、自分の依頼人の安全がまだ確実にはなっていないと見てとり、ここでとっておきの証人ふたりを喚問したんだ。

そのひとりは、メアリー・サリヴァンといって、〈フィッツウィリアム・プレース〉でメイドとして働く娘だった。彼女は十二月一日の午後四時十五分、料理女の言いつけで、看護婦から要請のあった湯を主人の部屋へ運んでいる。彼女が部屋のドアをノックしようとしたちょうどそのとき、ドアがあいて、ウェザード氏が出てきた。メアリーは盆を持ったまま戸口で立ち止まったが、出てきたウェザード氏はそこで室内をふりかえり、はっきりとこう言った。

『これでもう心配はいりませんよ。心を平らかにして、落ち着いておいでなさい。ご遺言はこのわたしがしっかりとお預かりし、ポケットにしまいました。なにがあってもこれを変えることはできないし、あなた以外のだれにも書き替えることはできない――一語たりとね』

言うまでもなく、これが法律というやつの厄介な点だが、このメイドの証言が法廷で認められるかどうかは、すこぶる微妙なところだった。わかるだろう――彼女の証言というのは、その後に死んだある男が、べつの、おなじく死亡した男に語りかけた言葉、それを引用しているだけの、いわゆる伝聞にすぎない。かりに、パーシヴァル・ブルックスと対立する側から、これに対抗するだけのなにか強力な証拠なり証言なりが出てきていれば、メアリー・サリヴァンによるこの証言は、およそ無価値なものとして、洟《はな》もひっかけられずに終わっていたにちがいないんだ。ところが、いまも言ったように、被告人有罪と見る裁判長の心証は、すでに大きく揺らいでいた。そこへ、止めの一撃としてオーランモア氏のくりだしたつぎの一手、それがわずかながら残っていた裁判長のその心証を、完膚《かんぷ》なきまでに打ち砕いてしまったのさ。

詳しく言うと、オーランモア氏がドクター・マリガンを証言台に呼んだんだ。医者として、だれにも否定できない権威があり、実際、ダブリン医学界のトップに位置するとも言える絶対的な存在。このドクターの証言は、事実上、メアリー・サリヴァンのそれを補強するものだった。その日、二度めにブルックス邸を訪れたのは午後四時半、そのさい、患者の話から、いましがた弁護士が自分と入れかわりに帰っていったところだと知った。

いかにもブルックス氏は、体こそたいそう弱ってはいたが、精神的には落ち着いて、安らかな心境にあった。急な心臓発作によって、いまは命の瀬戸ぎわにあり、いつ最期のときを迎えても不思議はない状態、そうドクター・マリガンは見ていたんだが、患者はいまだに意識だけははっきりしていて、苦しい息の下から、ドクターにこんなことを言った——

『いまはすっかり心の重荷がとれた心地だよ、ドクター——遺言状をつくったんだ——ついさっきまでウェザードがきていてね——遺言状は彼がポケットに入れて帰った——だから、もう安心だ——だれにも、手は、出させ——』

しかしそこで言葉はとぎれてしまい、あとはもう、ほとんど口をきくこともなくなった。息をひきとる前に、ふたりの息子と対面しはしたが、それが息子たちだとは認識できなかったし、ふたりのほうを見ることすらなかった」

# 4

「というわけでだ、わかるだろう？」と、隅の老人は話を締めくくった。「これでもう訴追側の敗北は決まったようなものさ。それでもオーランモアはなおも追及の手をゆるめなかった。遺言状は偽造されたもの、この点は確かだ。ほかでもないパーシヴァル・ブルックスのため、ただ彼ひとりに有利なように偽造されている——この事実にまちがいはない。

はたしてパーシヴァル本人は偽造だと気づいていたのかどうか、気づいていながら気づかぬふりをしていたのかどうか、その点は立証されていないし、このわたしの知るかぎり、気づいていたことをうかがわせる事実もない。それでも、すべての証拠に照らしてみれば、それはありえないことがすぐにわかる。あらゆる証拠は、偽造という行為そのものに関するかぎり、すくなくとも彼本人はもっとも有罪に遠いということを示しているんだ。わかるだろう——ドクター・マリガンの証言は鉄壁だったし、おなじくメアリー・サリヴァンのそれも、強固なものだった。

要するに、ブルックス老が亡くなる直前につくった新遺言書は、弁護士のウェザード氏が預かり、四時十五分に〈フィッツウィリアム・プレース〉を辞去したときにも、身につけていた、そう明確に言いきる証人がふたりもいるわけだ。そしてその日の午後五時には、当の弁護士はフェニックス・パークで死体となって発見されている。いっぽう、パーシヴァル・ブルックスはその午後四時十五分から夜の八時まで、自宅を一歩も出ていない――この事実もまた、その後にオーランモアにより、疑問の余地なく明確に立証されている。したがって、あくる朝、ブルックス老の枕の下から発見された遺言状は、その後に偽造されたものであることが明らかなんだが、ならば、ブルックス老が死の床でたしかに作成し、ウェザードがポケットに入れて持ち帰ったはずの新遺言書は、いったいどこへ消えちまったんだろうね？」

「盗まれたんだわ、もちろん」わたしは言った。「犯人は、弁護士を殺して、身ぐるみ剝いだ連中。遺言状なんて、その連中にとってはなんの値打ちもなかったはずだし、のちのちそれがもとで足でもつくと困るから、当然、破いて捨ててしまったんでしょう」

「するとあんたはそれが、偶発事件だったとでも思っているわけかね？」隅の老人は勢いこんで問いかえしてきた。

「とおっしゃると？」

「ウェザードが殺害され、身ぐるみ剝がれたのは、彼が正規の遺言書をポケットに入れて所持していた、まさにその時間帯なんだよ――いっぽうまたおなじころ、それに代わるべつの遺言書が偽造されつつあった。これが偶然かね？」

「言われてみると、たしかに妙ですわね――偶然にしては、話が合いすぎます」わたしは思案しいしいそう言った。

「そうだとも、合いすぎるんだ」わたしの口にしたことを、彼は刺すような皮肉をまじえてくりかえした。いっぽうでその骨ばった指は、いつもの紐をいつものようにいじくりまわしている。「おそろしく奇妙な偶然の一致。まあ考えてみなさい、全体の構図を。ここに資産家の老人がいる。彼には息子がふたりいて、そのひとりを彼は溺愛するいっぽう、べつのひとりとは仲が悪く、ことごとに衝突ばかりしている。

それがある日、またもや息子と衝突するが、この日は普段のそれよりも一段と激烈、一段と聞くに堪《た》えないやりとりがかわされたすえ、ついに老人はそうした状況すべてに失望し、あげくに心臓発作を起こして倒れる——いってみれば、失意に胸破れて死んだようなものさ。それはともかく、倒れたあとすぐに、彼は遺言状を書き替えるが、死後に新たな遺言書が見つかり、これはやがて偽造だと判明することになる。

となって、ここでだれもがひとつの結論にとびついた——だれも、というのはつまり、警察も、新聞も、一般大衆も、ということだが——その結論とは、要するに、その贋の遺言書によって得をするのは、パーシヴァル・ブルックスにほかならず、ゆえに、パーシヴァル・ブルックスこそがその偽造犯に相違ないというものだった」

「その犯罪によって得をするものを探せ——これ、いつものあなたの持論ですわね」わたしは反論した。

「なにを言いたい?」

「だってパーシヴァル・ブルックスは、無慮《むりよ》二百万ポンドもの利益を得たんですよ」

「お言葉だがね、そんな利益など得ちゃいないよ、彼は。弟の相続分の半分にもならない遺産しか、受け取っていないんだ」

「あら。でもそれは、最初の遺言状の指定がそうなっていたからで――」

「そしてそれを書き替えた新遺言状といえば、偽造にしてもあまりにお粗末な出来、署名も一目で偽筆とわかるし、要するに、すぐに贋物とばれて当然といったしろものだった。あんた、これをおかしいとは思わなかったかね、ぜんぜん？」

「ええ。でも――」

「〝でも〟はなしだ」彼はさえぎった。「そも最初から、このわたしにはいっさいが白日のごとく明らかだった。いいかね、その日の父と子の口論というのは――結果的にこれがブルックス老の命とりになったわけだが――それは、だれもが想像するように長男とのあいだに起きたものではなく、故人の愛し、信頼していたはずの次男とのあいだに起きたものだったんだ。ジョン・オニールの漏れ聞いた言葉、あんた、覚えていないかね――〝嘘つきめ〟とか、〝だましおったな〟とか言っていただろう？

　パーシヴァル・ブルックスがそれまで父をだましていたことはない。彼の放蕩は公然のものだった。ひきかえ、次男のマレーのほうは、いつもうわべは行儀よくふるまって、父にとりいり、父の機嫌をとり、父におもねって暮らしてきたが、そうした偽善者の例にもれず、結局はその悪行が露顕《ろけん》することになった。賭博だか女性問題だかで大金を使い、紳士として当然支払うべき巨額の――それがどのくらいの額にのぼるのかは知らんが――ともあれ巨額の借財を背負いこんだあげくに、その事実がとつぜん父親の知るところとなった。あの最後の日の、激烈な親子喧嘩の原因はそれだったと、そうは思えんかね？

忘れちゃいないだろうが、倒れた父のそばに終始付き添っていたのがパーシヴァルなら、その父を寝室に運んだのもパーシヴァルだ。父が倒れて、瀕死の床にあるという、その長く、つらい一日、マレーはいったいどこにいたのかね？――父が盲愛し、目に入れても痛くない存在だったはずの弟息子は？　取り込みで屋敷じゅうが上を下への騒ぎだったそのさいちゅう、彼がその場にいあわせたとする証言は、どこからも出てこない。だがそのいっぽうで、自分が父の機嫌をはなはだしく損ねたことを彼は心得ていたし、怒った父が遺言状を書き替え、自分を一文なしでほうりだすつもりでいることも見通していた。弁護士のウェザード氏が招かれてきたことも知っていたし、四時を過ぎてまもなく、そのウェザード氏が帰っていったことも知っていた。

さて、ここからがいよいよ、あの男の抜け目のないところだ。公園でウェザード氏を待ち伏せ、ステッキで後頭部を一撃して殺害、新遺言書を奪いとりはしたものの、遺言状それ自体を完全になかったものにしてしまう、そこまでは彼にもできなかった。というのも、ブルックス老が新しい遺言書をつくったことを知っている証人が、ほかにも存在する可能性がある――たとえばウェザード氏のパートナーの弁護士とか、事務所の所員とか、でなくば〈フィッツウィリアム・プレース〉の忠実な召し使いのだれかとか。となると、老人の死後、なにか新たな遺言書が出てこなくちゃならない。

とはいうものの、マレー・ブルックス本人は、文書偽造に長けているわけじゃない。文書偽造というのはね、長年の研鑽《けんさん》を積んで、ようやく身につけられる高等技術なのさ。だから、自分が新遺言書をつくっても、たちまち偽造だとばれるだろう——そう、ばれるのは必至だ。ならばいっそはじめから、ばれるように細工しておいたらどうだろう。その贋遺言状は、すぐに贋物だとわかるような出来でよい。そしてやがてそれが発見され、検認裁判で正式に偽造と認定されれば、あとは一八九一年につくられた古い遺言状——この若く悪辣《あくらつ》な男にきわめて有利なように定めてある遺言状——が、あらためて法的に有効と認められることになる。

このときマレーを動かして、贋遺言状をあそこまで兄パーシヴァルに有利な内容にし、ことさらその事実が目につくように仕立てさせたもの、それがはたして兄への悪意だったのか、それともたんに、念には念を入れただけだったのか、それはいまとなっては知るすべもない。

いずれにせよ、これこそがあの巧緻きわまりない犯罪計画の、なかでももっとも巧妙に描き加えられた悪魔の一筆だろうね。こういう悪巧みを思いつくだけでもすごいが、実行に移すのは、思いのほか簡単だった。それを成し遂げるだけの数時間の余裕、それが彼にはあったし、その後、夜になってから、その贋文書をそっと故人の枕の下に忍ばせておく、これもたやすい仕事だった。かかる瀆神《とくしん》的行為に畏《おそ》れをいだくような資質、そんなものをそもそもマレー・ブルックスのような人物が持ちあわせているはずもない。

まあ、その後の経過については、あんたも知ってのとおりだが——」

「でも、パーシヴァル・ブルックスのほうはどうなりましたの?」

「陪審員の評決は〝無罪〟だった。彼を有罪とする証拠など、もともとまるきりありはしないんだから」

「でも、遺産のことはどうなんですの？　まさかその卑劣な悪党が、その後もそれを独り占めにしてる、なんてことはないんでしょうね？」

「それはそうさ。いかにも当座は独り占めにしていた。それが三カ月ほど前だったが、急に亡くなってね。しかも、遺言書をつくっておくという用心を怠《おこた》っていたものだから、結局は兄のパーシヴァルが相続人として、事業全般を受け継ぐことになった。あんたもいつかダブリンへ行くことがあったら、ぜひともブルックス社のベーコンをためしてみるようおすすめするね。すこぶるつきの絶品だと保証するよ」

# 十三号独房の問題

ジャック・フットレル
宇野利泰 訳

The Problem of Cell 13　一九〇五年

**ジャック・フットレル** Jacques Futrelle (1875.4.9–1912.4.15)。トリッキイな短編の代表作である。フランス系の名前であるが純粋なアメリカ人で、ヴァン・ドゥーゼン博士、別名「思考機械《シンキング・マシン》」を主人公にした短編で知られている。本編は一九〇七年に一本にまとめられた *The Thinking Machine* 所載のもの。著者のフットレルは一九一二年、有名なタイタニック号に乗りこんで遭難し、劇的な最後をとげた。彼がもっと長生きしたら、どんな名作が生まれたか予測できないとまで、後世の批評家からその死を惜しまれている。

## I

オーガスタス・S・F・X・ヴァン・ドゥーゼンという、その本来の名前からして妙にながながしいので、アルファベット二十六文字の半ばは使ってしまっていたのだが、残されたその他の文字も、科学者としての彼の閲歴《えつれき》が、しだいにその光輝を増していくにつれて、こんどは肩書として付け加えられることになり、ついには彼を呼ぶには、アルファベット全文字を使っても足りぬようになってしまったのだ。実際、驚くべき肩書の連続だった。Ph・D（哲学博士）であり、LL・D（法学博士）であり、そしてまた、F・R・S（王立学会会員）であり、M・D（医学博士）で、M・D・S（歯科博士）であった。そのうえ、諸外国の大学や学会から、彼の学識がみとめられていくにしたがって、彼自身にすら、なんとも理解できぬような肩書がふえていくのだった。

ひとを驚かせたのは肩書だけでなかった。彼の風采もまた、あまり世間に類のないものだった。ほっそりとした身体を前かがみにして、世俗を避けた学究らしい蒼白い顔が、剃刀《かみそり》をいつもきれいにあてて、その上にのっていた。分厚な眼鏡《めがね》の奥には、水のような碧《あお》さをたたえた双眼が、なにか微小の物体を見きわめるときのように、せばめた瞼《まぶた》の隙間から、針のように鋭い視線を走らせている――おまけに、その目の上には、もっと異様なものがある。びっくりするほど広い額だ。高さといい幅といい、だれしも驚くにちがいない。さらにまたその上には、黄色っぽい頭髪が、櫛も入れずにもじゃもじゃとかぶさって、どこから見ても風変わりな、むしろ、グロテスクというのが適切なくらいの畸人《きじん》であると教えていた。

ヴァン・ドゥーゼン教授は、ドイツ系の出であって、父祖も代々科学者として知られていた。したがって彼のように、科学のエッセンスといってもよい存在が生まれたのも、けっして偶然ではないのだ。彼は、その半世紀になんなんとする生涯のうち、すでに三十五年ものあいだ、二プラス二は、いつ何時といえども四なり、という命題を解明するためについやしてきた。彼は、その目的のために、父祖いらい蓄積された科学的能力を縦横に駆使した。ヴァン・ドゥーゼン教授の頭に合わせるには、八号サイズの帽子が必要であったのもむべなるかなといえよう。

世人は、ヴァン・ドゥーゼン教授を異名して、「思考機械」と呼んでいた。最初に命名したのは新聞社で、チェスの全国大会が開催されたときであった。開会に先立って、彼は傲然《ごうぜん》とうそぶいた——チェスの駒を、いま初めて手にする者でも、論理的な思考能力さえ有効に働かせれば、一生を盤面の研究にささげつくした専門棋士を相手にしても、容易に勝利をかちとることができるものだと——そして、その事実を、彼自身その大会において、もののみごとに立証してみせたのだった。思考機械！　どの肩書にもまして、これほど直截《ちょくせつ》に彼の特質を言いあらわす言葉はないであろう。彼は、数週間も数カ月も、簡素な研究室に閉じこもって、日夜思索に没頭したあげく、とつじょとしてそのドアを開くと、はなばなしい成果を発表する。そのときは、学界はもちろんのこと、全世界が震撼《しんかん》させられるのが常であった。

そんなわけで、彼を訪問する客といっては、ほとんどないといってよかった。強《し》いてあげればふたりだけで、どちらも科学者としてはすでに名声の高い人たちで、チャールズ・ランサム博士とアルフレッド・フィールディングとがそれであった。きょうも夕がたから、ふたりそろって訪れて、ある科学理論についての討議に花を咲かせていた。その内容は、この物語には直接の関係がないから触れずにおくが、そのうちに、話題が思わぬ方向にすすんでいった。

討論の途中で、言葉のいきさつから、ランサム博士がちからをこめてこう主張したのである。

「そんなことは絶対に不可能だ！」

「不可能なんてことはありえんのだ」

思考機械も相手とおなじように断乎とした調子で、むしろ腹立たしげに言葉をたたきつけた。

「精神は物質に優先するのだ。思考能力はすべてを支配できるのだ。われわれの科学が、それ本来の能力を自覚したときは、もっといちじるしい進歩を見ることができるはずなんだ」

「空飛ぶ船はどうだ？」

ランサム博士はいった。

「そんなことは、ちっとも困難なことじゃない」思考機械は断言した。「いつか近い将来に発明されるさ。ぼくだって、やろうと思えばわけないことだが、いそがしいから取りかからぬだけのことなんだ」

ランサム博士は、おうように笑ってみせて、

「きみは以前からそんなことをいっておったな。しかし、ぜんぜん無意味なたわごとさ。なるほど、理論の上では、精神は物質を支配するかもしれん。だが、現実に、それをどう適用する

かは別問題だ。どんな方法が発見されたというのかね？　いくら頭をしぼって考えぬいたところで、物質をなくしてしまうわけにはいくまい。百万人の思考を積みかさねてみたところで、物質を支配するなんて、およびもつかぬ空想さ」

「たとえば？」

　思考機械は挑戦するようにきいた。ランサム博士は、たばこのけむりを吹きあげながら、しばらくは考えこんでいたが、

「そうだな。たとえば刑務所の壁さ。監房に収容されたばあい、どんなに思考の力を働かしたところで、脱出なんかできるものではなかろう。もし、そんなまねができるのなら、囚人なんて概念は、およそ無意味なものになってしまうじゃないか」

「ところが、脳髄さえつかえば、監房脱出なんぞ易々《いい》たるものだ。ぼくの主張は、ちっとも変わらんよ」

　思考機械は、はっきりそういいきった。ランサム博士も、いささかこの問題に興味を感じてきたとみえて、膝をのりだした。

「死刑囚が牢獄に拘禁《こうきん》されたとする。いいかね。彼はいずれは殺される運命だ。その恐怖に駆りたてられて、どんな乱暴な手段にでても、脱獄を企てたいところだろう。きみが、その死刑囚だったとしたら、逃走できると主張するのかね？」

「もちろんさ」

　思考機械は断言した。

「爆破でもすれば」と、フィールディング氏が、はじめてふたりの議論に口を入れた。「脱走もできようが、囚人に火薬の持ち合せがあるはずもないからね」

「そんな手荒な手段にでる必要があるものか！　かりにぼくを、死刑囚とまったく同一の状態に拘禁してみたまえ。かならず脱出してみせるから」

「脱走用の道具なんか持ちこんではだめだぞ」

思考機械は、あきらかにムッとしたようすで、碧い目をキラッと光らせて、

「いつ、いかなる刑務所でもよい。きみの指定の監房に入れてもらおう。一週間以内に、誓って脱出してみせるから」

彼は、するどくいいはなった。ランサム博士も、興奮して身を起こした。フィールディング氏は新しい葉巻に火をつけた。

「思考の力だけで、ほんとうに脱出できるというのかね？」

「やってみせるよ」それが答えだった。

「まじめにいってるのか？」

「大まじめさ」

ランサム博士とフィールディング氏は、長いあいだ黙っていた。

「ほんとに、やってみる気か？」最後に、フィールディング氏がいった。

「もちろんだ」ヴァン・ドゥーゼン教授もいった。皮肉の調子が、口裏にうかがわれた。「真理を教えてやるために、もっとくだらぬまねをやったこともあるさ」

口吻《こうふん》は挑戦的だった。なにか怒りに似た緊張した気分が、双方のあいだに浮かび上がった。いうまでもなく、つまらぬ冗談にちがいないのだが、ヴァン・ドゥーゼン教授は、奇妙にその主張にこだわって、とうとう実験を行なうことに決定した。

「では、すぐ始めてもらおうじゃないか」

ランサム教授が、つけ加えていった。

「あすがいいな。なぜって――」と、思考機械がいった。

「いや、いますぐのほうがいい」フィールディング氏まで口を出して、「きみが逮捕されるという情報が、友人たちのあいだにもれないうちに、そして、きみがだれとも連絡のとれぬうちに、監房に入ってもらうことにする。処置待遇は、いっさい死刑囚と同様にして、おなじような監視を実施する。いいね、承知だね？」

「いいとも。では、そうしてもらおうか」

思考機械はそういって立ちあがった。

「場所は、チッザム刑務所だ」

「チッザム刑務所の死刑囚監房か」

「なにを携帯するね？」

「できるだけ簡単でよろしい。靴に靴下、ズボン、シャツ――そんなところでけっこうだ」

「身体検査を行なうぜ」

「囚人とぜんぜんおなじに取り扱ってもらおう。ことさら厳重にすることもないが、べつに簡略にしてもらおうとも思わない」

実験に取りかかるまえに、刑務所長の許可がもちろん必要であったが、この当事者は、三人ともに学界の有力者であったので、打合わせは電話で簡単にすんだ。もっぱら、純科学上の討議のために実験を行なうのだというと、典獄はけげんそうなようすだった。おそらく、ヴァン・ドゥーゼン教授は、監獄史上、もっとも顕出《けんしゅつ》した囚人といえるであろう。

思考機械は、収監中着用する衣服を身につけると、あらためて小柄の老女を招いた。彼の家政婦であり、料理人である婦人である……。

「マーサ。いまはちょうど九時二十七分過ぎだが、ぼくは急に旅行することになった。一週間後には戻る。その日の夜九時半、この紳士たちといっしょに、ここで晩餐《ばんさん》をとることにしてある、用意をたのむよ。おまえは、ランサム博士の好きな料理は、よく承知しておるだろうね?」

それから、一行三人はチッザム刑務所にむかった。あらかじめ電話で連絡があったので、所長は彼らの到達を待ち受けていた。所長の耳に入れられたことは、ヴァン・ドゥーゼン教授を、囚人同様に一週間収監すること、べつに彼は犯罪を行なったわけではないが、その間、囚人とまったくおなじ待遇をしてほしいとのことだった。

「身体検査をしてくれたまえ」

ランサム博士が要求した。思考機械は身のまわりを検査されたが、あやしい物はなにも発見されなかった。ズボンのポケットは空《から》であったし、白いワイシャツにはポケットはなかった。靴と靴下とは、ぬがしてあらためたうえでまたはかせた。ヴァン・ドゥーゼン教授は、おとなしく身体検査をさせていた。見るからに虚弱そうな、子供のような肉体——青ざめた顔、やせ細った腕——ランサム博士はそのようすを眺めているうちに、ほんのことのはずみから、とんだことを始めてしまったもんだと、後悔めいたものを感じていた。

「だいじょうぶか？　ほんとうにきみは、やる気かね？」

「やってみなければ、ぼくの意見を信じないだろう？」思考機械はききかえした。

「むろん、信じないね」

「だから、やってみせるんだ」

その語調には、ランサム博士のいままでの同情心を、一挙に失わせるにじゅうぶんなものがあった。究極まで追いつめてやろう——博士は、相手の驕慢《きょうまん》な自尊心に、激しい反撥を感じはじめた。

「ここに収監されたからには、外部との連絡は完全に遮断されるのでしょうな？」

「もちろんですとも」所長は答えた。「文通までも禁じられています」

「すると、看守も彼から、手紙を受け取ることはありませんな？」

「直接にも間接にも、そんなおそれは全然ありません。安心して可なりです。囚人のいったことは、残らず私に報告されますし、囚人の提供した物は、そのまま私に示されることになっています」

「それで安心しましたよ」

フィールディング氏は満足そうにいった。彼はこの実験に、すっかり乗り気になっていた。

「これだけ厳重な設備では、逃走はまず失敗にきまっているが、実験が終わったら、ぼくの要求しだい、すぐに釈放してもらいますよ」

「よろしいですとも」典獄はこたえた。

思考機械は、彼らの問答を、一語もはさまずに聞いていたが、このとき初めて口を開いた。

「三つばかり、ほしいものがある。大したことではないが、どうだろうね？　もちろん、許否はきみたちの判断にまかせるが――」

「特別の恩恵はいかんぜ」フィールディング氏が注意した。

「恩恵ってほどのものではないつもりだ。まずひとつ、歯磨粉がもらいたい。心配だったら、現物をよくあらためてくれればよい。それから、五ドル紙幣一枚に、十ドル紙幣が二枚ほしいのだ」

ランサム博士、フィールディング氏、刑務所長――三者おなじように、びっくりして顔を見合わせた。歯磨粉を要求するのはとにかくとして、刑務所のなかで現金が入用とは、どういうつもりであろうか？

「刑務所内で接触する人間で、二十五ドルで買収できそうなのがいるかしら？」ランサム博士が刑務所長にきいた。

「冗談いっては困ります。二千五百ドルだっていませんよ」

刑務所長は憤然としていった。

「それなら、くれてやろうよ。まったく問題あるまい」フィールディング氏がいった。

「三番目はなんだね？」ランサム博士がきいた。

「ぼくの靴を、いつもみがいておいてもらいたいんだ」

またしても三人は、あまりの意外な言葉に、顔を見合わせた。とりわけ、最後の要求はバカバカしかったが、べつに危険なことでもないので、願いはとにかく許された。かくして思考機械は、いよいよ実験の舞台である監房に収容されることになった。彼はここから脱走せねばならぬことになったのだ。

「これが十三号監房です」

鋼鉄板をはりつめた廊下の三番目のドアの前で、刑務所長はいった。「死刑の確定した殺人犯人を収容する監房です。私の許可のないかぎり、ドアから一歩も出ることはできませんし、外部との連絡も、まったく遮断されているのです。その点、私の名誉にかけても断言できます。ことにこの監房は、私の部屋からドアをわずか三つへだてているだけですから、ちょっとした異状があっても、すぐに気がつくにちがいありません」

「ほほう。諸君はぼくを拘禁するのに、この監房で間にあうと思っているのかね？」

思考機械の言葉には、相変わらず皮肉な響きがこもっていた。

「じゅうぶんですとも」

典獄の答えだった。

鋼鉄の重いドアをギイッと音を立てて開くと、何かごとごとと、ひとしきりざわめく音がしていたが、思考機械は元気な足どりで、その薄暗い監房に入っていった。ドアはすぐに外からとざされて、典獄みずからの手で二重の鍵がふたたびおろされた。

「いまの音はなんだったね？」

かんぬきの外から、ランサム博士は声をかけてきいた。

「ねずみなんだ——いっぱいいるんだよ」思考機械はぶっきらぼうにこたえた。

三人の者はおやすみといって、立ち去ろうとした。すると房内から、思考機械の声が聞えた。

「正確な時刻は何時ですね、所長？」

「十一時十七分」典獄はこたえた。

「そうですか。では、いまから一週間後の夜八時半に、きみの所長室で、三人いっしょに待っていてもらうとしよう。ぼくのほうから姿を現わすことにするから——」

「もし約束の履行ができなかったときは？」

「もしということは、ぼくにとってはありえぬことなんだ」

## II

チッザム刑務所は、みるからに堂々たる建築であった。広大な敷地の中央に、あたりを威圧するように花崗岩《かこうがん》造りの四層階がそびえ立って、巨翼を四方に広げていた。敷地の周囲には、高さ十八フィートもある堅牢無比の石塀《いしべい》がめぐらされて、入念に磨きあげられたその表面は内外ともに平滑で、どんな熟練者が現われたところで、とうてい人間業《わざ》ではよじ登ることなど不可能であった。さらにその石塀の頂きには、念に念を入れたとみえて、五フィートにあまる鉄棒が、先端をするどく尖らせて、ずらりと植えこんであった。これが獄舎を自由世界から完全に遮断する障壁であった。たとえ囚人が首尾よく監房を脱出することができたにしても、この障壁を越えることは、いかにしても考えられぬことであった。

建物と石塀のあいだに、四方それぞれに二十五フィートの前庭があって、屋外運動を許可されている囚人たちの、散歩の場所にあてられていた。それはもちろん、十三号監房に収監されるような凶悪な犯罪者にとっては、用のないところであるのはいうまでもなかった。二十四時間中、夜ひるのへだてなく、武装した監視が四人、東西南北にそれぞれ部署をもって、建物の外壁にそって巡邏《じゅんら》しているのだった。

夜間もまた、前庭は昼間におとらず、煌々《こうこう》と照らし出されていた。建物の四壁にはそれぞれ大きなアーク灯が石塀を見おろすほどの高さに設置されて、監視はその光で構内をはっきり見通すことができた。その光は、石塀の上の忍び返しの先端をキラキラとかがやかしていた。電線がところどころに碍子《がいし》を白く浮かび出させながら、建物の外壁を這い上がって、最上階に達すると、なおもその上に突き出た電柱を伝って、アーク灯にまでとどいていた。

こうした構内の施設を、思考機械は監房の窓から残らず見きわめた。窓はせまい鉄枠をはめられて、壁間の高いところに開いているので、そこから外をうかがうには、ベッドの上に立ちあがる必要があった。それでもその翌朝、収容後第一の仕事として、構内のようすをすっかり頭にしまいこんだ。同時にまた、すぐ間近に聞えてくる発動機船のエンジンのうなりと、ときどき空高く翔《か》け上る水鳥の羽音で、石塀のすぐ外側を、かなり大きな河の流れているのを知った。そしてやはりその方角から、子供たちの遊び興じる声が、バットの響きにまじって聞えてくるので、河と刑務所の塀とのあいだに相当ひろい広場があって、子供たちの野球場に使われていることもわかった。

チッザム刑務所は、脱獄危険防止には完璧の設備を誇っていた。思考機械はベッドの上に横になって、その然《しか》るゆえんを考えていた。石塀は二十年以前に築造されたものであるが、いまなお堅牢そのものの状態であるし、監房の明り窓も鉄枠は全部新しく取り換えてあって、鉄錆《てつさび》のあとひとつとどめていなかった。しかし、かりに鉄枠がなかったにしても、大の男がぬけ出すには、よほど苦労する必要があるにちがいない。

しかし、思考機械はいっこうにしょげぬどころか、むしろ泰然自若《たいぜんじじゃく》たるものがあった。巨大なアーク灯が真昼の太陽の下に浮かび出されているのを眺めながら、その電線が、建物の外壁を伝って這いあがっているのを目で追っていた。当然それは、この監房からあまり遠くないところで地面に達していると思われる。これはたしかに、頭に入れておくだけの価値があるにちがいない。

十三号監房が、所長室だの看守たちの詰所だのと同一階にあることは、きのうの所長の言葉からも想像された——とすると、この監房の位置は地階でないにしても、そう高いところにあるはずはなかった。玄関を入ってから所長室のある廊下に達するのに、階段を少し登ったのを知っている。したがって、この監房の床の高さは、地面まで三フィートか四フィートにすぎぬわけだ。窓の下の地面は直接にはのぞけぬが、前庭をへだてて石塀のあたりの地面はうかがうことができる。あの高さから判断すれば、窓さえどうにか脱け出れば、飛びおりるのは容易な仕事といえるだろう。これはたいへんありがたいことである。

次に、この監房までたどりついた順序を考えてみた。まず最初に門衛の詰所があった。それは石塀の一部をなしていて、そこに鋼鉄造りのいかめしい門が、重いかんぬきを備えて、しかも二重になっていた。ここには常時門衛が見張っていて、いちいち鍵を鳴らして門扉を開いては、一人ずつ出入りを許した。刑務所長室は、もちろん建物の内部にある。玄関からそこに通るには、のぞき孔《あな》がひとつついた、頑丈な鉄扉を通過する必要があった。そこから十三号監房に達するには、廊下に取り付けられたおもおもしい木製ドアと鉄扉を二カ所通って、さらにまた、これらの厳重な設備に応じるように、監房のドアにも二重の鍵がついていた。

こうしたわけで、思考機械の計算をまつまでもなく、十三号監房から戸外の自由世界に達するには、七カ所の関門を通過せねばならぬ勘定であった。そのかわり外部からも完全に遮断されて、よけいなわずらわしさに悩まされる気づかいもなかった。朝六時になると、看守が食事を持って扉口に現われる。そのほかは、正午と夕刻六時に食事をはこんでくるだけで、あとは夜九時に点検が一回行なわれる以外は、外部との交渉はなにもなかった。

「なかなかよく整備された所内規則だ」思考機械は思わず感服のつぶやきをもらした。「これはたしかにりっぱなものだ。実験をすませてから、ゆっくり研究してみるだけの価値はあるようだ。刑務所というところがこれほど規律正しく運営されているものとは、おれもいままで知らなかったよ」

監房のなかは極端なほどなにもなくて、殺風景なものだった。鉄製のベッドがひとつ、ぽつんとおいてあるが、頑丈きわまるもので、ハンマーでひっぱたくか、やすりでこするかしなければ、どの部分にしても、解体などは思いもよらなかった。彼はもちろん、そんな道具は手にしていなかった。そのほかは椅子もなければテーブルもなく、空罐も瀬戸物のかけらも、何一つなかった！　看守は彼が食事をしているあいだ、そばに立っているが、食事がすむと、木製の椀とスプーンを取りあげて、さっさと立ち去ってしまうのだった。

これらの事実を、思考機械は順次に脳裡にたたみこんでいった。それがすむと、立ちあがって監房内の実地検分にとりかかった。天井から始めて、四方の壁に添ってセメントで固めた壁石をたんねんにたたいてみた。次に床を両足でトントン踏んでみたが、これもやはりコンクリートで頑丈をきわめていた。ひととおり調査がおわると、鉄製ベッドの端に腰をおろして、思考機械ことオーガスタス・S・F・X・ヴァン・ドゥーゼンは、長いあいだ瞑想に耽っていた。思彼にはすでに、なにか思いついたことがあるようすであった。

瞑想は一匹の鼠によってさまたげられた。はじめは、彼の足もとをチョロチョロ走りまわっていたが、やがて自分の大胆な行動に怖れをいだいたかのように、ふたたび片隅の暗い蔭のなかに逃げこんでしまった。思考機械はその物蔭をしばらく見つめていたが、そのうちに、彼自身の目が暗がりになれるにつれて、いま逃げこんだ小動物が、珠のようなまん丸な目で、こちらを見返しているのがわかってきた。よく見ると、一匹だけではない。数えあげると、六双の、ちっぽけな目玉が光っている。そのほか、はっきりはわからないが、まだまだたくさんいるように思われる。

監房のドアは、床とのあいだに二インチほど隙間をあけてある。思考機械は横目でそれをにらみながら、いきなり小さな目玉の光っている片隅に突進していった。ちっぽけな足が、あわてて逃げまわる音、キイキイと歯をきしるような鋭い鳴き声……そして、またもとの静寂にもどった。

ドアの隙間から逃げ出したのは一匹もいない。しかも、房内からはのこらず姿を消していた。たしかにねずみの通り穴が、どこかにあいているにちがいない。思考機械は床の上に四つん這いになって、その長い指で、暗闇のなかにねずみ穴をさがしまわった。

彼の努力はじきにむくいられた。片隅の壁に、コンクリートの床とほとんどおなじ高さに、一ドル銀貨大の丸い穴があいていた。これだ！　これが奴らの通路にちがいない。指を突っ込んでみると、現在は使っていないが、排水用のパイプ管が通っているようだ。

いちおうそれで満足して、一時間ほどベッドの上に寝転がったが、こんどは壁の小窓を中心にして、別の調査を開始した。たまたま彼がのぞいたとき、前庭の監視のひとりが、窓にむかいあった石塀に背をもたせて、こちら側を見張っていた。しかしこの高名の科学者は、いっこうにとんちゃくしなかった。

正午になって、看守が粗末な食事を運んできた。思考機械は、ふだんでも食事にぜいたくはいわぬ性質なので、所内の粗末きわまる食事にもべつだん苦にするようすはなかった。例によって食事のあいだ、看守は廊下から彼を見守っていた。思考機械はなにげないふうで話しかけた。

「この刑務所には、最近数年間に、どこか手を入れた個所はないのかね？」

「修理ってほどのことはやっていませんね。四年前に、石塀を新規にしましたが――」

「建物自体には、手をつけなかったのか？」

「外壁のペンキを塗り替えました。それに、あれはたしか七年ほどまえだったと思いますが、排水設備を新様式に変更してあります」

「やっぱりそうか！」囚人はいった。「それから、ついでにきいておくが、むこうの河まで、どのくらいの距離があるね？」

「三百フィートもありますか。そのあいだは、子供たちの遊び場になっています」

そのときは話をそれで打ち切って、思考機械はなにもいわなかった。が、看守が立ち去ろうとすると、そのうしろ姿に声をかけて、水がほしいといいだした。

「ここにおると、咽喉が渇いてかなわんよ。その碗に、水を入れておいといてもらえんかな」

「所長にうかがってみましょう」

三十分ほどして、小さな陶器の碗に、水を入れて持ってきた。

「この碗をおいといてよろしいと、所長の許可がおりました。しかし、検閲のときにこわれてでもいると、二度ともらうわけにはいきませんよ」

「いや、だいじょうぶ。こわさぬように気をつけるよ」

看守はほかの仕事に立ち去った。思考機械はまだなにか質問したいようだったが、思いなおしたようすをみせて、あとはだまってしまった。二時間のちに、おなじ看守が十三号監房の前を通りかかると、ドアのなかで異様な物音がしていた。しかし、彼の足音が聞えたとみえて、近づくと音はピタッととまった。ドアについた見張り窓からそっとのぞいてみると、思考機械は四つん這いになって、房内の片すみでしきりに動きまわっていた。そのあたりから、例のキイキイいう小動物の鋭い鳴き声が、しきりにひびいていた。看守は何事かと首を出した。

「やっとつかまえたよ」

「なにをつかまえました?」

「ねずみのやつさ。ほら見たまえ!」

科学者の細長い指のあいだで、灰色の小ねずみがあばれていた。囚人は立ちあがって、日光が矢のように射し込んでいるところまで持っていって、じっとそれを眺めていた。

「どぶねずみだな」

「いくら退屈だとしても、いまさらねずみなんかつかまえてもしかたがないでしょう。ほかになにか、気のきいたこともありそうなものですのに――」

「こんなものが横行しているのは、刑務所としては不名誉なんだぞ。はやく殺してしまうことだ。まだ何十匹って出てくるぜ」

看守はするどい鳴き声を立ててはあばれまわっているどぶねずみを受け取ると、はげしく床にたたきつけた。ギャッと一声でそのまま息が絶えた。後刻、典獄は看守から委細を聞いて、笑っていた。

その日の午後、日没近くなって、前庭を巡邏していた武装監視が、十三号監房の窓に囚人の顔をみた。片手を伸ばして、窓の鉄枠の辺で動かしているようだったが、なにか白い物が、そのあたりからヒラヒラと落ちてきた。駈けよって拾ってみると、ワイシャツ生地を切り裂いたとみえるリンネルの小切れで、そいつをぐるぐる巻いて、五ドル紙幣を結びつけてある。監視は窓を見あげた。囚人の顔はすでになかった。

監視はにやにや笑いながら、リンネルの布片と五ドル紙幣とを所長室にとどけた。それから、所長と二人で、異様なインキようのもので布片に書かれた暗号文らしいものを読みはじめた。ところどころにぼんやり字をにじませながら、表面にこう記してあった。

――この布片を発見せられし方は、チャールズ・ランサム博士にお届けを乞う。

所長はクスリと笑いながらいった。

「逃亡計画第一号は、これで失敗に終わったな」そこで、ちょっと考えて、「それにしても、なぜ、ランサム博士なんかに宛てたのだろうな?」

「それより、所長。これを書いたペンやインキを、いったい、どこから手に入れたのでしょうね?」監視は怪訝《けげん》な面持ちでいった。

所長は監視の顔を見、監視は所長の顔を見あげた。その疑問を解くすべは、彼らは持ち合わせなかった。監視は注意ぶかくその布片をしらべていたが、ただ首を振るだけだった。

「まあいい。ランサム博士に何を知らせようとしたか、見てみよう」

典獄は不審そうな顔のままで、リンネルの小切れをひろげてみた。なかには次のような文字が並んでいた——。

Epa cseot d'net niiy awe htto n'si sih. T.

## Ⅲ

刑務所長は暗号の解読のために、一時間の余もついやし、そしてまた、こともあろうにランサム博士という、彼を監房に押し込めることにした当の相手に、なぜこんな手紙を送ったのかを考えこんで、たっぷり三十分はむだにした。監視は監視で、ペンとインキを囚人が入手した径路を検討するのに夢中だった。そのために彼は、リンネル地をよくあらためてみたが、たしかに白いワイシャツの端を引き裂いたもので、ふちがギザギザになっていた。

布地の出所は、こうして説明がついたが、ペンだの鉛筆だのが、どうして囚人の手に入ったかは、まるで見当もつかなかった。いや、もっと正確にいえば、これを書いた道具は、ペンでもなければ、鉛筆でもなかった。では何かというと、その見当がつかなかったのだ。それにしても、思考機械は典獄がその責任において預かった囚人である。もしその囚人が脱獄の目的をもって、外部の人物に暗号文を送ろうとすれば、彼はただちに、それを防止する義務がある。それは他の囚人のばあいと同様であろう——。

所長はとりあえず、十三号監房にいそいだ。思考機械は例によって、床に四つん這いになって、ねずみ退治に懸命だった。所長の足音を聞くと、

「このねずみには困ったものだな、きみ。何十匹いるか、わからんくらいだぜ」

「ほかの囚人は、だれもみながまんしておるんです。さあ、その仕事はやめて、立ってください。シャツを着替えてもらいましょう。別のシャツを持ってきました」

「どうしてまた、そんな必要があるんだね？」

思考機械は、ちょっとあわててきいた。言葉じりははっきりとふるえて、狼狽《ろうばい》したようすがあきらかにみえた。

「あなたは、ランサム博士に連絡をはかりましたね」典獄はきびしい語調でいった。「私の監督下にある囚人には、そういう行為を放置しておくわけにはいかんのです」

思考機械はしばらく黙りこんでいたが、

「やむをえん。きみの命令にしたがおう」

所長はあざけるような笑いをみせた。囚人は床から立ちあがると、ワイシャツをぬいで、所長が持ってきた縞入りの囚人服に着替えた。所長はさっそく、ぬぎすてられたワイシャツを取

りあげてみると、裾に引き裂いた跡があった。例のリンネルの布片をあてがってみると、裂けめはぴったりとあった。思考機械もそれに気がついて、いたずらっぽい調子でいった。

「ははあ。やはりあの看守は、それをきみに届けたのか?」

「もちろんですよ」所長は勝ち誇ったようにいった。「これで、あなたの脱獄計画も、失敗したようですね」

思考機械の目の前で、所長は布片とワイシャツとを見くらべていたが、裂きとった生地は二枚だけと知って安心したもようだった。

「書くのに何を使ったんです?」

「それを見つけ出すのは、君の職務じゃないかね」

思考機械はふきげんに答えた。

所長ははげしい言葉で言い返そうとしたが、やっとの思いでがまんした。そのかわり監房内と囚人のからだを、あらためて厳重に検査したが、あやしいものはなにも出てこなかった。ペンの代用になるものはマッチ一本、爪楊枝ひとつ見つからなかった。インキらしいものも同様だった。刑務所長は当惑しきった顔で十三号監房をでたが、それでも、リンネルの小切れが囚人のワイシャツから裂き取ったとわかっただけで、ある程度は安心したようすだった。

「ワイシャツに暗号文を書いたところで、ただそれだけでは脱獄なんぞできるものではない」

満足そうにそうつぶやきながら、リンネルの布片は、一時机の引出しにしまいこんだ。

「こんなことで簡単に脱獄されたら、おれはさっさと辞職するよ」

拘禁されてから三日目、思考機械は公然と買収手段に出た。正午に当番の看守が食事を運んでくると、鉄枠のはまったドアの穴から顔が出るのを待ちかねたように、思考機械は話しかけた。

「この刑務所の排水管は、あそこの河に通じているんだろうね？」

「ええ、そうです」

「ずいぶん細い管のようだね」

「いくらあなたがねらいをつけたにしても、あれから這い出そうというのは、まるで無茶ですな」

にやにや笑いながら看守はそう答えて、あとは食事が終わるまで、だまって待っていた。

「ぼくはこの監房に入ってはいるが、けっして犯罪人じゃないんだ。そのことは、きみもじゅうぶん承知しているんだろうね？」

「知っております」

「釈放してもらいたいときは、いつでも要求する権利をもっていることも知っておるだろうな？」

「ええ」

「簡単に逃走できるつもりで、入監してみたのだが――」

そういいながら、刺すような視線を、看守の顔に注ぎこんで、「どうだね、きみ。ぼくの脱出計画に手を貸して、謝礼をじゅうぶん受けとるつもりはないかね？」

看守はあいにく真正直の男だった。びっくりして囚人のひ弱そうな身体を見つめていたが、やがて腹から気の毒そうにいった。

「こうした刑務所ってところは、あなた方のような方に、そうたやすく逃亡できるようにはできていないのです」

「そこをなんとかしてもらいたいんだ。要求があったら聞かしてもらおう」

囚人はほとんど頼みこむようにしていった。

「お断わりします」

看守ははっきり拒絶した。

「五百ドル出そう。ぼくは犯罪人じゃないんだぜ」

「いやです」

「千ドル」

「だめです」

看守は誘惑を避けるように逃げだした。で、ドアを離れがけに、ふりむいていった。「一万ドルいただいたところで、お逃がせすることはむりなんです。それには、七つのドアを通り抜けねばならぬのですが、私はそのうち、二つぶんの鍵しか渡されていないんです」

看守はいうまでもなく、逐一《ちくいち》、所長に報告した。

「計画第二号も失敗に帰したな。それにしても、買収とは策に窮したな」

所長は愉快そうに笑っていた。

夕刻六時ごろになって、看守が晩の食事を運んできたが、廊下で驚いて足をとめた。まぎれもなく、十三号監房のなかから、鋼鉄と鋼鉄をきしりあわせる音がもれてくるのだ。彼の足音が聞えたとみえて、物音はピタッと停止したが、なかから廊下をうかがうことはできないのをさいわいに、看守はその場で足踏みをつづけて、廊下を遠ざかっていくように見せかけた。実際はそこにそのまま立ちどまって、なかのようすをうかがっているのだが……ドアの鉄棒のあいだからのぞいてみると、思考機械は鉄製のベッドの上に乗っかって、前庭にむかった小窓の鉄棒に、なにか細工をしていた。両腕を前後に動かしているところをみると、どうやらやすりを使っているようなのだ。

看守は足音を忍ばせて、所長室に飛んでいった。所長もそれを聞いて、いそいで十三号監房に駈けつけてみると、問題のやすりの音はまだつづいている。所長はしばらくそれに聞き耳を立てていたが、急にドアの窓から顔を突き出していった。

「何をしているんです？」

思考機械はベッドの上でひょいと振り返ると、さっと床に飛びおりて、夢中で手のなかのものをかくそうとした。典獄は監房内に入るなり、さっと右手を差し伸べて、「よこしなさい」と、いった。

「いやだ」

囚人はこばんだ。

「さあ、よこしなさい。身体検査までしたくはありませんからね」

「いやだ」

囚人は繰り返した。

「なんです、それは?——やすりですか?」

思考機械は顔を伏せたまま、上目づかいに所長をぬすみ見ていたが、その顔にはまざまざと失望の色が浮かんでいた。

「第三号脱走計画も、失敗のもようですな」所長は腹の底から笑って、「お気の毒ですが、お手並みがわるすぎますよ」

囚人はひと言ももらさなかった。

「身体検査を行なえ」

所長は命令を下した。看守が身体検査をすると、ズボンの腰バンドから、長さ二インチほどの、一辺が半月形に彎曲している鋼片を発見した。

「靴のかかとから取ったものですね」

所長はそれを看守の手から受け取って、おかしそうに笑いながらいった。看守はなおも捜査をつづけると、腰バンドのもう一方の端にも、まったく同じ鉄片がひそませてあった。窓の鉄枠をこすったのは、こちらとみえて白く光っていた。

「こんなもので鉄枠を切り取ろうなんて、いささかむりでしょうよ。ハッハッハッ」

「いいや、できるとも」

思考機械も依怙地《いこじ》になっていた。

「六カ月もかかればね」

所長はまたひとしきり声を立てて笑った。

囚人の顔は羞恥でまっ赤に染まっていった。

「計画はあきらめました？」

「いや、これから始めるのだ」

それについで、監房内の徹底的捜査が行なわれた。典獄と看守とがふたりがかりで、最後にはベッドまでひっくりかえしてみたが、何も現われなかった。囚人がやすりをあてていた窓枠は、所長自身がベッドにのぼって調べてみた。

「かなりこすったようだな。すっかり白くなっている」

典獄のその言葉に、囚人はすっかりしょげかえっていた。所長はなおも両手を鉄枠にかけて力いっぱい揺すってみたが、鉄棒は花崗岩の壁にしっかりはめこんであるので、みじんも動く気配がなかった。それでも、所長はさらに念を入れて一本ずつあらためてみたが、どこにも異状はみられなかった。所長はすっかり安心した面持ちでベッドからおりてきた。

「脱獄など思いもよらぬことですよ。いいかげんにあきらめなさるのですな、教授」

が、思考機械は強情に首を振っていた。所長もくどくはいわずに、看守をつれて帰っていった。二人の足音が廊下に消えると、思考機械はベッドの端に両手で頭をかかえこむようにしてうずくまってしまった。

「まるで狂気のさたですね」

看守が所長にいった。

「いくらじたばたしたところで、脱獄なんてむりな話だ。しかし、あれだけ有名な学者のことだから、あの暗号で何をいおうとしているのか、わしはそれが知りたいんだよ」

翌朝四時。胸を搾《し》め木《ぎ》にかけられたような恐怖の叫びが、所内の静寂をやぶって響きわたった。建物の中央に近い監房からと思われたが、戦慄、苦痛、畏怖《いふ》――身の毛のよだつようなすさまじさだった。所長はハッと飛び起きて、看守を三人ひきつれて、長い廊下を十三号監房めざして、いっさんに駈けつけた。

Ⅳ

途中で、またも、そのぞっとするような叫びが響いた。が、こんどはしだいに啜《すす》り泣きのように、細くほそく消えていった。廊下に面した監房からは、真青になった囚人たちの顔が、いっせいにのぞいていた。

「人騒がせな！　十三号の囚人めにちがいない」

所長は腹立ちまぎれにうなった。

問題の監房の前まできて、看守のひとりが角灯を突っ込んでのぞいてみると、『十三号の狂人』はベッドの上に仰向けに横たわったまま、大きくあけた口から、高らかないびきをもらしていた。恐怖の叫びはここではなかった！　所長たちがのぞきこんでいるあいだにも、胸を突き刺すようなその叫びは、またしても頭上で響きわたった。所長は真青な顔をして、その方角をめざして階段を駈けのぼっていった。二層上の最上階、ちょうど十三号監房の真上に当たる位置の、四十三号監房から響いてくるのだった。のぞきこむと、囚人は片隅にうずくまっていた。

「どうしたんだ？」

所長が叱りつけるように叫んだ。

「よく来てくだすった。これでやっと助かった」

囚人もドアから飛び出さんばかりにしていった。

「いったい、何ごとなんだ？」

もう一度たずねながら、所長はなかに入っていった。囚人はいきなりその膝にかじりついた。顔は恐怖で真青にゆがんで、両眼は大きく飛び出していた。所長の膝をつかんだ指先は、氷のように冷たかった。

「この部屋から出してくだせえ。たまらねえ。お願いだ。すぐに出してくだせえ！」

「どうしたんだ、え？」

「何か聞えるんです――なんだかへんなもんが」

囚人はがたがたふるえながら、おびえた目で監房内を見まわした。

「聞えるって、何が聞えるんだ?」

「そいつは——そ、そいつは、いえねえんですが——」

囚人は口ごもっていたが、急にまた、恐怖の念に駆り立てられたか、叫びはじめた。「出してくだせえ！　お願いだ！　どこか、ほかの部屋に移してもらわなけりゃあ——」

所長と三人の看守は、それぞれ顔を見あわせていたが、

「この男の名は?　それに、罪名は?」

所長がたずねた。

「ジョゼフ・バラードです。殺人犯人なんです。情婦の顔に硫酸を浴びせかけて殺したんです」

「あっしの罪は、まだきまったわけじゃねえんだ——立証されたってえわけじゃねえ。早く、この部屋から出してくだせえ！」

彼はなおも所長にしがみついた。所長はそっけなくその手を振りはらって、冷然と相手を見おろして、

「おい、バラード。どんなものが聞えるんだ?　それをいってみろ」

「そればかりはかんべんしてくだせえ。あっしにはいえねえんだが——」あとは啜り泣きに変わっていった。

「どこから聞えるんだ?」

「それがはっきりわからねえんだ。あっちのようでもあり、こっちのようにも思えるし——だけど、たしかに聞えるんです。この耳で聞いたんです」

「何をいっとるのか、さっぱりわからん。人間の声なのか？」

「後生だ！　これ以上、きかねえで——ここから出してさえくれりゃあ、それでいいんだ」囚人は哀願するようにいった。

「いや、答えなければならん。命令だぞ。素直に答えるんだ！」

所長はするどくいった。

「声は声なんだが、でも——でも、人間の声とは思われねえんで——」

あとはまた、啜り泣きになってしまった。

「声ではあるが、人間のじゃない？」

所長は不審そうに繰り返した。

「ええ。のどが詰まったような——遠くのほうから、幽霊の声みてえに聞えてくるんで——」

相手はたどたどしく説明した。

「監房の中なのか、外なのか？」

「そいつがはっきりしねえんで。でも、たしかにこの耳で聞いたんで」

一時間ちかく、所長はしつっこいくらいにききただしたが、いっこうに要領をえなかった。そのうちにバラードは頑固《がんこ》に口をつぐんで、なにもいわなくなってしまった。そして、彼の身柄を即座に他の監房に移してくれるか、それとも看守をひとり、夜があけはなれるまでそばに置いてほしいと歎願《たんがん》した。しかし彼の願いは聞き届けられなかったばかりか、次のように所長からいいわたされてしまった。

「いいか、バラード。もう一度、あんな大声をたててみろ。拘禁室《こうきんしつ》にたたきこんでくれるぞ」

所長はそういいおくと、さっさと帰っていった。哀れなバラードは、夜の明けるまでドアの鉄枠にしがみついたまま、恐怖にゆがんだ顔を廊下にむけて立ちつくしていた。

その翌日は、ヴァン・ドゥーゼン教授が収監されて四日めにあたるのだが、事件がもっとも活発に展開した日だった。彼はその日のあらかたを、前庭にむいた窓から外を眺めて暮らしていたが、またしてもリンネルの布片を、監視の眼前に落としてよこした。監視はいそいでそれを拾うと、忠実に所長室にとどけた。見ると、簡単に次のようなことがしたためてあった。


——あますところ、あと三日。


所長はそれを読んだが、べつに驚きもしなかった。思考機械の実験期間が、残すところ三日間だが、そのあいだにみごと脱獄してみせるぞと、いまだにおどかしているつもりとみえる。そんなことは不可能なことだ。だがそれにしても彼はどこで、この布片を手に入れたのであろうか？　布片をあらためてみると、まっ白な、織目のよくつんだ布片で、あきらかにワイシャツの生地である。前日押収したワイシャツを取り出してしらべてみたが、まえの通信文に使った分のほかには、引き裂いた形跡はまったくなかった。しかし生地だけは、ぜんぜんおなじ種類にちがいないのだ。

「いったいどこで——きゃつはこれを手に入れたんだ？」五里霧中といったようすの所長がは

きすてた。

その日おそく夕暮れちかくになって、思考機械は監房の窓ごしに前庭の武装監視に話しかけた。

「きょうは何日になるね?」

「十五日です」

思考機械は頭のなかで、天文学的計算をやってのけて、今夜は九時になるまで月が出ないことを知った。そして次の質問をした。

「アーク灯の管理人はだれだね?」

「配電会社から呼ぶのです」

「刑務所内には電気技師は雇っていないのか?」

「ええ」

「専門技師を雇っておいたほうが、ずっと経費がかからぬ計算なんだがな」

「私たちに決定権のあることではありませんのでね」監視はこたえた。

その日は、監房の窓に幾回となく思考機械の顔が現われた。それはいつも落ち着きなく、妙にじりじりしたようすで、厚い眼鏡のうらに、不安そうな目の色がうかがわれた。しかし監視もしまいには見慣れてしまったものか、べつに気にもとめなくなってしまった。どんな囚人でも、収監されてしばらくすれば外界がわけもなく恋しくなって、こうやってひっきりなしに顔を出すときがくるのだ。

日が暮れて、監視が夜間勤務の者と交代する時間が近づいた。そのとき、またしても教授の顔が窓にのぞいて、鉄枠のあいだから手を差し出した。と見ると、紙片が一枚、地に舞い落ちた。監視が駈けよって拾いあげると、五ドルの紙幣だった。

「それはきみに進呈するよ」

頭の上で囚人が声をかけた。

例によって監視はそれを所長の手許にとどけた。典獄は受け取って、疑わしそうに電灯にすかして見た。十三号監房から出てくるものは、何によらず一応はあやしんでかかることにきめたらしい。

「それを私にくれるというのです」と、監視は説明した。

「チップのつもりなんだろう。遠慮することはいらん。もらっておくさ」

といいかけて、そこでハッと気がついたらしく、急に口をつぐんだ――思考機械が十三号監房に入監したとき所持していた現金というと、十ドル紙幣が二枚、五ドル紙幣一枚、合計二十五ドルだけのはずだ。それが、そのうち五ドル紙幣は、第一回に監房の窓から落としてよこしたリンネルの布片に結びつけてあった。まだ机の引出しに保管してあったので、取り出してしらべてみたが、まごうかたなく五ドルの紙幣だった。ところがここにも五ドル紙幣が現われた。思考機械の手もとに残っているのは、十ドル紙幣が二枚のはずだのに……。

「たぶん、だれかが両替えしてやったのだろう」

最後には、そう気休めをつぶやくよりしかたがなかった。

それにしても刑務所長たる自分の知らぬ間に、監房内で通信文を自由にしたためたり、かってに紙幣を両替えしたり、そんなけしからんことがどうして行なわれるのだろうか。彼は憤然として、十三号監房の徹底的捜査を行なわねばならぬと決意した。こうした不思議な事件が相ついで現われるところを見ると、彼が責任をもって預かる刑務所内に、根強い不正でも行なわれているのではなかろうか。夜間、抜き打ちに調査するのがよかろう。夜中の三時――そのころがもっとも適切な時刻であろう。

その夜三時、典獄は足音も忍ばせて、十三号監房に近よった。ドアの前に足をとめて、聞き耳を立てた。が、しずまりかえった房内からは、規則正しい囚人の寝息のほかはなんの物音も聞えてこなかった。鍵を取り出してドアへあてると、二重の鍵が音を立てて開いた。所長はなかへ入って、ドアにまた鍵をかけて、いきなり角灯のひかりをベッドの上の男の顔にあびせかけた。

刑務所長の腹が思考機械を驚かせることにあったら、彼の予想はみごとにはずれた。相手は静かに眉をあげて、枕もとの眼鏡をさぐりながら、落ち着きはらった口調でいった。

「だれだね？」

所長は返事もせずに、さっそく捜査を開始した。一インチといえども、おろそかにしたところはなかった。その結果、床に近い壁に丸い穴があいているのを発見した。太い指をなかに突っ込んでみると、なにか指先に触れるので、引きずりだして角灯の光にかかげてみた。

「あっ！」

彼は叫んだ。それはねずみだった——ねずみの死骸だった。いま感じた疑念も、太陽の前の霧のように消え失せた。彼はさらに捜査をつづけた。思考機械は無言のままベッドからおりると、足をあげて、ねずみをドアの外に蹴飛ばしてしまった。

所長はベッドのうえにのると、窓の鉄枠をしらべた。なんらあやしいところはなかった。ドアの横棒もおなじだった。

所長はついで、囚人の衣服をあらため靴を調べた。なにも隠していなかった。ズボンの腰バンドも調べてみたが、これにも異状はなかった。次はズボンのポケット。すると、そこからは紙幣が何枚も現われた。

「一ドル紙幣が五枚!」

所長はあえぐように叫んだ。

「そのとおり」と、囚人はいった。

「だが、あの——あんたが持っていたのは、十ドル紙幣が二枚に五ドル紙幣が一枚——それだけだったはずなのに、これは、いったい、どうしたんです?」

「それは、ぼくだけの知ったことさ」思考機械は澄ました顔でいった。

「看守が両替えしたんですか?——ほんとうのことをいってください」

思考機械はちょっとのあいだ黙っていたが、「ちがう」とだけ答えた。

「それなら、どのようにして手に入れたんです?」所長はなんとしてでも知りたかった。

「ぼくだけの知ったことだよ」と思考機械はくり返した。

典獄は、この高名な科学者を、喰い入るような目でにらんでいた。相手が彼を嘲弄したのか。それにしても、方法がどうしても想像できなかった。自分がもし囚人として拘禁されていたら、彼自身でも案外簡単にその方法を案出していたかもしれないが、それだけにまた、真相の発見できぬのに、いらいらするほど腹が立った。両者はにらみあったまま、かなり長いあいだ突っ立っていたが、所長はいきなり振り向いて、バタンと荒々しくドアを閉めると立ち去った。口をきく気にもなれなかったらしい。

時計を見ると、四時十分まえだった。ベッドに入ったと思うと、またしても例の、胸をつんざくような叫び声が、刑務所中にひびきわたった。ふた言、三言、思いきりひどい罵言《ばげん》をつぶやきながら所長は起きあがると、角灯に火をともして、最上層の監房に駈けつけた。

こんどもバラードが鋼鉄のドアにからだをおしつけて、甲高い金切り声をあげていた。彼は典獄が監房のなかをランプで照らすと、叫ぶのをやめた。

「出してくだせえ！　お願いだ！」

囚人は相変わらず叫んでいた。「あっしがやったんです。白状します！　たしかにあっしが殺しました。後生だ！　もう責めるのは、やめてくだせえ！」

「何をやめるんだ？」

所長はたずねた。

「硫酸を、あいつの顔にぶっかけたのは――ええ。たしかにあっしです。白状します。だから、ここから――この部屋から、出してくだせえ！」

見るも無残なようすだった。思わず所長は彼を廊下に連れ出した。彼はそこで、追いつめられた獣のように片隅にうずくまって、両手で耳をかたく抑えこんだ。彼を落ち着かせて事情を聴取するまでには、ゆうに三十分はかかったが、彼が興奮して物語ったところによると、四時ちょっとまえ、あの恐ろしい墓場からのうめき声が、うらむように泣くように、どこからともなく、彼の耳に伝わってきたというのだ。

「なんといっておった?」

「酸——酸——酸って、あっしを責めるんです」囚人はあえぎあえぎいった。「そうなんだ。酸です！　あっしは硫酸をぶっかけました。それであの女は死んだんです」恐怖にうちふるえていた。

「酸か！」

刑務所長は当惑したようにいった。事件は怪奇すぎて、彼の手にあまった。

「そうなんで、酸——酸って、おんなじ言葉をくりかえしくりかえし、何度もいうんです。ほかにもなにかいっているようでしたが、そいつははっきり聞きとれませんでした」

「それは昨夜のことだろう?　今夜は何があったんだ——何をそんなにおびえておるんだ?」

「おなじなんです。今夜も、酸——酸——酸！　そういいやがるんです」

彼は両手で顔をおおって、がたがたふるえていた。「あっしは硫酸をあいつにぶっかけた。だけど、殺すつもりでやったんじゃないんです。それだのにあの声は、あっしを、いつまでも責めるんです——あっしを、責めるんです」

あとは口ごもって黙ってしまった。

「ほかにはなにも聞かんのか？」

「ええ。なにかいったけど、聞きとれなかった。でも、ちょっと——そう、ひと言かふた言」

「なんていった？」

「酸——酸——酸って、三度くりかえしてから、長いこと、うめくような声がつづいていましたが、『八号サイズの帽子』って、いってたようでした」

「八号サイズの帽子？　なんだ——それは？——八号サイズのだって？　貴様の良心の声が、帽子の寸法なんかいうわけがあるか！」

「こいつ、気が狂ってしまったんです」

看守のひとりが断定するようにいった。

「そうらしい。いや、それにちがいない。何か聞いて、すっかりおびえてしまったんだ。まだ、あんなにふるえておる——しかしそれにしても、八号サイズの帽子とはバカな話だ！」

V

思考機械が収監されてから、五日目の朝がまわってきた。所長の目には、急に不安の色が濃くなってきた。なりゆきが心配になってきたのである。なぜかというように、この名誉ある囚人はますます上きげんになったようで、いたずらっ気など、かえって加わってきているのであった。その日も監視の眼前にリンネルの布片が舞い落ちた――あますところ、あと二日、とあって、例によって五十セント添えてあった。

こんどばかりは、所長自身で調査しておいたのだから、まちがいはないはずだ。十三号監房にはペンやインキのないのはもちろん、リンネルの布片も五十セントもあるはずがなかった。理屈ではなく、げんに目で見ておいた事実である。

それにまた、あの酸だとか、八号サイズの帽子だとか、怪談めいた話までが、彼の頭にこびりついて離れなかった。むろんそれはなんの意味もない、気の狂った殺人犯人の幻想にすぎぬとはわかっていたが、これまでそうした異常な事件は、この刑務所にかぎって起こったことはないのだ。それが思考機械が入監してからというものは、急に続出しはじめたのである。

六日目になった。ランサム博士とフィールディング氏からの書状がとどいて、明木曜日の夜までにヴァン・ドゥーゼン教授が脱獄していなければ、約束どおりチッザム刑務所を訪れる予定であると伝えてきた。

脱獄していなければ――刑務所長は、にやりと腹のなかで笑っていた。

ところがその日もまた、思考機械は所長を驚かせた。三度目の手紙をよこしたのである。例によってリンネルの布片に、明木曜日、夜八時半に、所長室にて会見すべしと記してあった。入監の夜の約束を履行するためである。

いよいよ七日目である。刑務所長は午後の巡視の途中、わざわざ十三号監房の前に足をとめて、なかをのぞきこんだ。思考機械は鉄製ベッドの上に身を横たえて、静かにまどろんでいるようだった。一見したところ、房内は平日とすこしも変わったようすは見られなかった。いまは四時だが、これから八時半までの短時間に、どんな超人的な能力をもつ男だって、この監房から脱出するなんて、いささかの可能性もあるものではない。所長はじゅうぶんの自信をいだいていた。

帰途、十三号監房の前を通ると、なかからは依然として寝息が洩れていた。所長はドアに近よって、ふたたびのぞきこんでみた。最後の日だというのに、こう平然と落ち着きはらっていられては、かえって薄気味わるく感じられてならぬのだった。

高い獄舎の窓から午後の陽ざしが射し込んで、教授の寝顔を照らしていた。その寝顔には、つかれて、やつれ果てたさまが、はじめてうかがわれた。そのとき、思考機械が寝返りをうったので典獄はいそいでその場を離れた。

その夕刻、六時をすこし過ぎたころ、所長は看守のひとりを呼んでたずねた。

「十三号監房に異状はないか?」

「はい、異状ありません。しかし、彼はあまり食欲がないようです」

七時になると、ランサム博士とフィールディング氏が訪れた。所長はふたりを自分の部屋に招じ入れた。無事に重大任務をしとげたときのように、なにかほっとした感じをおおい隠せなかった。彼はふたりの客を前にして、リンネルの布片などを示して、この一週間、神経戦で相当痛めつけられたさまを、こまごまと話しかけた。だが話の終わるまえ、河沿いの前庭を受け持つ武装監視が、あわてふためいて入ってきた。

「私の受持地域のアーク灯が故障しました」と、彼は典獄につたえた。

「なに、アーク灯がつかんのか？　どこが故障したんだ？　またひとつ、やっかいなことが起こったな。実際、あの男がきてからというもの、ろくでもないことばかり起こるな」

監視は報告をすますと、真暗な前庭へ戻っていった。刑務所長はすぐに配電会社を電話で呼び出した。

「こちらはチッザム刑務所だが、アーク灯が故障した。至急、だれかをよこしてくれたまえ」

承知したという返事を聞いて所長は受話器をおくと、現場を見にでかけた。ランサム博士とフィールディング氏は所長室にのこって所長の帰りを待っていると、正門の守衛が一通の速達便を届けてきた。ランサム博士はその差出人の名を見て、アッと叫んだ。

「どうかしたのか？」

フィールディング氏が驚いてたずねた。博士は無言でその手紙を指さした。フィールディング氏はそれを取りあげると、しばらく凝視していたが、

「なにかのまちがいだろう。そうだ。まちがいにちがいない」

所長が戻ってきたのは、八時に近かった。配電会社の職工たちは自動車で到着して、すでに作業にかかっていた。所長はベルを鳴らして、前庭の監視を呼んだ。

「配電会社からは、何人きた？　なに、四人？　ほほう、ジャンパーに作業服《オーバーオール》の職工が三人、それに監督がついておるか。ふ、ふーん。フロックコートにシルクハット？　ほほう、まあ、

よろしい。帰りに門を出るとき、気をつけるんだぞ。わかったな」

命令を終わると、ランサム博士とフィールディング氏にふりむいて所長はいった。

「われわれのような職務にある者は、万事に注意が肝要なんです。ことに科学者なんて部類の人間を拘禁したばあいにはなおさらですよ」

笑いながらいっていたが、その言葉には皮肉な調子がまじっていた。そして最前の速達便を取りあげて、開封した。

「この手紙をさきに読んでしまいますから、しばらくお待ち願います。今度の実験については、ご報告しておきたいことがたくさんあるんです」

彼はそういいながら、手紙を読みはじめた。すると急にびっくりした表情になって、ぽかんと口を開いたまま、身じろぎもせずにその手紙を凝視していた。

「どうかしましたか？」フィールディング氏はさっきと同じようにたずねた。

「この速達便は十三号監房からなんです。晩餐への招待状です」

「え？　なんですって？」

ふたりの科学者は同時に立ちあがった。

所長はまだ手紙を見つめて、茫然としたままだった。やがて廊下に顔を出して、大声で看守を呼んだ。

「至急、十三号監房へ行ってこい。異状がないか、ようすを見てくるんだ！」

いいつけられて、看守は飛んでいった。ランサム博士とフィールディング氏は、問題の手紙

をしらべていたが、

「たしかにこれはヴァン・ドゥーゼンの筆蹟だ。ぼくらは、彼の手紙は何度も見ているからまちがいはない」

そのとき、門衛から電話がかかってきた。

「なに？　新聞記者がふたり、わしに会いたい？　よろしい、通しなさい」

彼は博士とフィールディング氏にむかって、「心配はいりませんよ。この刑務所を脱出するなんて、そんなバカなことができようはずはないんです」

そこに看守が戻ってきた。

「だいじょうぶです。おとなしく寝ております。ベッドの上で横になっております」

「やはり、わしの思ったとおりだ」所長はホッとした顔色で、「それにしても、どういう手段で、この手紙を投函したのだろうな？」

ちょうどそのとき、所長室と監房をへだてる鋼鉄扉を、コトコトとたたく者があった。

「いまの新聞記者だろう。すぐに通すがよい」

彼は看守にそういいつけてから、二人の紳士に向き直っていった。「新聞記者には、よけいなことはしゃべらんほうがよいですよ」

ドアが開いて、男がふたりはいってきた。

「みなさん、今晩は」

そのひとりがいった。所長も顔なじみの、ハッチンソン・ハッチ記者だった。

「どうだね、諸君」片方の男がいった。「ぼくは約束どおりやってきたよ」

その男は思考機械だった。

彼は挑戦するように、目を細めて所長を眺めやった。相手はぽかんと口をあけたまま、しばらくは言葉も出なかった。ランサム博士とフィールディング氏は、まだ所長の説明を聞いていなかったので従来の経過は知らなかったが、驚愕したことには変わりはなかった。ふたりはただ驚いただけだが、所長のほうは頭をたたきつけられたようで、気を失わんばかりだった。新聞記者のハッチンソン・ハッチだけは、職業意識を猛烈に発揮して、じろじろと皆のようすをうかがっていた。

「ど、どうして――どうやって、あなたは抜け出せたんです？」あえぎながら所長がいった。

「監房へ戻ってから話すことにする」

思考機械は科学者仲間ではだれ知らぬものもない、いつもの性急な口調でいった。

所長はいまだに半信半疑の状態で、いわれるままに先に立った。

十三号監房の前までくると、思考機械は命令した。

「電灯をつけたまえ」

所長は指図どおりスイッチを押した。監房内はいつものとおりで、何の変化も見られなかった――ベッドの上にはさっきのまま、思考機械の姿が横たわっていた。まごうかたなく、彼の寝姿だ。黄色っぽい頭髪も見えるではないか！　所長は自分のすぐ隣りに立っている男と見くらべては、夢を見ているのかといぶかった。

ふるえる手で所長がドアの鍵をあけると、思考機械はさっさとなかに入っていって、

「よく見たまえよ」

そういいながらドアの下部にはまっている鉄枠を足で蹴ると、そのうち三本はバラリとはずれて、残る一本は二つに折れて、廊下にころがっていった。

「こちらもおなじことだ」

次にベッドの上に登って、前庭にむかった小窓の鉄枠を手ではらうと、一本のこらずはずれてしまった。

「ベッドに寝ているのは、だれなんです?」所長はきいた。

「かつらだけさ。ふとんをのけてみたまえ」

所長はいわれたとおりにした。ふとんの下には三十フィートぐらいの太縄の束、短剣、やすりが三挺、電線十フィート、小型であるが強力そうな鋼鉄製プライヤー、柄つきのハンマー――それにデリンジャー・ピストルまで置いてあった。

「これはいったいどうしたんです?」所長は驚いて叫んだ。

「諸君を九時半に招待してあった。おそくなるといけない。さあ、行くとしよう」

「でも、どうしてあなたは――」

所長はまだつぶやいていた。

「頭脳の働く人間を、拘禁などしておけるものではない。これでやっとわかったことと思う。さあ、行こう。時間におくれるといけない」

# VI

ヴァン・ドゥーゼン教授の邸《やしき》で行なわれた晩餐会は、どことなく落ち着かぬ、とかく話がとだえがちのものだった。集まった顔ぶれは、ランサム博士、フィールディング氏、チッザム刑務所長、それに新聞記者のハッチンソン・ハッチが一枚加わっていた。

食事はヴァン・ドゥーゼン教授が一週間以前に指示したとおりの時刻に、一分とたがわずに開始された。やはりそのときの料理が運ばれた。コースが終わると、思考機械は正面からランサム博士に向き直ってするどい目差しをあびせながら、口を開いた。

「どうだ、ランサム博士。これできみも、ぼくの意見が納得できたろうね？」

「たしかにね」

博士も素直に了承した。

「公正な実験方法だったことも、みとめるだろうね？」

「みとめるよ」

博士もまた、所長はじめほかの連中とおなじように、脱出の経路を一刻も早く聞きたかった。

「きみがどうやって脱出したか、その方法を説明してもらいたいね」

フィールディング氏がたまりかねたとみえて切り出した。

「そうです、どうやったのか話してください」と所長。

思考機械は眼鏡をかけ直して、聞き手たちを二度ほど見まわしてから、おもむろに話しはじめた。その話は最初から秩序立って行なわれた。聞き手たちは、むろん好奇の瞳をかがやかして、じっと聞き入っていた。

「ぼくの約束は、身のまわりの物以外、何一つ持たずに収監されて、一週間以内に脱出してみせるということにあった。ぼくはこれまで、チッザム刑務所というところは見たこともなかった。で、監房に収容されるとき、要求したものは歯磨粉と、十ドル紙幣が二枚、五ドル紙幣が一枚、それに靴を磨いてもらうことだけだった。この要求を拒絶されたにしても、他の手段を考えるだけで、ぼくの計画の根本的なところに支障をきたすわけでもなかった。しかし、諸君はいちおうそれを承諾してくれた。

監房内に、ぼくの利用できるようなものがあろうとは考えてもいなかった。したがって所長がぼくの監房に鍵をおろした瞬間、ぼくとしては、一見なんの役にも立ちそうもないこの三つの品を利用するよりほか、別の手段はないと思われた。いまいった三つの品は、どんな死刑囚だって、おそらく無条件で許可になるものであったろう」

「歯磨粉や靴を磨くことはもちろん許されます。しかし紙幣となると、なんともいえませんが――」と、所長はこたえた。

「どんな無害に見えるものでも、頭脳の働く者の手にわたるとなると、たちまちにして危険化するのだ」思考機械は説明をつづける。「最初の夜は、ねずみを追いまわすだけで眠ることにした。はじめの晩から、どうしようもないのはぼくとしても承知していたので、その夜はそのままおとなしく眠って、次の日を待つことにした。諸君は、ぼくの脱出計画が外部の人間の力をたのんでいたのだと考えておられるかも知れぬが、それはとんでもない誤りだ。望みさえすれば、ぼくはいつでも好きな人間と連絡をとるくらい簡単なことだったのだが――」

所長はあっけにとられたような表情で彼の顔を眺めたまま、黙ってたばこをすっていた。

「翌朝は六時におこされた。看守が朝食をはこんできたのだ。そしてそのとき彼の口から、昼食は十二時、夕食は六時と聞いた。そのあいだはだれにも妨げられることなく、ぼくはひとりで仕事ができるのだ。

朝食がすむと、ぼくはすぐに監房の窓から庭のようすを偵察した。そして、かりに窓から脱出することができたにしても、あの石塀をよじのぼるのはひじょうに困難な仕事だと、一見して知ることができた。ぼくの目的はただあの監房を脱出するだけではなく、刑務所そのものから逃亡することにあるのだ。ぼくの力をもってすれば、あの石塀を越えるのだって、べつに不可能とはいえぬのだが、それにしても、それにはかなりの時間を必要とするので、さしあたって、この方面から脱出する計画は断念することにきめた。

しかしこの最初の観察で、石塀のそとには河が流れており、その間に子供の遊び場があることの見当がついた。この推測は、看守の口から確かめておいた。これは当然考慮に入れる価値のあることだった。この刑務所に、人に見とがめられずに接近するには、この方向をおいてほかに道はないからだ。重大な事実だった。ぼくはそれを、よく腹にしまいこんだ。

しかし外部の状況に、もっとぼくの注意をひいたものがある。それは、アーク灯につながる電線が、ぼくの監房の窓から数フィートと離れていないところを走っていることだった。アーク灯を消す必要が起こったとき、さっそく利用できることだからだ」

「それを今夜使ったというわけですな」

刑務所長はいった。

思考機械はそんな言葉には耳もかさずに、話をつづけた。

「ぼくはまず、刑務所の建物から脱出することを考えた。で、監房へ入るまでの道筋を思い起こしてみた。ぼくを外界から遮断している七つのドアのことを考えたのだ。これをひとつずつ、首尾よく通過するというのは、なみの手間でできることではない。そこでこの経路をたどって脱走することも見合わせた。そしてまた、あの頑丈な花崗岩の壁に穴をあけることも大変な仕事だ。なんとかして、ぜんぜん別の手段を考え出さねばならぬのだ」

思考機械はちょっと口をやすめた。ランサム博士は新しい葉巻に火をつけた。数分のあいだ言葉がとぎれていたが、ふたたび脱獄科学者の話はつづけられた。

「そうしたことを思案していると、ぼくの足もとを一匹のねずみが走り過ぎた。それを見て、ぼくの脳裡には新方法が電光のように閃いた。監房内にはいつも五、六匹のねずみがはしりまわっている——ガラス玉のようなまんまるの目玉が、闇のなかに光ってみえる。しかも、一匹だってドアの下の隙間から出入りするのはいない。としてみれば、どこかに奴らの通り路があるはずだ。ためしにおどかしてみると、一匹残らず、姿を消してしまった。ほかに通路があるのは疑いない。

　ぼくはそれをさがして、すぐに発見した。古い排水管で、その後新しい設備に変わってから廃棄されたままで残っているのがあった。使われなくなってずいぶん久しいとみえて、塵芥《じんかい》がいっぱい詰まっていた。ねずみが出入りしていたのは、この口からだった。この管の、むこうの端はどこだろう？　排水管はふつう刑務所のそとに通じているはずだから、たぶん河の付近にちがいない。こうしたしっかりしたパイプは、鉛管にしろ鉄管にしろ、途中に穴があいているとは考えられない。ねずみが入りこんでくるとすれば、むこう端の出口と思ってよいだろう。

　看守が昼飯を運んできたとき、本人はそれとも気づかずに、重要なことを二つ話していった。ひとつは、七年前にこの建物の排水設備をもよう換えしたこと。それで、このパイプは旧設備の一部がそのまま残存しているのだとわかった。もうひとつは、河までわずか三百フィートの距離しかないこと、むろんパイプはその間を、河にむかって傾斜して走っているのだろう。問題はただ、排水管の先端が河の中に入っているか、地上に口を開けているかだけのことだった。

　それを知るのが次の仕事である。ぼくは房内のねずみを何匹か捕えることによって、それを確かめるのに成功した。看守たちはぼくがつまらぬねずみ退治に夢中になっていると思って、あっけにとられていたことだろう。すくなくとも一ダースはつかまえたからね。ところがどのねずみも、みなからだが乾いていて、ぬれているのは一匹もいなかった。つまり奴らは、からだを水のなかにくぐらさずに、排水管にもぐりこむことができるのだ。しかもそのねずみたるや、家にすむ種類ではなく野ねずみなのだから、そとからやってくることにまちがいない。からだをぬらさずにくるところを見ると、パイプのむこう端は水中ではなく、地上のどこかに抜けているのだ。これはりっぱに利用価値のあることなのだ。

で、ぼくの脱走計画は、この方角から進めることに決定した。そこでまず最初に、所長の注意をこの方面からそらすことを考えた」

所長はしだいにみじめな表情に変わりながら、それでも彼の話にじっと聞き入っていた。

「ぼくが最初にやった仕事というと、ランサム博士に連絡を取ろうと、骨折っているように思いこませることだった。で、ワイシャツから布片を引き裂いて、ランサム博士に送る通信文を書いた。それに五ドル紙幣を巻きつけて、窓から投げた。監視がひろえば、所長にとどけるものと承知してやったのだ。宛名先の博士にとどけてくれれば、なおさら愉快な話だったがね。ときに所長、あの通信文は保管してありますか?」

所長は暗号文を取りだして、同時に質問した。

「これはいったい、なんの意味なんです?」

「逆に読んでみたまえ。Tという署名から始めて、単語の区切りに頓着なくね」

所長は、その指示どおりやってみた。

――This is not way I intend to escape.

――コレハ　ボクノ　ダッシュツシュダン　ニアラズ

「おわかりかね」と、思考機械はいった。「きみたちが骨を折ってこの暗号を解けば、それがそのまま、手きびしい皮肉になっているという寸法さ」

「なにをつかって書いたんだ?」ランサム博士はていねいにその布片をあらためてから、フィールディング氏に渡しながらいった。

「これだよ」

仮装囚人は足を伸ばしてみせた。その先には監房内ではいていた靴があった。ただし、靴墨はすっかりとれていた。

「靴墨を水で溶かしたのが、ぼくのインキなのさ。靴紐の先端の金具が、なかなか使いよいペン先になった」

刑務所長はとつぜん顔をあげて笑い出した。自分の手落ちではなかったとわかって、ほっとするとともに、おもしろくなったとみえる。

「すばらしい頭脳ですな。それからどうしました」

「ぼくがいちばんはじめに企てたのは」と、思考機械は所長にむかっていった。「典獄君に、はやく監房内の捜査をさせてしまうことだった。二、三回捜査して、なにも出てこなければ、それ以上の捜査はだれだっていやになって、あきらめるにちがいないんだ。ぼくのねらいはやはり当たったよ」

所長は顔をあからめた。

「そのとき、典獄君はぼくのワイシャツを取りあげて囚人服をかわりに着せた。ワイシャツから引き裂いたのは、はじめの通信に使用した二枚分だけと思っていたらしいが、典獄君が監房内を捜査しているあいだに、ぼくはおなじシャツから取った、九インチ平方ぐらいの布片を、小さな玉に丸めて、口のなかに含んでいたんだ」

「九インチ平方の布ですって！　どこからそれは取ったんです？」

所長は驚いてきいた。

「どのワイシャツにしても、ちゃんとしたものは、胸のところが三重の厚さになっているのだ。ぼくはその内の布地を抜き取っておいた。調べてみたまえ。でも、まだ厚さは二重だから、ちょっと見ただけではわかるまい」

話はすこしとぎれた。刑務所長はてれくさそうに笑顔を見せながら、一座の人たちを順々に眺めていた。

「こうしてほかに考える材料をあてがうことによって、典獄の注意をまずもって遠ざけておいて、それからおもむろに脱出計画を考究することにした」ヴァン・ドゥーゼン教授はつづけた。「排水管は塀外の空地に通じている。そこでは、子供たちが大ぜい遊んでいる。ねずみはそのあたりから、ぼくの監房に出入りしている——これだけの材料が手許にそろっているんだ。外部と連絡のとれぬということがあるものか！　それでも、その連絡には丈夫で、かなり長い糸が必要だった。で、ほら見たまえ。こいつを利用したのだ」

彼はズボンの裾をまくり上げた。両方の靴下の上の部分だけが、きれいになくなっていた。そこは細いが、しっかりしたレース糸でできているのだった。

「ぼくはこいつをほぐしはじめた。やってみると、思ったほど困難な仕事でもなかった。案外楽々と、またたくまに四分の一マイルぐらいの長さの、丈夫な糸をつくりあげてしまった。

それからしまっておいたリンネル生地を取りだして、通信文をしたためた。かなり骨をおって書きあげた。宛先はここに同行している紳士……」

彼はかたわらのハッチンソン・ハッチ記者をさして、

「このひとがぼくの仕事に協力してくれることは疑いなかった。新聞種として、こんなおもしろいものはないからな。ぼくはその通信文に十ドル紙幣をかたく結びつけた。人目をひくには、これ以上効果的な方法はないだろう。そのリンネル生地には次のように書いておいた。


——この布片を発見せし方は、デイリー・アメリカン新聞の記者、ハッチンソン・ハッチ氏にお届けをこう。同氏は届出人にさらに十ドルの謝礼を提供するであろう。


次の工作は、この通信文を子供たちの目に触れるように、安全無事に塀外の遊び場まで送り出すことだ。方法としては二つ考えられるが、ぼくは最善と思うものを選んだ。

まずねずみを一匹つかまえる。ぼくはもうすっかり熟練していたので、ごく容易な仕事だった。で、そのねずみの片足にリンネル生地と紙幣とを結びつけ、もう一方の足に例のレース糸を結んで、排水管のなかに追い込んだ。天性臆病な動物のことだから、パイプのむこう側に走り出て、そこでリンネル生地と紙幣を、いそいでかじり落とすにちがいないと考えた。

しかし、ねずみの姿が排水管のなかに消えたとみると、ぼくはすぐに気がかりになってきた。考えると、失敗の懸念がないこともないのだ。ぼくはレース糸の片はしを握っているのだが、かんじんのねずみが途中でこの糸をかじり切ってしまうかもしれない。ひょっとすると、ほかのねずみの奴がやってきて、そいつが喰い切るなんてこともあるかもしれない。あるいはまた、排水管の外へは出るにしても、布片をおとすのに、ぜんぜん人目に触れぬところでやるかもしれないのだ。そのほか考えれば考えるほど、心配の種が湧いてくるのだった。

そのようにして不安の時間がしばらく続いたが、事実はねずみはどんどん走っているとみえて、ぼくの手もとには糸が数フィートしか残らなくなった。どうやら排水管の外にでたと思われる。これで通信文がハッチ君の手に入りさえすれば、なかにその後の手筈はこまかくしたためてあるから心配はないのだが、問題は首尾よくそれが、ハッチ君の手に達するかどうかというところだった。

ぼくはただ待っているよりほかはなかった。この方法が失敗したときのことをおもんぱかって、第二の手段を考えておいた。看守に誘いの水をかけてみて、その結果、外界とのあいだには関門が七つあるのだが、看守はそのうち二つの鍵しか持っていないことを知った。

次に典獄君の気をもませてやろうと、神経戦術にでることにした。靴のかかとから鉄片を取って、それで窓の鉄枠を切り取るまねをした。典獄君は案の定、大騒ぎをして、鉄枠はだいじょうぶかとさっそく揺すぶってみた。しっかりしているので、安心した顔つきだったが、それは——そのときだけのことだった」

刑務所長はまたしても苦笑した。いまはもう驚くことさえ忘れていた。

「つまり、これはぼくの計画のうちだったのだ。これだけのことをすますと、あとは打った手の結果を待つだけであった。通信文が無事に相手の手にとどいたか、それとも途中でねずみにかじりとられてしまったか、いっさいぼくにはわからなかったが、とにかくぼくは外界との連絡の糸を、辛抱づよく握って待っていた。

その夜、ぼくは一晩中眠らなかった。通信文がハッチ君の手に入れば、かならず糸をひいて合図を送るにちがいないからである。予想どおりだった。三時ごろであったか、排水管のむこう端で、だれかが糸をひいた。どんな死刑囚だって、そのときのぼくほどうれしかった者はないだろう」

ヴァン・ドゥーゼン教授はここでひとまず話を打ち切って、新聞記者をふりむくといった。

「これからさきは、そちらの受持だ。きみの行動は、きみ自身で説明したほうがよいだろう」

「では、僕が代わりましょう——野球をやっていた子供が、リンネルの手紙を見つけて持ってきてくれました。こいつはすばらしい特種だと知って、その子供に約束どおり十ドルやった。幾巻かの絹糸と太い双子糸《よりいと》、それに細径の鉄枠の鉄線とを用意して、通信文をひろった場所に案内してもらいました。

もっとも、捜査は日の暮れるのを待ってとりかかりました。懐中電灯の光をたよりにさがすのだから、パイプの端がなかば雑草におおわれているのを発見するまでには、ずいぶん長い時間がかかった。かなり太いパイプでした。そうですな。径十二インチもありましたか。そこにレース糸のはしがのぞいているのを見つけたので、そいつをグッと引っ張ってみた。するとむこうからも、すぐに引っ張りかえしてよこしたんです。

それからそのレース糸の先端に用意してきた絹糸を結びつけてまた合図をすると、なかの教授は、そいつを引き込みはじめました。僕は途中でそれが切れはしないかと、胸が痛むくらい、どきどきしていました。絹糸の端には双子糸を結びつけ、そのまた先には鉄線をつないだ。こうして最後には、排水管を通路として、いくらねずみがかじろうとしてもかじりきれない頑丈な連絡線を、監房と外界とのあいだに作りあげることができたのです」

思考機械はそこで片手をあげてハッチの話をやめさせると、あとはまた自分でつづけた。

「これだけの仕事を、だれにも知られずにやってのけた。それにしても、鉄線が手にとどいたときは、さすがのぼくも思わず大声で叫ぶところだった。

それから、ぼくは次の実験にとりかかった。排水管を通話管として使ってみようというのだった。ところがこいつはあまりうまくいかなかった。どうもよく聞えないんだ。ほかの者の耳に入っては困るので、大声を出すわけにはいかぬからだ。それでもやっとの思いでぼくの言葉をハッチ君に伝えることができたが、硝酸がほしいのだと知らせるまでには、ずいぶん苦労させられたもんだ。酸という言葉を、何回くりかえしていったことか！

すると頭の上の監房から、とつぜん思いがけぬ悲鳴が響きわたった。ぼくは聞かれたなと、思わずドキッとして、あわてて寝たふりをした。典獄君の足音が聞えた。あのとき君に監房にはいられたら、ぼくの脱走計画はのこらず露顕してしまったであろう。運よく、君はそのまま通り過ぎていった。思えばこんどの実験で、あれがいちばん危険なときだった。

この即製の連絡線のおかげで、ほしい物を手に入れたり、かくしたり、思いのままにすることができたのを、了解してもらえるだろう。隠す必要があったときは、ただそれをパイプのなかにつっこんでおけばよい。典獄君があのパイプに気がついて、指を差しこんだにしても、鉄線にまで触れることはできない。なぜって、君の指はちょっと太すぎた。ぼくのそれは、ごらんのとおりずっと細長い。それに、用心のためにパイプの入口にはねずみの死骸をおいといた——典獄君も、おぼえていると思うがね」

「おぼえていますとも」

所長は顔をしかめていった。

「ぼくのねらいは、排水管をしらべることに気がついた者があっても、あのねずみの死骸で、その気持をくじくことにあった——とにかく、ハッチ君としても、ぼくが要求する物をその場ですぐに送るわけにもいかない。調達してくれるには翌夜まで待たねばならない。で、その晩は実験のために十ドル紙幣を両替えしてもらった。ぼくとしてはその間、ほかの計画を進捗させておけばよいのだった。

この脱走計画を成功させるには、ぼくが窓ぎわに顔を見せても、前庭の監視が疑念をもたぬように慣らしてしまう必要があった。そのために、リンネル布片を、何度となく落としてみた。これは同時に、ぼくがだれか外部の人間と連絡をとろうとしているように、典獄君を神経戦で悩ますという、一石二鳥の効果を持っていた。ぼくはそのために何時間も窓ぎわに立って外のようすを眺めていた。ときどきは監視にも話しかけてみた。そのうちにそのひとりの口から、刑務所には電気技師を常置していないので、電気施設に故障が起きると、配電会社から修理工を呼ぶのだということを聞いた。

これでぼくの脱走計画は本ぎまりになった。拘禁期間の最後の夕、日が暮れかかると同時に、監房の窓からわずか数フィートのところを通っている送電線を、用意した鉄線に硝酸を浸したもので焼き切った。ぼくの監房のある庭を照らすアーク灯はこれで当然光は消えて、断線の個所を修理するために、配電会社の職工を呼ぶことになろう。ハッチ君は堂々と構内に入りこむことができるのだ。

脱走以前に、もうひとつすませておくことがあった。ハッチ君と最後の打合わせを、細部にわたってやっておくことだ。で、拘禁四日目の夜、ちょうど典獄君がぼくの監房を訪れたが、帰っていってから三十分の後に、排水管を通じて話し合った。

ところがぼくのいうことが、ハッチ君にはなかなか聞きとれぬもようなので、酸——酸と、何回となくくりかえした。それにぼくの帽子の寸法は八号サイズなんだが、用意しておいてくれといってやった。偶然にもそれが、四階の囚人に犯行を自白させる機縁になったと、翌日、看守の口から聞いた。排水管は階上の監房にもつづいているのだが、ぼくの真上は空房だったので、一層飛んで四階の囚人が、ぼくの声を聞きつけたというわけなんだ。

窓の鉄枠を硝酸で焼き切るのは、比較的簡単な仕事だった。硝酸は錫の小びんに入れて、排水管を通じて届けてもらった。それで焼き切るには、むろん時間はかかった。五日目、六日目、七日目……武装監視の頭の上で、鉄線に硝酸をひたして、根気よく鉄枠に押しつけていた。酸の流出は、歯磨粉で防いでおいた。

そのあいだ、ぼくはわざと、窓の外をぼんやり眺めているさまを装っていた。一分ごとに酸ははげしく鉄枠に喰いこんでいった。看守が鉄枠に異状がないか確かめるときは、いつも上の部分を握って揺すぶるのを見ていたから、焼き切るのは下の部分にして、それもほんの剃刀の刃ぐらいを残してつないでおいた」

思考機械はしばらくそこで口をやすめたが、ふたたび言葉をつづけた。

「これでだいたい、ぼくの説明は終わった。これ以上のことは、典獄君や看守諸君の目をまどわすためで、たとえばぼくのベッドから現われたぎょうぎょうしいものは、ハッチ君の発案で、この特種をいっそう派手なものにして、きみたちを驚かせようとしてやったことだ。速達便はハッチ君の万年筆を送ってもらって書いたもので、外から投函してもらったのだ」

「しかし、あなたは一度、実際に刑務所の構内を出て、あらためて正門から訪れてこられたようだが？」と、所長はきいた。

「そんなことは簡単ですよ。ぼくは硝酸で送電線を焼き切っておいた。だから夕方になって電流が通ったとき、あのアーク灯だけはつかなかった。故障の原因が発見されるまでには、相当の時間がかかるものと承知していたので、監視が所長室に報告に行くのを見すまして、窓からすっかり暗くなった庭にしのび出た。あのきゅうくつな窓のこととて、かなりやっかいな仕事だったがどうにか外へ出ると、せまい張出しに足をかけたまま、鉄枠を元のようにもどしておいた。そのうちに配電会社の連中が到着したが、そのなかには期待どおり、ハッチ君もまじっていた。

ぼくが合図をすると、ハッチ君はすぐに帽子、ジャンパー、作業服《オーバーオール》を渡してよこした。ちょうどそこへ典獄君がようすを見に出てきたが、ぼくはその目と鼻の先で、ゆうゆうと着替えをしていたのだ。

それがすむと、ハッチ君は職工に早変りしたぼくに呼びかけた。自動車から修理道具を運ぶのを手伝えというのだ。で、ぼくたち二人はいっしょに門から出た。門衛はいま入ったばかりの職工だと思うから、あやしみもせずに許可してくれた。そこで外でふたたび服装を改めて、こんどは新聞記者として、堂々と面会を求めたというわけなのだ」

沈黙が数分つづいた。それを破って、最初に叫んだのはランサム博士だった。

「すばらしい！　じつに見事だ！」

「ハッチ君はどうして配電会社の連中といっしょにくることができたんだね？」フィールディング氏がきいた。

「ハッチ君のお父上は、配電会社の支配人なのさ」

思考機械が答えた。

「だが、ハッチ君のような援助者がいなかったら、どうするつもりだった？」

「どんな囚人だって、脱出を企てるとなれば、手を貸してくれる味方のひとりぐらい、かならず外部にいるものさ」

「もし――これは、ただの仮定だが――もとの排水設備が残してなかったとしたら、どうしました?」

こんどは刑務所長が、好奇の瞳を光らせてきいた。

「ほかにまだ、方法は二つも残してあるんだ」

思考機械は謎のような言葉をはいた。

十分ほどして、電話のベルが鳴った。所長を呼んでいるのだ。

「なに? アーク灯はついたか」電話口で典獄はいっていた。「十三号監房のわきで電線が断《た》たれていたのだろう。そう、わしは知っとるのだ。え? 職工がひとり多い? どうしたというんだ? ふたり出ていって――そうか、それで?」

所長はけげんな表情で、みなを振りむいて、

「門衛がこんなことをいっておるんです。入れたのは四人だのに、先刻、二人出したが、まだ三人残っているというんです」

「余分のひとりは、このぼくさ」

思考機械はいった。

「なるほど、そうでしたな」

所長はそういって、電話口でどなった。

「五人めの男も出てよろしい。あやしいものではないようだ」

# 短編推理小説の流れ1

戸川安宣

まず初めに本アンソロジーの成立にまつわる経緯《けいい》を書いておきたい。

本アンソロジーの原型は、今を去る六十年前の一九五六年（昭和三十一年）一月から刊行を開始した「世界推理小説全集」の中の、第50・51巻『世界短篇傑作集』の（一）および（二）であった（五七年四月、および九月刊）。これが幸い好評を以《もっ》て迎えられたため、第71巻として『世界短篇傑作集（三）』が五九年の六月に追加された。

この全集は東京創元社が推理小説の出版に乗り出した記念すべき第一弾企画であった。当時、編集顧問《こもん》だった小林秀雄《こばやしひでお》氏に、入社早々の編集部員、厚木淳《あつぎじゅん》が推理小説をやってみたい、と提案して認められたことによる刊行で、当初は二十八巻であったのが好評につき五十巻別巻1・2とほぼ倍の巻数となり、さらに拡大して最終的には全八十巻となった。五六年一月刊の『アクロイド殺害事件』と『大いなる眠り』に始まり、全巻完結は六〇年五月刊の『アラビアンナイトの殺人』であった。初めて乗り出す分野でもあったから、監修者（江戸川乱歩《えどがわらんぽ》・植草甚《うえくさじん》一《いち》・大岡昇平《おおおかしょうへい》・吉田健一《よしだけんいち》）を置き、体系立った内容で長編の里程標的名作を並べ、その最後に名作短編の傑作集を置こう、という企画段階の意図が読み取れる。

三十六編を収録したこの『世界短篇傑作集』全三巻は、作品配列がまったくアトランダムで、乱歩の序文（これは文庫版と基本的には同内容である）を読むと、あくまで優れた推理短編を集めた傑作集を作る、という方針であったことが推察できる。編集方針として内外の短編ベスト・テンを参考に、自《みずか》らの嗜好《しこう》も加味して作品選択を行なっていたのだ。歴史的意義よりも、作品の優劣を基本にして選出した、タイトル通りの傑作集であった。

これはヴァン・ダインが本名のウィラード・ハンティントン・ライト名義で一九二七年にチャールズ・スクリブナーズ・サンズ社から刊行した *The Great Detective Stories: A Chronological Anthology*（三一年刊のブルー・リボン・ブックス版から *The World's Great Detective Stories* と改題された。以後、ヴァン・ダイン本と略記する）、翌一九二八年、ドロシー・L・セイヤーズが編んでヴィクター・ゴランツ社から出版された *Great Short Stories of Detection, Mystery and Horror*（三一年には第二、三四年には第三集が同社から刊行。以後、セイヤーズ本と略す）、そしてエラリー・クイーンが一九四一年にリトル・ブラウン社から上《じょう》梓《し》した *101 Years' Entertainment: The Great Detective Stories, 1841-1941*（以後、クイーン本と記す）という三種の重要なアンソロジーに肩を並べるものと言えよう。

その『世界短篇傑作集』全三巻を基《もと》に文庫化したのが『世界短編傑作集』全五巻であるが、作品を発表年代順に並べ替え、推理短編の歴史を俯瞰《ふかん》するものにしようという意図の基に、新たに九編を加え、全四十四編を収録する大アンソロジーとなった。その際、パール・S・バックの「身代金」を除外している（この短編はエラリー・クイーン編『犯罪文学傑作選』に収録された）。創元推理文庫創刊の翌一九六〇年七月に第一巻が刊行され、最終巻は翌年五月に上梓されている。爾来《じらい》、絶えることなく版を重ね、短編推理小説アンソロジーのスタンダードを提供してきたわけだ。左表の中段、「旧版」と記したのがその『世界短編傑作集』で、算用数字は巻数、その下に人名の記されているのは翻訳者が変更になった作品である。そして*を付したベントリーの作品が、この時点で「ほんものの陣羽織」から「好打」に替わっている。

　さらに今回、六十年ぶりにリニューアルすることになったのが左表最下段に「新版」と記したこの『世界推理短編傑作集』なのである。

　ここでその三つの版の変遷を、元版の『世界短篇傑作集』を基にして、表にしてみる。

| 世界短篇傑作集（一） | | | 旧版 | 新版 |
|---|---|---|---|---|
| チエホフ | 安全マッチ | 宇野《うの》利泰《としやす》 | 1 | 1 池田健太郎《いけだけんたろう》 |
| フットレル | 十三号独房の問題 | 宇野利泰 | 1 | 1 |
| バー | 放心家組合 | 宇野利泰 | 1 | 2 |
| ルブラン | 赤い絹のスカーフ | 中村能三《なかむらよしみ》 | 2 井上勇《いのうえいさむ》 | 2 |
| グロルラー | 奇妙な跡 | 阿部主計《あべかずえ》 | 2 | 2 垂野創一郎《たるのそういちろう》 |
| ポウスト | ズームドルフ事件 | 宇野利泰 | 2 | 2 |

| | | | | |
|---|---|---|---|---|
| ホワイトチャーチ | ギルバート・マレル卿の絵 | 中村能三 | 2 | 2 |
| ジェプスン&ユーステス | 茶の葉 | 阿部主計 | 3 | 3 |
| バークリー | 偶然の審判 | 中村能三 | 3 | 3 |
| ノックス | 密室の行者 | 中村能三 | 3 | 4 |
| アリンガム | ボーダー・ライン事件 | 宇野利泰 | 3 | 5 猪俣美江子《いのまたみえこ》 |
| ダンセイニ | 二壜《びん》のソース | 宇野利泰 | 3 | 4 |

世界短篇傑作集（二）

| | | | 旧版 | 新版 |
|---|---|---|---|---|
| ヘミングウェイ | 殺人者 | 大久保康雄 | 4 | 3 |
| クリスティ | 夜鶯荘 | 中村能三 | 3 | 3 |
| フィルポッツ | 三死人 | 宇野利泰 | 4 | 3 |
| ハメット | スペエドという男 | 田中西二郎《たなかせいじろう》 | 4 田中小実昌《たなかこみまさ》 | 4 |
| クイーン | 気狂いティー・パーティ | 宇野利泰 | 4 井上勇 | 4 中村有希《なかむらゆき》 |
| バーク | オッターモール氏の手 | 中村能三 | 4 | 4 |
| セイヤーズ | 疑惑 | 宇野利泰 | 4 | 4 |
| ウォルポール | 銀の仮面 | 中村能三 | 4 | 4 |

| 作者 | 作品 | 訳者 | 旧版 | 新版 | 備考 |
|---|---|---|---|---|---|
| ベイリー | 黄色いなめくじ | 宇野利泰 | 5 | 4 | |
| カー | 見知らぬ部屋の犯罪 | 宇野利泰 | 5 | 5 | |
| コリア | クリスマスに帰る | 宇野利泰 | 5 | 5 | ** |
| アイリッシュ | 爪 | 阿部主計 | 5 | 5 | 門野集《かどのしゅう》 |

世界短篇傑作集（三）

| 作者 | 作品 | 訳者 | 旧版 | 新版 | 備考 |
|---|---|---|---|---|---|
| モリスン | レントン館盗難事件 | 宇野利泰 | 1 | 1 | |
| グリーン | 医師とその妻と時計 | 井上一夫《いのうえかずお》 | 1 | 1 | |
| オルツイ | ダブリン事件 | 宇野利泰 | 1 | 1 | 深町眞理子《ふかまちまりこ》 |
| ワイルド | 堕天使の冒険 | 橋本福夫《はしもとふくお》 | 3 | 3 | |
| コッブ | 信・望・愛 | 田中小実昌 | 4 | 4 | |
| クロフツ | 急行列車内の謎 | 橋本福夫 | 2 | 2 | |
| ベントレイ | ほんものの陣羽織 | 宇野利泰 | 2 * | 5 | |
| バック | 身代金 | 大門一男《おおかどかずお》 | | | |
| パトリック | ある殺人者の肖像 | 橋本福夫 | 5 | 5 | |
| ヘクト | 十五人の殺人者たち | 橋本福夫 | 5 | 5 | |
| スタウト | 証拠のかわりに | 田中小実昌 | 5 | 5 | |

レドマン　完全犯罪　村上啓夫《むらかみひろお》　―3　―3

さて、本アンソロジーだが、旧版を踏襲《とうしゅう》しながら、いくつか改編の手を加えた。

まず、書名を変更した。一九五九年四月に創刊した創元推理文庫は「英米仏を中心に、海外推理小説の名作を厳選してお贈りする恒久的なシリーズで、わが国で初めて生れた推理小説専門の文庫」（初期の創元推理文庫解説目録より）であったが、その後ＳＦ、怪奇・冒険部門などを加え（後にＳＦは創元ＳＦ文庫として分離独立）、さらに日本人作家の作品も加わって現在に至っている。したがって書名も『世界推理短編傑作集』となった次第だ。

内容的に大きな変更は、本文庫内での重複を避けて元版、および旧版では収録を見合わせたポオ、ドイル、チェスタトンの三大作家の作品を収めたこと。短編推理小説の歴史を俯瞰するアンソロジーに、始祖ポオや中興の祖とも言えるドイル、チェスタトンがないのは、やはり画《が》竜点睛《りょうてんせい》を欠く。ということで、収録作品も全四十七編になり、これでようやく首尾の整ったものになった、と言って良いだろう。

次に旧版では英語からの重訳であったチェーホフとグロラーを原語からの翻訳に替えた。これで収録作すべてが、原典からの直接訳となった（文庫版となった『世界短編傑作集２』の時点で、ルブランの「赤い絹のスカーフ」をフランス語からの直接訳に替え、あわせて訳題を「赤い絹の肩かけ」としている）。

そしてカー（カーター・ディクスン名義）の作品を「見知らぬ部屋の犯罪」から「妖魔の森

の家」に替えた。これは元版の『世界短篇傑作集』所収の「序」で、編者、乱歩が「カーにはここに収めた作品よりもすぐれたものがあるが、版権の関係で入れられなかった」と書いているので、翻訳権をとって「妖魔の森の家」を収録することにしたのである（右表＊＊）。

　作品収録に関してひとつ気になっていたのは、文庫版『世界短編傑作集』の「序」で、「大部分の作家は英米両国に集中したが、それ以外の作家として、ロシアのチエホフ、フランスのルブランとシムノン、ハンガリーのグローラーがはいり」とあるのに、シムノンの作品が見当たらないことだった。何かの事情で入れ忘れたのかとも思うが、乱歩自身の二種のベスト・テンにもシムノン作品は入っておらず、何を入れて良いのかわからないので、シムノンの名をカットすることにした。

　さらに、全編に亘《わた》って翻訳を再チェックした。その際、テキスト・クリティークをできうる限り厳密に行なった。これは旧版の翻訳が、ヴァン・ダインやセイヤーズ、エラリー・クイーンなどのアンソロジーを底本にしたものだったのを、できるだけ初出誌やオリジナルの短編集に掲載されたものによって見直す意図もあった。その上で、訳文の文字遣《づか》いや送り仮名等を最低限改め、旧版と同様、半世紀読み継がれるものを目指した。

　幸い、ここに参加した翻訳家諸氏は、わが国の翻訳文化を支えてきたレジェンドたちだ。名作を名翻訳家の訳文で、という旧版の精神を受け継ぐものにしたかったのである。

一九八〇年、イタリアで発売されるや、たちまち全世界でベストセラーとなったウンベルト・エーコの『薔薇《ばら》の名前』は、主人公修道士ウィリアムが僧院から逃げ出した馬の様子を、目撃してもいないのに正確に言い当てる、という場面で幕を開ける。

これはご存じのように、フランスの哲学者ヴォルテールの『ザディーグ』（一七四七）に倣《なら》ったものである。なぜエーコは自作の冒頭をこのエピソードで始めたのだろう。これを読んだときぼくは、レジス・メサックが推理小説の源流を探った労作 *Le《Detective Novel》et L'influence de la Pensée Scientifique* (1929) の『ザディーグ』で始め、その原型を求めて時代を遡《さかのぼ》り、徐々に東方の国へと辿《たど》っていくスリリングな考証の旅を思い出して興奮したものだ。が、推理小説の原型探しはひとまず置いて、近代推理小説の形を確立した作品、作家というと諸家が口を揃《そろ》えるように、アメリカの詩人、作家、編集者のエドガー・アラン・ポオが一八四一年に発表した「モルグ街の殺人」を挙げることに異論はあるまい。謎の発端、中盤の論理展開、そして想定外の結末という推理小説における物語構成を確立し、名探偵とその記録者という主要人物の配置を行ない、密室殺人、暗号解読、隠し場所トリック、意外な犯人……といった主要テーマのほとんどを創出したポオは、祖と讃《たた》えられるに相応《ふさわ》しい。しかも、ＳＦからホラーに至る、周辺文学にも少なからぬ業績を遺《のこ》しているのだから、ポオの存在は絶大である。

そのポオが推理小説分野に遺した業績というと、「モルグ街の殺人」「マリー・ロジェの謎」そして本書収録の「盗まれた手紙」というオーギュスト・デュパンの登場する三編は文句のないところだが、それに加えて「黄金虫」と「「おまえが犯人だ」」の五編を挙げる人が最も多い。しかし、推理小説をスリラー、サスペンス、ホラー、あるいは乱歩のいう「奇妙な味」など、現在、推理小説、あるいはミステリと言われているものにまで拡大すると、「アッシャー家の崩壊」や「壜の中の手記」等々、ほとんどの作品がその範疇《はんちゅう》に入るといっても過言《かごん》ではない。それに「構成の原理」や「メルツェルの将棋差し」、「暗号論」などのエッセイを加えれば、ポオの遺した業績はほぼ全作、このジャンルの作品だと言えるのではないだろうか。二世紀近い時代を経《へ》てなお、推理小説はポオの掌中《しょうちゅう》にあるのだ。

本アンソロジーは、前にも述べたように、ポオに始まって、元版が企画編集された一九五〇年代の時点までの、推理小説の流れを短編で俯瞰していこうという試みだが、この第一巻にはそのほぼ半分の時期に相当する初めの五十年——十九世紀半ばから二十世紀初頭までの作品が収められている。

ポオが「モルグ街の殺人」を〈グレアムズ・マガジン〉に掲載したのは一八四一年の四月号。それより数か月早く、イギリスではチャールズ・ディケンズが自ら主宰《しゅさい》していた〈マスター・ハンフリーズ・クロック〉誌同年二月号から十一月号に、長編『バーナビー・ラッジ』を連載し、同年末、チャップマン&ホール社より上梓している。これは推理小説的に見れば、ある大きなトリックの先駆とも言える作品である。探偵役が事件の捜査をし、推理によって解決に至る、という物語ではないのが惜しまれるが、ポオがこれを読んで、連載開始数か月の時点で犯人を言い当てていた、というエピソードでも知られている。

ディケンズはロンドン警視庁のルポルタージュなども手がけ、この後も『荒涼館』（一八五二―五三）や未完のまま遺作となった『エドウィン・ドルードの謎』（一八七〇）など、推理小説の歴史を語る上で欠かすことのできない作品を遺した。さらに盟友ウィルキー・コリンズが『白衣の女』（一八六〇）や『月長石』（一八六八）を発表し、イギリスに推理小説の礎《いしずえ》を築いていく。

一方、ポオの作品は、その作品に惚《ほ》れ込み、自ら翻訳の労を執《と》ったシャルル・ボードレールによってフランスに紹介された。これが、当時フランスで人気を集めていた新聞小説の流行と相まって、数多くの作家に影響を与え、ゴシック小説や犯罪小説を、より近代的な推理小説へと昇華する下地ができていく。エミール・ガボリオの『ルルージュ事件』（一八六六）は、イギリスのディケンズ、コリンズと並んで、長編推理小説の最初期の作例と言えるものだった。

そして、フランス小説がロシアの読書子《どくしょし》に愛読され、その中にガボリオなどの作品が含まれていたことが、チェーホフに推理小説の筆を執らせることになるのだから、些《いささ》か牽強付会《けんきょうふかい》を覚悟して言えば、ボードレールの果たした役割は誠に大きかったのである。

さらにフランスの推理小説を語る上で欠かせないのは、ウジェーヌ・フランソワ・ヴィドックの存在だろう。犯罪者からフランス警察の大物へと転身し、『ヴィドック回想録』（一八二八）を遺した彼は、バルザックやユーゴーなどの小説にも影響を与えた。ガストン・ルルーやモーリス・ルブランなどの推理小説が英米のものと些か趣《おもむき》を異《こと》にしているのは、ヴィドックの影響を抜きにしては考えられない。

そして一八九一年、イギリスで創刊間もない〈ストランド・マガジン〉に連載を始めたアーサー・コナン・ドイルのシャーロック・ホームズ譚《たん》が爆発的な人気を博し、推理小説に新たな展開をもたらすことになる。独自のキャラクターを持つ主人公が奇抜な事件に関わっていくというストーリーを創造する書き手を求めて、イギリスの出版各社は躍起《やっき》となる。こうしてホームズのような主人公の活躍するホームズ譚のような物語が英国の雑誌を席巻《せっけん》するようになり、それは海を渡ってアメリカの出版界にも伝播《でんぱ》する。イギリス産の作品がアメリカの新聞雑誌にも掲載され、それはたちどころにアメリカ産の作品を生み出していくことになる。これは推理小説の世界ばかりではなく、出版史の上でも一大事件であった。

この時代の作品を後にグレアム・グリーンの実弟で、英放送界の大物、ヒュー・グリーンが《シャーロック・ホームズのライヴァルたち》と名付けて再評価の俎上《そじょう》にのせることになるが、ホームズ譚の成功とその追随者の出現により、短編推理小説は全盛期を迎える。

いや、単なる模倣者や追随する者ばかりではなかった。オースチン・フリーマンやG・K・チェスタトンといった、独自の創意を持った作家が出現したのだ。フリーマンは、推理小説史家ダグラス・トムスンの言葉を借りれば、「写実派」の創始として、F・W・クロフツなどに先だち、現代推理小説の扉を開け、チェスタトンはロジックを駆使した作風で、推理小説に深みと奥行きを与え、ともに新たな世界へと導いていった。

本巻から第二巻にかけて、その草創から全盛へと一気に突き進んでいく短編推理小説の躍動感溢《あふ》れる時代を、存分に味わっていただきたい。

以下に本巻の収録作品の解題を付す。

**盗まれた手紙**

「盗まれた手紙」は、フィラデルフィアの出版社キャリイ・アンド・ハート社から一八四四年十二月に発売された〈ギフト〉誌 The Gift: A Christmas and New Year's Present for 1845 に発表されたのが初出（発表年が『ポオ小説全集』などでは一八四五年、本書扉裏の表記では一八四四年となっているのはそういう事情である）だが、その前月、〈チェインバーズ・エディンバラ・ジャーナル〉に短縮版が掲載されている。スティーヴン・パイスマンによると、これはポオの許可なしに行なわれたのだろう、とのことだ（*The Annotated Tales of Edgar Allan Poe*, 1981）。その後、一八四五年刊の短編集 *Tales* に収録された。

もっとも目立つところが一番見つけにくい、という逆説をテーマにした作品。江戸川乱歩はそれを「盲点原理」と言っている。デュパンの登場する三編――「モルグ街の殺人」「マリー・ロジェの謎」そしてこの「盗まれた手紙」は、犯罪を題材にした謎とその解明を、頭脳明《めい》晰《せき》な主人公とその忠実な記録者のコンビが担《にな》うという、推理小説の基本型を見事に作り上げている。その三編の中で、乱歩は「もっとも巧みな隠し方は隠さないことだという心理的テーマを第一として、地図の中の大きい活字ほど探しにくいとか、相手の顔つきを真似ればその考えが分かるとかいう、常識以上の機智の面白さに惹《ひ》かれる」として、「ポオの探偵小説で何を採るかと云われたら、結局『盗まれた手紙』を選ぶことになると思う」と述べている。

ポオ自身はこれらの作品を後世のわれわれが推理小説と称するようになる新ジャンルの作品と考えていたわけではないが、数多《あまた》あるポオの作品中、同一人物を主人公にした連作は、デュパンもののこの三編だけである。よって、ポオ自身、この表現形式を意味のあるものと自覚していたのは間違いあるまい。また、「マリー・ロジェの謎」に見られるように、身近に起こった未解決事件に対し自らの推理を開陳しようとしたり、ディケンズの『バーナビー・ラッジ』の犯人当てを試みようとするなど、探偵趣味の持ち主であったことは明らかだ。

G＊＊警視総監の二度目の訪問時に、デュパンがただで物を頼むな、という比喩《ひゆ》に引き合いに出すアバニシーとは、イギリスの名医ジョン・アバニシー（一七六四―一八三一）のこと。ただしデュパンが引用する挿話は、アイザック・ペニントン（一七四五―一八一七）のことで、ポオは両者のエピソードを混同している、とパイスマンは前掲書の中で指摘している。

ついでながら、デュパンの要求に対し警視総監は、手紙が戻るなら五万フラン出しても良い、と言っている。当時の貨幣《かへい》価値をわが国の現在のものに換算するのは難しいが、大凡《おおよそ》一フラン一千円と考えると、なんと五千万円ということになる！　いくらなんでもこれでは、と訳者の丸谷《まるや》才一《さいいち》氏は考えられたのだろうか。従来の訳文では〇を一つ取って五千フランにされているが、本書では原文通り五万フランにさせていただいた。

本編の最後で、デュパンがD＊＊の許《もと》に残してきた模造品に記したという文句は、フランスの詩人クレビヨン（一六七四―一七六二）の「アトレとティエスト」（一七〇七）からの引用。アトレとティエストは兄弟だが、アトレは喧嘩の末にティエストの子供たちを殺して、その肉をティエストに食べさせたという故事による。クレビヨンの作品はセネカの書いた悲劇「テュエステス（ティエスト）」を下敷きにして書かれたもの。冒頭のエピグラフと見事に呼応している。

## 人を呪わば

チャールズ・ディケンズの盟友として知られるウィルキー・コリンズが一八六〇年に『白衣の女』、一八六八年に『月長石』等を発表し、これが英語圏における長編推理小説の創始となったことは、繰り返しになるが、特記しておきたい。

ここに収められた「人を呪わば」はアメリカの〈アトランティック・マンスリー〉一八五八年四月号に‘Who is the Thief?’のタイトルで発表された後、翌年刊の短編集 *The Queen of Hearts* の第六話として収録された。

エラリー・クイーンは、一八四五年以降（ということは、ポオの *Tales* 以後、という意味である）に出版された推理小説史上重要な短編集を百六冊選んで解説を付した *Queen's Quorum* という本を、一九五一年にリトル・ブラウン社から刊行した。一九六九年にはビブロ&タネン社から、さらに十九冊を追加して全部で百二十五冊の傑作短編集を選出した増補改訂版を上梓している。

その第一番に挙げたのがポオの *Tales* であり、三冊目が *The Queen of Hearts* であった。ここでクイーンは本編を、「探偵小説にコメディを持ち込んだ最初の大きな貢献《こうけん》」と評している。さらにクイーンはそれにつづけて、初出の〈アトランティック・マンスリー〉のタイトルページには、著者名がまったく記されていなかった、と書いている。『白衣の女』も『月長石』も発表されていない時期なので、コリンズはアメリカではまったく無名の作家だった、というのである。

原題の'The biter bit'は、欺《だま》したつもりが欺される――人を呪わば穴二つ、ミイラ取りがミイラになる、という意味である。

全編が書簡体で綴《つづ》られているが、クイーンが言うようにユーモア・ミステリの走りであるとともに、ミステリにおける叙述《じょじゅつ》の問題を考える上で重要な作品であり、最初期の作例として見逃すことはできない。

物語の記録者が、常に公平な見方で物事を捉えているとは限らない。逆に偏見《へんけん》に満ちた記述の可能性もある。偏見と言わずとも、一個人の視点で綴られた物語は、当然その人物の主観に左右されるし、物事の表裏をすべて見聞することはできない。いわゆる「神の視点」である三人称に比べて、制約の多い叙述形式のはずである。そこに逸早《いちはや》く着目し、作品のトリックに使っている点は重要である。

推理小説創作上の一つのテクニックとして、《レッド・ヘリング》というものがある。読者の目を誤った方向に向けさせるための、偽《にせ》の手がかり、とでも言おうか。それを物語の叙述形式を使って行なっているところに、本編の大きな特色がある。

さらに、シークストンからバルマーへの書簡の形を借りて、「きみなら五分間で真犯人を捕えることができる」と、謂《い》わば読者への挑戦を行なっている点にも注目したい。

### 安全マッチ

「かもめ」や「桜の園」で知られるロシアを代表する劇作家アントン・チェーホフが、〈とんぼ〉誌一八八四年冬の年鑑に発表した短編である。

チェーホフはこの年の八月四日から翌年の四月二十五日にかけて〈一日のニュース〉紙に、長編『狩場の悲劇』を連載していたが、これはまさに最初期の長編推理小説のひとつであり、その連載中に執筆された本編も、逸《いっ》することのできない見事な推理短編と言える。

ともあれ、チェーホフの唯一の長編が、みごとな推理小説であった、というのは驚きだが、そればかりでなくある大きなトリックの創始と言って良いのだから、チェーホフにとって推理小説は単なる余技とか手遊《てすさ》びとは言えないだろう。

本編の訳者、池田健太郎氏の解説によると（中央公論社版『チェーホフ全集』第二巻）、〈とんぼ〉誌の編集者、ワシレフスキイから「文学的にまとまりのある、克明に仕あげられた作品」を書いてくれ、という依頼を受け、「『とんぼ』の年鑑に原稿を依頼され、……誘惑に負けて巨大な物語を書きました。題を『安全マッチ』と言って、探偵物語のパロディです。滑稽《こっけい》な物語になりました」とチェーホフが書簡で述べているという。

フランスの小説を愛読し、その中にはガボリオの作品も含まれていたことが、本編や『狩場の悲劇』からもうかがえるが、そのアントン・チェーホフに「探偵物語のパロディ」と片付けるには惜しい作品があることは、大いに注目に値する。

まさにユーモラスな物語だ。それにしても、本集には「人を呪わば」、本編、つづくモリスンの「レントン館盗難事件」と、チェーホフの言葉を借りれば「探偵物語のパロディ」と表現するのがぴったりの作品が並んでいるのは、極めて暗示的だ。推理小説はその草創期に、早くもパロディが出現していたのだ。

そういえば、本編を引き継ぐかのように、「レントン館」にも硫黄《いおう》マッチと安全マッチが登場する。簡便に火をつけることができないか、と考えた末に開発された塩素酸カリウムと硫化アンチモンを材料にした初期のマッチは火付きが悪く、はなはだ不評であった。そこでどこでこすっても簡単に火がつく黄燐マッチが登場することになる。だが、今度は発火しやすいため、しばしば火災事故を起こしてしまう。その欠点を補うため開発されたのがいわゆる、安全マッチである。塩素酸カリウムを用いた頭部を赤燐を塗った摩擦面にこすって着火するというものだった。この時代、特にスウェーデンでマッチの生産が盛んであったところから、英語では安全マッチ―― safety match のことを swedish match ということもある。本編の英訳タイトルは、その'The Swedish Match'であった。

元版、および旧版は英語からの重訳（翻訳の底本《ていほん》にヴァン・ダイン本を使用した宇野利泰訳）であったのを、今回ロシア語からの直接訳に改めた。訳者の池田健太郎氏は、東京創元社に籍を置いたことのあるロシア文学の名翻訳家である。

〈ストランド・マガジン〉に掲載された「赤毛組合」の挿絵（シドニー・パジェット画）

## 赤毛組合

どのジャンルでも興隆《こうりゅう》を極めるためには偉大な中興の祖の存在が欠かせない。推理小説に於《お》いてはアーサー・コナン・ドイルこそ、名実ともに中興の祖であった。

一八八七年末、〈ビートンズ・クリスマス・アニュアル〉に一挙掲載された『緋色の研究』で初登場したシャーロック・ホームズが、しかしこれほどの人気を博するようになったのは、創刊間もない〈ストランド・マガジン〉一八九一年七月号に短編の第一作「ボヘミアの醜聞」が掲載されてからだった。この作品は構成といい、手紙の取り返し方といい、ポオの「盗まれた手紙」に酷似《こくじ》している。だが、その終わり方は、正反対だ。

ここに収めた「赤毛組合」は、〈ストランド・マガジン〉一八九一年八月号に、その「ボヘミアの醜聞」に続いて掲載されたホームズ短編の第二作であると同時に、ドイルの文名を決定づけた作品である。

見事な赤毛の持ち主、というだけで、簡単な仕事で驚くほどの報酬を得る、という奇妙な発《ほっ》端《たん》から、驚くべき陰謀が暴かれる結末まで、息もつかせぬ展開で、まさに面白い物語を読む愉《ゆ》悦《えつ》を味わうことができる。ドイルの小説のお蔭《かげ》で、媒体の雑誌の売り上げが倍増したのも宜《むべ》なる哉《かな》と思わせる。

ところで赤毛組合の報酬だが、百科事典を書き写すだけの仕事で「週給四ポンド」とある。これは大凡、今の日本の貨幣価値でいうと二十万円ほどになるのではないか。とするとなるほどべらぼうな高収入である。赤毛男の募集に、大変な行列ができるはずである。

## レントン館盗難事件

シャーロック・ホームズがモリアーティ教授とともにライヘンバッハの滝壺に姿を消し、ホームズ不在となったロンドンに（そして〈ストランド・マガジン〉に）登場したのが、探偵マーチン・ヒューイットであった。作者ドイルがもうホームズものは書かないと言って、ホームズを抹殺《まっさつ》しようとしたのは一八九三年十二月号に掲載された「最後の事件」だった。そのため、なんとしてもホームズに代わる魅力的なキャラクターを、と考え、編集部が起用したのがアーサー・モリスンである。この作品は同誌一八九四年三月号にホームズ譚の挿絵で名を上げたシドニー・パジェットの挿絵を付して発表された。

前にも書いたように、ホームズ人気にあやかろうと登場した、いわゆる《シャーロック・ホームズのライヴァルたち》のフロントランナーが、このマーチン・ヒューイットであった。モリスンはロンドンのイーストエンドを舞台にした短編で知られていた。デビュー長編『ランベスのライザ』を書くに当たってモリスンの影響を受けたというサマセット・モームは、その編書『世界100物語』に彼の短編を一編、採用している。モリスンは〈ストランド・マガジン〉の常連作家であった。

本編はマーチン・ヒューイット初登場となる作品である。

そのため、冒頭にヒューイットが法律事務所の事務員を辞めて、探偵として独立する経緯が、ヒューイットの事件簿の記録者であるブレットによって語られているが、本編を独立した推理短編として読む場合、必要がないと考えたのだろう、ヴァン・ダイン本をはじめ、この部分をカットしているので、それに倣《なら》うことにした。その冒頭部分は「探偵マーチン・ヒューイット」として、本文庫『マーチン・ヒューイットの事件簿』に収録している。

著者モリスンは、日本美術の研究家としても知られ、そのコレクションは現在、ロンドンの大英博物館に陳列されている。作中、秘書ロイドの部屋に日本製の舞扇《まいおうぎ》が飾ってあるのも、彼の趣味を反映したものだろう。

## 医師とその妻と時計

著者のアンナ・キャサリン・グリーンは一八四六年十一月十一日、ニューヨークのブルックリンで生まれた。リプリイ女子大学文学部を一八六六年六月に卒業。一八八四年にロウルフス家具のデザイナー、チャールズ・ロウルフスと結婚。その六年前に、彼女は『リーヴェンワース事件』を上梓し、女流の推理作家としては最も早く長編を発表した作家としてその名を残している。

本編に登場するエベニーザー・グライスが『リーヴェンワース事件』にも登場するが、グリーンは女探偵ヴァイオレット・ストレンジを主人公にした長編でも知られており、本編も後年、ストレンジ譚に書き換えられている。

ニューヨーク市のロウアー・マンハッタンを南北に走るラファイエット・ストリートの歴史は、ジョン・ジェイコブ・アスターが一八二五年に独立戦争の英雄から名を取ってラファイエット・プレイスと名付ける大通りを作り、この通りの両側の区画を分譲販売したことから始まった。その中でも最も大きな区画は、通りの西側に立つ大理石の正面玄関をしつらえたギリシャ建築のテラス、ザ・コロネイドだった。三階建ての正面にコリント式の列柱が並び、三万ドル近い値で売れた九つの住居があった。この通りは一九〇〇年初頭に市により南へ拡張され、ラファイエット・ストリートという名前になったのである。

「医師とその妻と時計」はヴァン・ダインが*The Great Detective Stories*に収録した作品で、一八九五年G・P・プットナムズ・サンズ社の〈オートニム・ライブラリ〉の一冊

として刊行された（価格は五十セント）。巻頭にザ・コロネイドの線描画が掲載されている（画家名不詳）。この絵は、本編を読む上で、大いに参考になるだろう。謂わば豪華な棟割長屋という体裁の住居である。

この作品は主舞台となるザ・コロネイドをはじめ、主役のハスブルック夫人が買い物に行くアーノルド・アンド・コンスタープル百貨店（一八二五年創業、一九七五年閉店）など、ニューヨークに実在した場所が実名で登場し、作品にリアリティを与えている。

物語は実にドラマチックに展開するが、感情の機微《きび》を丁寧に描くグリーンの筆致を見逃してはならないだろう。また、犯行動機がメインテーマになっている点も重要である。アメリカは始祖ポオを生んだとともに、グリーンとキャロリン・ウェルズという二人の女流作家を生んだことで、推理小説史上に揺るぎない地位を獲得したと言えるだろう。

グリーンに少し遅れて、海を渡ったイギリスではハンガリー出身の女性が、喫茶店の片隅で女性記者相手に事件の話を始め、その解明まで語って聞かせるとまた黙って去って行く、という奇妙な老人を主人公にした連作を発表し、評判を呼んだ。それがバロネス・オルツィの隅《すみ》の老人シリーズである。

**ダブリン事件**

本編は〈ロイヤル・マガジン〉一九〇二年の四月から十月号にかけて掲載された隅の老人ものの新シリーズ“The Mystery of Great Cities”の第六話として発表された。因みにこのシリーズは、グラスゴー、ヨーク、リヴァプール、ブライトン、エディンバラ、ダブリンとつづいて、最後がバーミンガムだった。英国各地の都市を舞台にし、そこで起こる事件に隅の老人が解決をもたらす。ロンドン以外の地方都市にも読者を増やそうという編集部の意向が垣間《かいま》見える企画である。「ダブリン事件」は同誌一九〇二年九月号に掲載された。その後この作品は

一九〇九年、ロンドンのグリーニング社から *The Old Man in the Corner* のタイトルで刊行された短編集に収録された。その際、初出時にⅠからⅣまで数字のみで章分けされていたのを、それぞれ The Dublin Mystery、The Forgery、A Memorable Day、An Unparalleled Outrage というぐあいに章題が付けられた。因みにこれは、同年ドッド・ミード社より刊行されたアメリカ版 *The Man in the Corner* も同様である。

　初出時と単行本に収録されたものとを比べてみると、様々な異同がある。まず雑誌掲載時にはポリー・バートンの一人称であったのが単行本では三人称になっており、同様に事件の起こった時期が一九〇〇年の「十二月一日の夜」であったのが、単行本収録時には、「一九〇八年二月一日の夜」と大きく変わっている。

これは本文庫『隅の老人の事件簿』の解説でも書いたように、この作品を含む作品集 *The Old Man in the Corner* がどういう事情かは判然としないが、一九〇九年まで上梓されず、本来第二短編集となるはずの *The Case of Miss Elliott* のほうが先に出るということになったためと思われる。一九〇二年の初発表時に、その一年半ほど前の事件と設定していることから、一九〇九年に刊行されることになった時、一九〇八年の二月までずらしたのではないだろうか。

ところで、隅の老人というと安楽椅子探偵の最初期の作例として言及されることが多いが、『隅の老人の事件簿』でも記したとおり、ぼくはその説に疑問を抱いている。確かに隅の老人は犯行現場に出かけたり、証人を尋問したり、あるいは捜査の現場に立ち会ったりはしていない。しかし、新聞等から情報を集め、場合によっては検死法廷《インクエスト》などにも出かけている。M・P・シールのプリンス・ザレスキーやジェイムズ・ヤッフェのブロンクスのママなどのように、人の話を聞くだけで、推理してみせるという設定とは違う。そもそも隅の老人譚《ひと》は、探偵自らが新聞報道などを基に事件の概要を述べ、それに対する見解を表明するという独り語りの物語なのである。

したがって、ポリー・バートンもいわゆるワトスン役として機能していない。単なる聞き役なのである。そういう意味では、ワトスン博士より、デュパンの相棒（ポオ自身？）に近いキャラクターなのである。

オルツィにはほかに、スコットランドヤードの女性警官、レディ・モリーを主人公にした作品があるが、その全編に跨《また》がるプロットが、この「ダブリン事件」と酷似していることを指摘しておこう。

本書の元版および旧版（宇野利泰訳）は、クイーン本を翻訳の底本としていたが、今回は初出の〈ロイヤル・マガジン〉掲載時のものを底本として使用し、『隅の老人の事件簿』と同様、深町眞理子氏に新たに訳していただいた。

## 十三号独房の問題

一九〇五年十月三十日月曜の〈ボストン・アメリカン〉紙の紙面で、面白い試みが読者の注目を集めた。その日から六回に亘り連載される小説を読んで、その挑戦に見事な解答を寄せた者には総額百ドルの賞金を進呈する、というのである。その小説というのが、〈アトランタ・ジャーナル〉を皮切りにスポーツ記事などを書き、当時は〈ボストン・アメリカン〉紙に籍を置いていたジャック・フットレルという記者の書いた短編「十三号独房の問題」だった。友人からの挑戦を受けて、「世に不可能はなし」「二足す二は四である。たまたまではなく、常に」というのが口癖の、通称、思考機械、ヴァン・ドゥーゼン教授が鉄壁な独房から脱獄できるか、できるとしたらどのようにしてか、というのが読者へ投げかけられた挑戦の内容だった。

これが大変な話題となり、引き続き発表された思考機械譚で人気作家となったフットレルは、翌一九〇六年には記者を辞めて創作に専念することにし、マサチューセッツ州のシチュエートに海をのぞむ家を建てる。だが、その六年後、英国からの帰りに豪華客船タイタニック号に妻

獄中の思考機械
（チャールズ・ベック画）

のメイ・フットレルと乗船し、あまりにも有名な海難事故に遭遇する。フットレルは妻を救命ボートに乗せ、自らは海底へと沈んだ。三十七歳の誕生日をロンドンで祝ったばかりだった。

前にも書いたように、ポオを生んだアメリカは、アンナ・キャサリン・グリーンやキャロリン・ウェルズといった女流作家が活躍したものの、ドイルなどの登場により、推理小説の主流はイギリスにすっかりお株を奪われたかたちであった。そんな中でも、このジャック・フットレルとアブナー伯父の生みの親M・D・ポーストは特筆すべき存在と言える。

特にフットレルは、もしタイタニック号の遭難事故に巻き込まれなければ、どれだけの傑作を遺したか知れない。ジョン・ディクスン・カーやエドワード・D・ホックの先輩作家として健筆《けんぴつ》をふるっていたのではないか、と考えると、非常に残念である。

【付記】 旧版の『世界短編傑作集』はぼくにとって、推理短編の面白さを味わいながら、同時に推理小説の歴史を学ばせてもらった、バイブルのような存在である。江戸川乱歩の少年探偵ものや、子供向けにリライトされた海外推理小説を卒業し、本格的に推理小説を読み出した中学生時代に手に取り、以降、折にふれて書架から取り出しては繙《ひもと》いてきた。

創刊六十周年を迎える創元推理文庫の中にあって、その間常に読まれ続けてきた本当に類《たぐ》い稀《まれ》なアンソロジーである。リニューアルするということになった時、その仕事を隠退した身で担当させてもらうという、これまた類い稀な機会を与えてくださったことに、東京創元社、並びに編集部各位にまずは感謝したい。

本アンソロジーのリニューアルに際し、前に記したような編集方針の下、作業に当たったが、この新版で追加する作品の選択等で編者・大乱歩の名を汚《けが》さぬよう努めた所存である。例えばポオだ。乱歩は二種のベスト・テンに、「モルグ街の殺人」と「盗まれた手紙」を挙げている。そのどちらにするか。ドイルも同様、「くちびるのねじれた男」と「赤毛組合」の二編を選んでいるし、チェスタトンは「見えない男」と「奇妙な足音」である。この三人の作家からは揃《そろ》って二編ずつ選んでいるのだ。そのどちらを採るか、悩んだ。そして『幻影城』ほかの評論書を読み漁り、乱歩ならこちらを採るだろう、という作品を選び出したつもりである。

このアンソロジーが六十年に亘って読み継がれてきたのも、偏《ひとえ》に編者の博識と、そして何よりそのバランス感覚に依《よ》るところが大きい、と思う。個人的な趣味趣向で言えば、あれを入れたい、これの方が良いのでは、という判断は色々あるだろう。しかしそれも、数々の傑作短編を読んでからの話である。その最初の一歩がこのアンソロジーではないだろうか。

六十年間読み継がれてきたアンソロジーを、さらにこの先もずっと、最初の一歩として読んでもらえるようなものにしたい、という思いで、本シリーズの編集に当たった。　（戸川記）

本書収録作には、表現に穏当を欠くと思われる部分がありますが、作品成立時の時代背景および古典として評価すべき作品であることを考慮し、原文を尊重しました。（編集部）

検印
廃止

**編者紹介** 1894年三重県生まれ。1923年の〈新青年〉誌に掲載された「二銭銅貨」でデビュー。以降、「パノラマ島奇談」等の傑作を相次ぎ発表、『蜘蛛男』以下の通俗長編で一般読者の、『怪人二十面相』に始まる少年物で年少読者の圧倒的な支持を集めた。1965年没。

世界推理短編傑作集1

1960年7月24日　初版
2015年5月15日　80版
新版・改題 2018年7月13日　初版
2022年2月11日　6版

著者 エドガー・アラン・ポオ他
編者 江戸川乱歩《えどがわらんぽ》

発行所 (株)東京創元社
代表者 渋谷健太郎

162-0814/東京都新宿区新小川町1-5
電話 03・3268・8231-営業部
03・3268・8204-編集部
URL http://www.tsogen.co.jp
工友会印刷・本間製本



ISBN978-4-488-10007-0　C0197

**最大にして最良の推理小説**

THE MOONSTONE◆Wilkie Collins

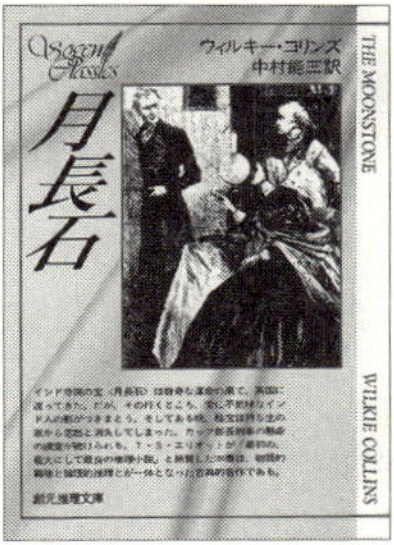


# 月長石

**ウィルキー・コリンズ**
**中村能三 訳** 創元推理文庫

◆

**丸谷才一氏推薦**
「こくのある、たっぷりした、探偵小説を読みたい人に、ぼくは中村能三訳の『月長石』を心からおすすめする。」

**ドロシー・L・セイヤーズ推薦**
「史上屈指の探偵小説」

インド寺院の宝〈月長石〉は数奇な運命の果て、イギリスに渡ってきた。だがその行くところ、常に無気味なインド人の影がつきまとう。そしてある晩、秘宝は持ち主の家から忽然と消失してしまった。警視庁の懸命の捜査もむなしく〈月長石〉の行方は杳として知れない。「最大にして最良の推理小説」と語られる古典名作。